U0519594

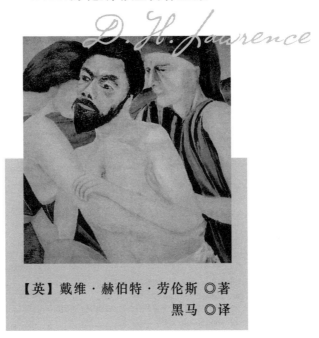

唇齿相依论男女

D.H.劳伦斯非虚构作品集

【英】戴维·赫伯特·劳伦斯 ◎著

黑马 ◎译

四川文艺出版社

图书在版编目（CIP）数据

唇齿相依论男女：D.H.劳伦斯非虚构作品集 / (英)戴维·赫伯特·劳伦斯著；黑马译. -- 成都：四川文艺出版社, 2018.1
ISBN 978-7-5411-4855-2

Ⅰ.①唇… Ⅱ.①戴… ②黑… Ⅲ.①散文集－英国－现代 Ⅳ.
①I561.65

中国版本图书馆CIP数据核字(2017)第327995号

CHUNCHIXIANGYILUNNANNV: D.H.LAOLUNSIFEIXUGOUZUOPINJI

唇齿相依论男女：D.H.劳伦斯非虚构作品集

[英]戴维·赫伯特·劳伦斯　著

黑　马　译

责任编辑　　李　博　刘芳念
封面设计　　叶　茂
封面绘图　　[英]戴维·赫伯特·劳伦斯
内文设计　　史小燕
责任校对　　蓝　海
责任印制　　喻　辉

出版发行　　四川文艺出版社（成都市槐树街2号）
网　　址　　www.scwys.com
电　　话　　028-86259287（发行部）　　028-86259303（编辑部）
传　　真　　028-86259306

邮购地址　　成都市槐树街2号四川文艺出版社邮购部　　610031
排　　版　　四川最近文化传播有限公司
印　　刷　　成都东江印务有限公司
成品尺寸　　140mm×203mm　　1/32
印　　张　　10.5　　　　　　　字　　数　　240千
版　　次　　2018年3月第一版　　印　　次　　2018年3月第一次印刷
书　　号　　ISBN 978-7-5411-4855-2
定　　价　　46.00元

目录

非虚构：劳伦斯的半壁江山（译序）……001

散文杂文

鸟语啁啾……002

爱……007

归乡愁思……015

陶　斯……025

夜　莺……031

还　乡……040

说出人头地……053

我算哪个阶级……061

花季托斯卡纳……069

文明的日与夜……087

与音乐做爱……102

人生之梦……111

自画像一帧……137

我为何不爱在伦敦生活……144

新墨西哥……148

女丈夫与雌男儿……158

英国还是男人的国家吗……162

性　感……166

女人会改变吗?……173

为文明所奴役……179

妇道模式……185

恐惧状态……190

色情与淫秽……197

诺丁汉矿乡杂记……214

唇齿相依论男女……224

无人爱我……234

实　质……244

自序 / 跋

书之孽……254

《三色紫罗兰》自序……260

《儿子与情人》自序……266

《恋爱中的女人》自序……275

《美国经典文学研究》自序……278

为《查泰莱夫人的情人》一辩……281

非虚构：劳伦斯的半壁江山 [1]

（译序）/ 黑马

　　二〇一五年的诺贝尔文学奖授予一位以书写重大现实和历史题材而著名的纪实文学作家，随之纪实文学所归属的"非虚构"这个文学类别的分类词得到了最大效应的普及，这个词不胫而走，也因此其英文non-fiction也随之得到了普及，这似乎是此次诺奖的一个巨大副效应。

　　"非虚构"这个词在这段时间里如此广泛地出现在国内各种媒体，很是令我浮想联翩，颇多感慨。因为在三十多年前的一九八二年我考上研究生后，分配给我研究的课题方向就是非虚构文学，我毕业后也是靠翻译研究劳伦斯的非虚构起家的，我最早成名的《哥们儿姐们儿奔西德》等纪实文学作品也属于非虚构，应该说我与非虚构难分难解。但过去那些年里，非虚构这个词在国内还仅仅局限在很小的文学研究范围内使用，研究成果也大多归在散文随笔和纪实文学甚至是"报告文学"类别里出版，很少提到非虚构这个名称。

　　当年我被分配研究非虚构也是因为报小说和戏剧研究的人过多，为平衡学科而被分流的。安排我研究非虚构其实是要我研究

[1]　此次劳伦斯非虚构作品集分为两册出版：《小说何以重要》《唇齿相依论男女》。译序中所提及篇章分别收入该两册中。——编者注

"报告文学"。我那是第一次听说非虚构即non-fiction这个词。随后导师告诉我，我的上届师兄在研究美国作家卡波特的著名非虚构作品《冷血》，我可以先调研一下确定自己的研究方向。当时的选择对象首先是美国作家里德纪录十月革命的长篇报告文学《震撼世界的十天》。但我似乎更应该选择3S（斯诺、史沫特莱和斯特朗）或其中的一位。这三位以报道中国革命而闻名世界的左翼作家在二十世纪八十年代在中国文学界几乎尽人皆知，好像那前后中国还成立了官方的3S研究会。如果我研究他们的纪实作品应该是顺风顺水，拿学位了无问题。但彼时我们的美国教师给我介绍的是在西方更为著名的非虚构作家爱玛·戈德曼，这位"红色爱玛"的一系列政论和自传风靡西方，是无政府主义思想先驱，青年巴金读了她的作品深受感动和震撼，给她写信向她致敬，称她是自己的"精神之母"。爱玛回信鼓励巴金：出生地不可选择，但生活地可自由选择。她把巴金看作是一个有为的革命青年。我也深深被爱玛的振聋发聩言论和传奇身世所打动，就准备研究她了。结果却因为她的无政府主义先驱身份，这个选题被否定了。而我又不想研究3S，因为他们在中国过于知名，研究者众多，怕是难出新意。

我想到我本科时期学士论文研究的萨克雷，但查阅后发现他没有什么非虚构作品。就又想起大四时昙花一现的劳伦斯，记得很受其作品震动，还动手翻译过他的一个短篇小说。于是就查他有什么非虚构作品，结果令我大喜过望，劳伦斯著述颇丰，除了大量小说和诗歌，还有一半数量的作品是散文、游记、文论和杂文，按照非虚构的定义，这些虽然不是重大题材的纪实文学，但也是"非虚构"类。发现劳伦斯的非虚构作品后我也想就此暗度陈仓，一箭双雕，准备在研究文论和散文随笔时联系其小说作品，探讨他的文学理念与他自己小说创作之间的关系。

就这样，我以研究劳伦斯的非虚构作品取得了文学硕士学位，在那个硕士稀少的年代里，应该是国内第一个这样的硕士。但二十世纪八十年代英语专业对外都一律统称"英美语言文学"专业，我们毕业后从事的也是普通英语教学或翻译工作，所以那个真正的专业"非虚构"是不会示人的，甚至还怕这个词过于生僻，找工作时没单位接收。

所以非虚构这个名词多年来一直是鲜为人知的，具体到我自己，更是讳莫如深，就是担心被当成异类无法融入主流。所以现在非虚构这个词终于登堂入室，很是令我感慨。

严格说，用"非虚构"这个词来笼统概括虚构作品之外的文学作品是一个勉为其难的差强人意的命名法。这等于是用一个否定性的前缀词来定义一种文学类别，因此是颇为无奈的。正如劳伦斯当年曾对"无意识"的命名进行过调侃那样，说这种命名是荒唐的。他说："无意识这个词不过是以否定方式来下定义，因此毫无积极意义。"或许正因此，很多劳伦斯研究的出版物里，在列举了他的小说、戏剧和诗歌作品后，用一个"其他"（other）来概括其余的非虚构作品。但这个"其他"无疑是将劳伦斯的非虚构作品列入了次要之列，不利于全面评价劳伦斯的创作。

既然现在非虚构这个定义词已经被广泛接受，我想用这个词替代那个other来界定劳伦斯虚构作品之外的散文类作品不失为一个上佳的选择。用虚构和非虚构来划分劳伦斯的作品后，我们就会发现，这位二十世纪英国的多产作家，虽然以长篇小说和诗歌蜚声文坛，但其卷帙浩繁的作品体量中，非虚构作品构成了其半壁江山，他的非虚构写作具有明显的跨界特征，作品内容包括散文、随笔、书评、文论、画论、游记、心理学研究和史学研究，多产而丰饶。以前人们试图用"散文随笔"来概括之，但那仅仅概括了一部分。即使使用了"散文"这个词，也是不科学的，因为英语文学中的"散文"（prose）一词泛指所有非韵文作品，包括了小说，一些英文的散文选本里收入了大量的小说片段。因此中文语境中的散文与英文语境中的prose是不完全对应的。大概我们说的随笔还与英文中的essay可以对应，因此我们称之为劳伦斯散文的作品，应该大多是这种essay即小品文。而在当代英文中，连essay都慎用了，因为essay还是被高看的一部分随笔。多数报刊小品文则被称之为journalism，连劳伦斯自己对他认为没有审美价值的作品也用journalism打发之。劳伦斯甚至说过，阿诺德·贝内特与哈代比简直就是一个journalist。而一九三○年贝内特评论劳伦斯的杂文集时也说劳伦斯的报刊文章是所有记者的榜样，劳伦斯自己就是一个一流的journalist。

从此，我们可以在非虚构这个大的文学类别框架内研究劳伦斯小说、戏剧和诗歌之外的作品了。以后的劳伦斯作品目录的排列法也应该有相应的改变，应该是在同一页面上，将虚构与非虚构并列，这样读者更可以一目了然地看出劳伦斯在这两个领域内如何同步或交叉写作，甚至可以考察他的两类写作之间有没有互文，这对立体地衡量劳伦斯写作的价值大有裨益。

劳伦斯的非虚构写作是从他一九一二年与弗里达私奔到德国后和到意大利定居阶段开始的。离开英国时他身上只有十二英镑，可说是赤贫。而写些德国和意大利旅行散记在英国报刊上发表能给他带来一些"快钱"补贴家用，尽管写这些作品并非仅仅是为挣稿费。其中的意大利游记后来重新整理出版，书名是"意大利的薄暮"，是文化品位很高的游记散文。因为他们当初捉襟见肘，是从奥地利步行翻越雪山一路跋涉到加尔达湖畔的，有时遇上大雨他们只能住在柴草棚里，可以说这样的游记是在爱情中孕育，是苦中作乐，用脚走出来的。

一九一四年夏天，劳伦斯刚刚因为新作《儿子与情人》的出版享誉文坛，正踌躇满志甚至是志得意满，前途一片灿烂。有出版社慕名约稿，请劳伦斯加盟一套名家作品鉴赏书系，写一本关于哈代的小书，书系的特点是当代青年名家论当代老名家。这种小小的约稿对一个声誉正隆的作家和诗人来说易如反掌，劳伦斯欣然接受，开始系统阅读哈代的作品，准备一挥而就交稿了事。这本书的初衷应该是文论或哈代评传。

不料第一次世界大战爆发，为节约纸张大战期间出版社半年内不再出版新书，将年轻作家的书都做退稿处理。而出版社正对《虹》不满，就借机"名正言顺"退了他的小说。劳伦斯无法得到预期的版税，立时陷入贫困境地，靠朋友捐助维持生活。对这次物质主义加帝国主义的战争，劳伦斯和许多文学艺术家一样持反对态度。但他此时却因身无分文及意大利可能卷入战争而无法离开英国回意大利，只能困居英伦。战争及由于战争衍生出来的社会问题和个人际遇，令他正在写的《哈代论》"一怒之下"脱离了哈代研究主题，写成了一部大随笔，成了一部他自称的"我心灵的告白"甚至是"我心灵的故事"，几乎"除了哈代"，无所不论：哲学、社会、政治、宗教、艺术等，洋洋洒洒地展开去，一发而不可收，可说是一部"文不对题"的奇书。这样的文艺随笔为他以后犀利恣肆、谈天说地的随笔风格打下了坚实的基础。还有，它为劳伦斯写作其史诗般的小说《虹》找到了哲学根据，他的创作肯定与《哈代论》有强烈的"互文"互动，其重要性无论怎样估计都不过分。

在这部长篇文艺随笔里，劳伦斯有两大发现或曰心得。其一是文学创作中作家的观念与创作之间的矛盾问题：一部小说必须有一个形而上的哲学框架，没有哲学理念的作品不成其为大作品；但如何让这个理念的框架服务于和服从于连作家本人都难以理喻的无意识艺术目的而不是相反，最终决定了作品的成功与否。在他看来，哈代和托尔斯泰的小说每当理念大于小说时，都失败了。劳伦斯的这个理论与后来大家熟知的马列主义文艺观里"作家世界观与创作之间的矛盾"及弗洛伊德主义里意识与无意识的冲突理论是不谋而合的。其二是艺术家自身的"男性"与"女性"之间的冲突问题：劳伦斯认为每个作家在写作时都经历着内里两性的冲突，其"男性"代表着理性、意识，决定着作品的形而上的理念形成，而其"女性"则代表着无意识的生命冲动，决定着作品的艺术流向。只有这种两性的冲突和互动才能催生出优秀的艺术作品，只有当这两性的冲突和斗争达到某种和谐状态时，作品才能成为真正的艺术品。劳伦斯的这个理念与后现代理论对于"性别学"（gender study）的痴迷关注是一致的。考虑到劳伦斯在一九一四年就对此有了如此真知灼见，即使这本书拖延到身后的一九三六年才发表，在时间上都可以说劳伦斯在这一点上是开了"后学"之先河的。

但这毕竟是以哈代研究为目的而开始的著作，书中还是有相当篇幅专论哈代的小说创作及理念，显示出劳伦斯是哈代最好的知音和继承者。这些洞见如此鞭辟入里，以至于批评家哈罗德·

布鲁姆颇有见地地指出，劳伦斯甚至在自己的哈代研究中按照自己的体会挖掘出了更深层次的哈代性，看似是哈代在"模仿"劳伦斯。还有论断说，如果哈代晚生一代，很有可能就是另一个劳伦斯。这本书中涉及哈代创作的一些章节具有很高的文学欣赏价值，完全可以是优美的书评和散文，其中论及哈代与自然的关系的段落富有强烈的诗歌节奏，应该说是最美的书评了。

与此同时劳伦斯积极地投入当时的反战活动，倡导社会革命，在结识罗素后两人有一段时间成了莫逆之交，甚至准备共同在伦敦开办讲座。在这段时间里劳伦斯写下了一系列的社会随笔，其中以《皇冠》为代表作。但很快他和罗素就从意气相投到互不相容，关系破裂，共同的讲座流产，不仅分道扬镳，日后还成了敌人，特别是罗素对劳伦斯恨之入骨。日后劳伦斯还断断续续写过诸如此类的随笔。这些随笔因其强烈的政治性和哲学性而难以纳入其文艺性散文随笔加以考量，实质上是与其文学创作密切相关的随想录或通俗的journalism，如这个时期创作的长篇巨制《恋爱中的女人》里主要人物伯金的一些言论干脆就直接来自《皇冠》中的文章，这至少说明伯金的思想体系的来源，虽然不能说明这些随笔对小说写作有决定性影响。现在这些随笔一般是被纳入劳伦斯的社会思想范畴内加以研究的。一个青年作家的社会政论，处处闪烁灵光，珠玑四溅，难能可贵，并非每个大作家都能有如此之高的哲理写作起点和理性思维的高度。但作为思想的整体来看，应该说是不成体系的，对它的欣赏还是重在其璀璨的思想火花和行云流水的文笔，还是其文学价值。因此有些篇章如《鸟语啁啾》和《爱》作为文学散文经常收入劳伦斯的散文集中，这也是种瓜得豆，出人意料。

他第二部天马行空的文艺随笔是《美国经典文学论》。最早写于一九一七年蛰居康沃尔期间，随写随在杂志上发表，到美国后经过反复改写，于一九二三年在美国出版单行本。这组耗时五年的随笔力透纸背，为劳伦斯一段特殊悲惨的人生体验所浸润。一个小说家和诗人何以花费如此漫长的时光写作小品文，其写作背景不可不交代。

在一九一五年前这位以长篇小说和诗歌风靡英国文坛的青年作家和诗人，此时陷入了生活与创作的深渊而难以自拔。这是劳伦斯人生中最黑暗和尴尬的一章，有人称之为劳伦斯的"噩梦时期"，但又岂是噩梦二字能了得？

一九一五年第一次世界大战风起云涌之时，劳伦斯史诗般的小说《虹》因有反战倾向而惨遭禁毁，罪名却是有伤风化，"黄过左拉"。劳伦斯在英国名声扫地。此时的他从《儿子与情人》声誉的顶峰遽然跌入事业与生活的谷底。作品难以在英国出版，贫病交加，几乎全靠朋友捐助过活。伦敦之大，居之不易，只好选择生活费用低廉的西南一隅康沃尔海边蛰居。

官方和右翼文化势力的打压和扼杀以及与英国最有影响力的剑桥-布鲁姆斯伯里文人圈子的决裂使劳伦斯陷入了孤立无援的境地，此时劳伦斯唯一的救命草就是美国。从他的长篇处女作《白孔雀》开始，美国的出版社就一直很关注他，为他的作品出版美国版。在他最困难的时候美国的杂志还约他的稿子。他成了一个从未去过美国的名副其实的美国作家。不难想象，当他在英国几乎陷入了天不应、地不灵的绝境中时，这片同文同种的"新大陆"对他伸出的哪怕一只再细弱的手都像苍天开眼。美国这个"新世界"在劳伦斯心目中简直就是天赐的迦南福地，他不断地对友人重复那里有"希望"和"未来"，他准备战后一俟得到护照并获得允许离境就首先去美国。这个契机促使他重温少年时代就喜爱的美国文学作品，并扩大了阅读范围，边读边写读书随笔，这同时也是为自己移居美国后做一系列的文学讲演做准备。事实证明，劳伦斯此举不仅在当年傲视一切的大英帝国是首创，他甚至比美国本土的批评家更早地将麦尔维尔等一批美国早期作家归纳为"经典"，其视角之独特，笔锋之犀利，更无前例。就是这种无奈中的阅读让劳伦斯写出了一部不朽的文学批评集，一枝独秀于文学批评史。可见一部杰出的作品并非出自杰出的动机，而是缘于际遇，这也是无可奈何的事，尤其是对当年几乎弹尽粮绝为英人所不齿的异类作家劳伦斯来说更是如此，他是背水一战，绝处逢生。

在《英国评论》上发表的个把篇什并未引起英国文学界的瞩目，作为一个名誉扫地的作家，他的随笔也没有获得出版界的青睐在英国出版。劳伦斯则报复性地决定今后他的书都首先在美国出，只让英国喝第二锅汤，英国人不配当他的第一读者。当劳伦斯获得了去美国的机会后，他决定乘船南下绕道太平洋赴美。于是这本书不断的修改和重写过程糅进了劳伦斯周游世界的感受（如塔西提岛和南太平洋的经历为他评论达纳和麦尔维尔的海洋作品提供了难得的灵感）。而到达美国后他又有了较长的时间修改甚至重写，对美国实地的感受自然发散在字里行间。很多学者都注意到了书中对美国和美国人性格的评论和讥讽。一部被称作美国文化的《独立宣言》就这样由一个身单力薄的英国落魄作家写成了。它比《哈代论》在艺术性和思想性上又有了重大飞跃，加之在美国文学研究上的开拓性，使这部著作一版再版，《地之灵》和论霍桑、麦尔维尔、惠特曼的如同散文诗般的篇章经常被收入劳伦斯的散文随笔集中，其本身也成了散文经典。

同样，劳伦斯的另外两本小书《精神分析与无意识》和《无意识断想》亦是滔滔不绝、文采斐然的论人性和文学的精致作品，但因为其过于专业的书名和论题而影响了其传播。其实其中一些片断也很适合收入劳伦斯散文集中，值得发掘。这两本书的完成与《美国经典文学论》的修改是同步进行的，因此写作风格上亦有同工之妙。

而整个二十世纪二十年代劳伦斯的非虚构写作几乎是与其小说创作平分秋色。初期他创作了文笔精美的游记《大海与撒丁岛》；中期《墨西哥的清晨》等墨西哥和新墨西哥随笔成了英国作家探索印第安文明的杰出作品，无人出其左右；晚期的《伊特鲁里亚各地》更是无人比肩的大气磅礴、情理并重的大散文；而临终前完成的《启示录》则是与其诗作《灵舟》一样闪烁着天国温暖夕阳的绝唱。这些作品篇幅都不长，但浓缩了劳伦斯的思想精华，叙述语言堪称凝练华美，感情丰沛，如诗如歌，无论是作为单行本还是节选入散文集，都是散文作品中的上乘佳作。

劳伦斯的其他单篇的散文随笔则散见于各个时期，但从时间上看集中在一九二五年前后和他生命的最后两年（1928—1929）。一九二五年劳伦斯在终于查出了致命的三期结核病后结束了他的美洲羁旅，彻底返回欧洲，中间两度拖着羸弱的病体回英国探视亲人并与故乡小镇诀别。看到英国中部地区煤矿工人的大罢工，看到生命在英国的萎缩与凋残，他把返乡感触都写进了《还乡》《我算哪个阶级》《说出人头地》等散文中，可说是大爱大恨之作，更是他回眸以往经历的生命真言，可谓字字啼血，心泪如注。《为文明所奴役》等随笔在讽喻鞭挞的芒刺之下，袒露一颗拳拳爱心，爱英国，爱同胞，其爱之深，其言也苦，如荆棘中盛开的玫瑰一样可宝贵。

待他再一次回到他生命所系的意大利，在那里，阴郁的故乡与明丽的意大利两相比较，他写下了《花季托斯卡纳》和《夜莺》等散文，秉承了其诗集《鸟·兽·花》的抒情写意风格并将这种风格推到极致，移情共鸣，出神入化，发鸟之鸣啭、绽花之奇艳。此等散文，倜傥不羁，刚柔并济，如泼墨，似写意，一派东方气韵跃然纸上。

更为重要的是，英国的阴郁与意大利的明丽两相冲撞，让他潜隐心灵深处多年的小说主题终于得到戏剧化，得以附丽于麦勒斯和康妮两个生命的阴阳交流之上。这就是《查泰莱夫人的情人》。他要借此张扬"生命"。其实劳伦斯一九一二年与弗里达私奔到加尔达湖畔时就已经通过直觉触及生命最终结束之时那部惊世骇俗的小说的主题了，其理念在游记《意大利的薄暮》中已经初露端倪，他要做的只是等待和寻觅，寻觅将这理念附丽其上的人物和故事，从而将这理念戏剧化。这一等就是十四年，等到医生宣判了他的死刑。他的等待和寻觅，其感受更为直白地表现在了他的散文作品里，可以说是与《查泰莱夫人的情人》相生相伴，写在一部文学巨制的边上，与其交相辉映。

写在《查泰莱夫人的情人》边上与之相生相伴的还有两组散文。一组是画论，《作画》《墙上的画》和《色情与淫秽》等画论与他的绘画集前言是劳伦斯以丹青大师的气度坐而论道，对自己多年来体验生命和艺术关系的高屋建瓴之总结，而其文采之斐然，又非单纯的画家所能及，因此并世无俦。这些画论亦与劳伦斯生命最后几年中的激情作画经历相生相伴，是写在他的绘画边上的心底波澜之记录，可以说是小说家论作画的极致美文；另一组杂文随笔则放谈男女性爱如《性感》《女丈夫与雌男儿》《女人会改变吗？》《妇道模式》《唇齿相依论男女》等。尤其在《唇齿相依论男女》中，生命之火即将熄灭的劳伦斯集一生的阅历和沧桑悠然地论爱论性论性爱之美，一改其往日的冷峻刚愎，笔调变得温婉亲切，表现出的是"爱的牧师"风范。

在《查泰莱夫人的情人》出版后遭到查禁，劳伦斯的画展也惨遭查抄之后，劳伦斯以羸弱的病体写下了泣血文字《为〈查泰莱夫人的情人〉一辩》，这是他生命脉搏最后顽强跳动的记录。

劳伦斯最终是以非虚构作品的写作结束了自己的写作生涯，铸就了他的"江山"。他临死前一次性投出了最后三篇随笔即《唇齿相依论男女》《实质》和《无人爱我》，他获知它们即将在美国发表的消息后就去世了，文章均在他逝世后几个月面世，是劳伦斯的三篇绝笔之作。

劳伦斯非虚构作品中的散文随笔出了中文版后一直受到出版界和读者的青睐，不断出新的选本，其在中国受到的这种普遍礼遇大大超出了在英语国家的接受程度。这种青睐在英国的劳伦斯学者看来反倒是"奇特"的现象。英国的劳伦斯学博士课程和书单里不包括他的散文随笔，我估计是因为他们要集中精力研究他的小说尽快拿到博士学位的原因，或者说是他们侧重大家的大作，而非大家给大家的小品文。他们只是把这类作品看作研究劳伦斯文学的参考而已。我提到劳伦斯散文随笔在中国的畅销和我作为译者的自豪，他们往往报之以困惑不解的表情。现在这种状况应该改变了。用虚构和非虚构的分类法将劳伦斯的两种创作并置加以全面考量，比较他的两个半壁江山，无论对全面评价劳伦斯还是对开阔读者和研究者的眼界、提升我们的鉴赏品位都是必要的。

散文杂文

鸟语啁啾[1]

严寒一直持续了数周，冻死的鸟儿骤然增多。田野里、树篱下，死鸟横陈，一片残尸，有田凫、欧椋、画眉和红翼鸫。这些死鸟被一些看不见的食肉兽叼走了肉，只剩下血淋淋烂糟糟的外壳。

随后的一个早上，天气突然变好了。风向转南，吹来温暖平和的海风。午后现出丝丝斜阳，鸽子开始缓缓地喁喁细语。鸽子的咕咕叫声仍有点吃力，似乎还没从严寒的打击下缓过劲来。但不管怎样，在路上的冰冻仍未融化时，鸽子们却在暖风中呢喃了一个下午。夜里微风徐拂，仍然卷起坚硬地面上的凉气。可再到夕阳西下时分，野鸟儿已经在河底的黑刺李丛中喳喳细语了。

一场冰冻的沉寂后，这声音真令人吃惊，甚至让人感到恐怖。大地上厚厚地铺了一层撕碎的鸟尸，鸟儿们怎么能面对此情此景同声歌唱呢？但是夜空中就是有这样犹豫但清亮的鸟鸣，令人心动，甚至胆寒。在大地仍封冻着的时候，竟有如此银铃般的小声音急速地划过暖空，这是怎么回事？不错，鸟儿们在不住地鸣啭，叫声虽然很弱，断断续续，可它却是在向空中发出清越的、

---

[1] 此文写于1917年，发表于1919年。1916—1917年的冬天极为寒冷。

富有生命力的声音。

意识到这个新世界，且是那么快地意识到它，这几乎令人感到痛苦。国王死了，国王万岁！可鸟儿们省略了前边半句，只剩下微弱盲目但充满活力的一声"万岁"！

另一个世界来了。冬天已去，春天的新世界来了。田野里传来了斑鸠的叫声。这种变化还真让人猛然打个冷战。泥土仍然在封冻中，这叫声让人觉着来得太早了点，再说田野上还散落着死鸟的翅膀呢！可我们别无选择。从那密不透风的黑刺李丛中，一早一晚都会传出鸟儿的啁啾。

这歌声发自何处？一段长长的残酷时期刚过，它们怎么如此迅速地复苏了？可这歌声真是从它们的喉咙里唱出的，像泉眼里汩汩而出的春水。这由不得它们，新的生命在它们的喉咙里升华为歌声了，是一个新的夏天之琼浆玉液在自顾涨潮的结果。

当大地被寒冬窒息扼杀过后，地心深处的泉水一直在静静等待着。它们只是在等待那旧秩序的重荷让位、融化，随后一个清澈的王国重现。就在无情的寒冬毁灭性的狂浪之下，潜伏着令所有鲜花盛开的琼浆。那黑暗的潮水总有一天要退去。于是，忽然间，会在潮尾凯旋般地摇曳起几朵藏红花。它让我们明白，天地变了，变出了一个新天地，响起了新的声音，万岁！万岁！

不必去看那些尸陈遍野的烂死鸟儿，别去想阴郁的冰冻或难忍的寒天。不管你怎么想，那一切都过去了。我们无权选择。我们若愿意，我们可以再冷漠些日子，可以有所毁灭，但冬天毕竟离我们而去了，我们的心会在夕阳西下时不由自主地哼唱。

即使当我们凝视着遍野横陈的破碎鸟尸时，棚屋里仍然飘来鸽子柔缓的咕咕声，黄昏中，仍从树丛中传出鸟儿银铃般的鸣哢。就是在我们伫立凝视这惨不忍睹的生命毁灭景象时，残冬也就在我们眼皮底下退却了。我们的耳畔萦回着的是新生命诞生的嘹亮号声，它就尾随着我们而来，我们听到的是鸽子奏出的温柔而快活的鼓声。

我们无法选择世界，我们几乎没什么可选择的。我们只能眼看着这血腥恐怖的严冬离去。但是我们绝无法阻拦这泉水，无法令鸟儿沉寂，无法阻挡大野鸽引吭高唱。我们不能让这个富有创造力的美好世界停转，它不可阻挡地振作着自己，来到了我们身边。不管我们愿不愿意，月桂很快就要散发芬芳，羊儿很快会立起双脚跳舞，地黄连会遍地闪烁点点光亮，那将是一个新天地。

它在我们体内，也在我们身外。也许有人愿意随冬天的消失而离开尘世，但我们有些人却没有选择，泉水就在我们体内，清洌的甘泉开始在我们胸膛里汩汩涌动，我们身不由己地欢欣鼓舞！变化的头一天就断断续续奏出了一曲非凡的赞歌，它的音量在不可思议地扩大着，把那极端的痛楚和无数碎尸全抛在脑后。

这无比漫长的冬日和严寒只是在昨天才结束，可我们似乎记不得了，回忆起来它就像是天地遥远的一片黑暗，就像夜间的一场梦那么假，当我们醒来时已是现实的早晨。我们体内身外激荡着的新的生命是自然真实的。我们知道曾有过冬天，漫长而恐怖的冬天；我们知道大地曾被窒息残害，知道生命之躯曾被撕碎散落田野。可这种回顾又说明什么呢？它是我们身外的东西，它跟我们无关。我们现在是，似乎一直是这种纯粹创造中迅速涌动的美丽的清流。所有的残害和撕裂，对！它曾降落在我们头上，包围了我们。它就像一场风暴，一场大雾从天而降，它缠绕着我们，就像蝙蝠飞进头发中那样令我们发疯。可它从来不是我们真正最内在的自我。我们内心深处一直远离它，我们一直是这清澈的泉水，先是沉静着，随后上涨，现在汩汩流泻而出。

生与死如此无法相容，真叫奇怪。在有死的地方，你就见不到生。死降临时，它是一片淹没一切的洪水，而另一股新潮高涨时，带来的全然是生命，是清泉，是欢乐之泉。非此即彼，非生即死，两者只能择其一，我们绝无法两者兼顾。

死亡向我们袭来时，一切都被撕得血红一片，没入黑暗之中。生命之潮高涨时，我们成了汩汩曼妙的清泉，喷薄而出，如花绽放。两者全然不相容。画眉鸟儿身上的银斑闪着可爱的光亮，就在黑刺李丛中唱出它的第一首歌。如何拿它与树丛外那血腥一片、碎羽一片的惨景相联系？那是它的同类，但没有联系，它们绝然不可同日而语。一个是生，另一个是死。清澈的歌声绝不会响彻死的王国。而有生的地方就绝不会有死。没有死，只有这清新，这欢乐，这完美。这是全然另一个世界。

画眉无法停住它的歌，鸽子也不会。这歌声是自然发出的，尽管它的同类刚刚在昨天被毁灭了。它不会哀悼，不会沉默，也不会追随死者而去。生命留住了它，让它无法属于死亡。死人必须去埋葬死人[1]，现在生命握住了它，把它抛入新创生的天空中，在那儿它放声歌唱，似乎要燃烧自己一般。管它过去，管它别人什么样，现在它跨越了难言的生死之别，被抛入了新的天空。

它的歌声唱出了过渡时的第一声破裂和犹豫。从死的手掌中向新生命过渡是一个从死亡到死亡的过程，灵魂转生是一种晕眩的痛苦挣扎。但过渡只需一刻，灵魂就从死的手掌中转生到新的

---

[1] 见《圣经·马太福音》第8章，第22节："让死人去埋葬死人吧。"

自由之中。顷刻间它就进入了一个奇迹的王国，在新创生的中心歌唱。

鸟儿没有后退，没有依偎向死亡或它已死的同类。没有死亡，死者已经埋葬了死者。它被抛入两个世界之间的峡谷之中，恐惧地扑棱起双翅，凭着一身冲劲不知不觉中飞起来了。

我们被抬起，准备被抛入了新的开端。在我们心底，泉水在翻腾，要把我们抛出去。谁能阻断这推动我们的冲力？它来自未知，冲到我们身上，使我们乘上了天国吹来的清新柔风，像鸟儿那样在混沌中优雅地款步从死转向生。

爱

　　爱是尘世的幸福，但幸福并非满足的全部。爱是相聚，但没有相应的分离就没有相聚。在爱中，一切都凝聚为欢乐和礼赞，但是如果它们以前不曾分离，它们就不会在爱中凝聚。一旦聚成一体，这爱就不再发展。爱就像一股潮水，在一瞬间完成了，随后必有退潮。

　　所以，相聚取决于分离；心脏的收缩取决于其舒张；潮涨取决于潮落。从来不会有永恒不灭的爱。正如海水绝不会在同一刻高涨覆盖整个地球，绝不会有毫无争议的爱统领一切。

　　这是因为，爱，严格来说是一种旅行。"旅行总比到达强"[1]，有人这样说。这就是怀疑的本质，这意味着坚信爱是相对的永恒，这意味着相信爱是手段而非目的。严格地说，这意味着对力量的相信，因为爱就是一种凝聚的力量。

　　我们何以相信力量？力量是功能型的东西，是工具；它既不是开始也不是结束。我们旅行是为了到达目的地，而不是为旅行而旅行，后者至少是徒劳的。我们是为到达目的地而旅行的。

---

　　[1]　此句源于史蒂文森（Robert.L.Stevenson，1850—1894）的诗句："满怀希望的旅行胜于到达。"

而爱就是一种旅行，是一种运动，是相聚。爱是创造的力量，但任何力量，无论精神还是肉体的，都有其正负两极。任何东西坠落，都是受地球引力而落。不过，难道地球不是靠其反引力甩掉了月亮并且在时光久远的天空中一直牵制着月亮？

爱亦然。爱，就是在创造的欢欣中使精神与精神、肉体与肉体相吸的加速引力。但是，如果一切都束缚在爱之中，就不会有再多的爱了。因此说，对那些相爱中的人来说，旅行比到达终点更好。因为，到达意味着穿过了爱，或者干脆说，以一种新的超越完成了爱。到达，意味着走完爱旅之后的巨大欢乐。

爱的束缚！还有什么束缚比爱的束缚更坏呢？这是在试图阻挡高潮；是要遏止住春天，永不让五月渐入六月，永不让山楂树落花结果。

这一直是我们的不朽观——爱的无限、爱的广博与狂喜。可这难道不是一种监牢或束缚吗？除了时光的不断流逝，哪有什么永恒？除了不断穿越空间的前进，哪有什么无限？永恒，无限，这是我们有关停息和到达的了不起的想法。可永恒无限只能意味着不断的旅行。永恒就是穿越时间的无边的旅行，无限就是穿越空间的无边的旅行，我们怎样争论也是这样。不朽，不过也是这个意思罢了。继续，永生，永远生存与忍受，这不就是旅行吗？升天，与上帝同在——到达后的无限又是什么？无限绝无终点。当我们的确发现上帝意味着什么，无限意味着什么，不朽意味着什么时，我们发现它们同样意味着不止的继续，朝一个方向不断旅行。朝一个方向不息地旅行，这就是无限。所谓爱之上帝就是爱的力量无限发展的意思。无限没有终点。它是死胡同，或者说它是一个无底洞也行。爱的无限难道不是死胡同或无底洞吗？

爱是向其目标的行进。因此它不会向反方向行进。爱是朝天上旅行的。那么，爱要别离的是什么呢？是地狱，那儿有什么？归根结底，爱是无限的正极。那负极是什么？正负极一样，因为只有一个无限。那么，我们朝天上无限旅行或朝相反方向旅行又有什么不同？既然两种情况下获得的无限都一样——无与有意思都一样，那就无所谓是哪一个了。

无限，无限没有目标，它是一条死胡同或者说是一个无底洞。落入这无底洞就是永远旅行了。而一条夹在赏心悦目的墙中间的死胡同是可以成为一重完美的天的。但是，到达一个天堂般宁静幸福的死胡同，这种到达绝不会令我们满意。落入那个无底洞也绝对要不得。

爱绝非目的，只是旅行而已。同样，死不是目的，是朝另一个方向的旅行，泯入自然的混乱之中，是从自然的混乱中，抛出了一切，抛入创造之中。因此说，死也是条死胡同，一只熔炉。

世上有目标，但它既非爱，也非死；既非无限也非永恒。它是宁馨的欢欣之域，是另一个极乐王国。我们就像一朵玫瑰，是纯粹中心的一件奇物，纯粹平衡中的一个奇迹。这玫瑰在时间与空间的中心完美平稳地开放，是完美王国中的完美花朵，不属于时间也不属于空间，只是完美，是纯粹的上帝。

我们是时间和空间的产物。但我们像玫瑰一样，能变得完美，变得绝对。我们是时间和空间的产物，但我们同时也是纯粹超验的动物，超越时空，在绝对的王国这极乐的世界中完美起来。

爱，爱圆全了、被超越了。优秀的情人们总能使爱变完美并超越它。我们像一朵玫瑰，完美地到达了目的地。

爱有着多层意思，绝非一种意思。男女之爱，既神圣又世俗；基督教之爱，说的是"爱邻如爱己"，还有对上帝的爱。但是，爱总是一种凝聚。

只有男女之爱有双重意思。神圣的和世俗的，它们截然相左，可都算爱。男女间的爱是世间最伟大和最完整的激情，因为它是双重的，因为它是由两种相左的爱组成的。男女间的爱是生命最完美的心跳，有收缩也有舒张。

神圣的爱是无私的，它寻找的不是自己。情人对他所爱的人做出奉献，寻求的是与她之间完美的一体交流。但是，男女间全部的爱则是集神圣与世俗于一身的。世俗的爱寻求的是自己。我在所爱的人那里寻找我自己的东西，我与她搏斗是要从她那里夺取到我的东西，我们不分彼此地交织、混融在一起，她中有我，我中有她。这可要不得，因为这是一种混乱，一场混战。所以我要全然从所爱的人那儿脱身而出，她也从混乱中脱身而去。我们的灵魂中现出一片薄暮之火，既不明亮也不暗淡。那光亮必须纯洁而聚，那黑暗必须退居一旁，它们必须是全然不同的东西，谁也不分享谁，各自独立。

我们就像一朵玫瑰。我们满怀激情要成为一体，同时又要相分相离。这是一种双重的激情，既要那难言的分离又要那可爱的相连，于是新的形态出现，这就是超验，两个人以全然的独立化成一朵玫瑰的天空。

男女之爱，当它完整的时候，它是双重的。既是融化在纯粹的交流中，又是纯粹肉欲的摩擦。在纯粹的交流中我完完全全地爱着；而在肉欲疯狂的激情中，我燃烧着，烧出了我的天然本性。我从子宫里被驱赶出来，变成一个纯粹的独立个体。作为独自的我，我是不可伤害的，是独特的，就像宝石，它或许当初就是在大地的混沌中被驱赶出来成了它自己。女人和我，我们就是混乱的尘土。在极端的肉欲爱火中，在强烈的破坏性火焰中，我被毁了，变成了她的他我。这是破坏性的火焰，是世俗的爱。但这也是唯一能净化我们，让我们变成独自个体的火焰，把我们从混乱中解脱出来，成为独特的宝石一样的生命个体。

男女之间完整的爱就是如此具有双重性：既是融化成一体的爱，又因着强烈肉欲满足的摩擦而燃烧殆尽，燃成清晰独立的生命，真是不可思量的分离。但男女间的爱绝非都是完整的。它可以是绅士派的融为一体，像圣方济（St. Francis）、圣克莱尔（St. Clare）、伯大尼的马利亚（Mary of Bethany）和耶稣（Jesus）。对于他们，没有分离、独立和独特的他我可讲。这是半爱，即所谓神圣的爱。这种爱懂得最纯粹的幸福。而另一种爱呢，可能全然是肉欲满足的可爱的战斗，是男人与女人间美丽但殊死的对抗，像特里斯坦和伊索尔德[1]那样，这是些最骄傲的情人，他们打着最壮观的战旗，是些个宝石样的人——他，纯粹孤独的男人，有宝石般孤独而傲慢的男性；她是纯粹的女人，有着百合花般美丽而傲慢芬芳的女性。这才是世俗的爱，他们太独立，终被死亡分开，演出了一场多姿多彩辉煌的悲剧。但是，如果说世俗的爱终以令人痛心的悲剧而告结束，那神圣的爱留下的则是痛楚的渴望和压抑的悲凉。圣方济死了，剩下圣克莱尔哀伤不已。

两种爱——交流的甜美之爱和疯狂骄傲的肉欲满足之爱，合

---

[1] 特里斯坦（Tristan）和伊索尔德（Isolde）是瓦格纳（Wagner）1859年所写的一部歌剧《特里斯坦与伊索尔德》中的男女主人公。

二为一，那样我们才能像一朵玫瑰。我们甚至超越了爱。我们两个既相通又独立，像宝石那样保持自身的个性。玫瑰包含了我们也超越了我们，我们成了一朵玫瑰但也超越了玫瑰。

基督教之爱——即博爱——永远是神圣的。爱邻如爱己。还有什么？我被夸大了，我超越了我自己，我成了整个完美的人类。在完美的人类中我成了个完人。我是个微观世界，是巨大微观世界的缩影。我说的是，男人可以成为完美的人，在爱中变得完美，可以只成为爱的造物。那样，人类就成了爱的一体，这是那些爱邻如爱己的人们的完美未来。

可是，天啊，尽管我可以是那微观世界，可以是博爱的样板，我仍要独立，成为宝石样孤独的人，与别人分离，像一头狮子般傲慢，像一颗星星般孤独。这是我的必然。愈是不能满足这种必然，它就变得愈强烈，全然占据我的身心。

我会仇恨我的自我，强烈地仇恨这个微观世界，这个人类的缩影。我愈是成为博爱的自我，我愈是发疯地仇视它。可我还是要坚持成为整个相爱人类的代表，直到那未被满足的向往孤独的激情驱使我去行动。从此我就可以恨我的邻居像恨我自己一样。然后灾难就会降临到我的邻居和我的头上！神要毁灭谁，必先让他发疯。我们就是这样发疯的——我们不会改变可憎的自我，而潜意识中对自我的反抗又驱使着我们去行动。我们感到惊诧、晕眩，在博爱的名义下，我们无比盲目地走向了博恨。我们正是被自身分裂的两重性给逼疯了。神要毁灭我们，只因为我们把它们惯坏了。这是博爱的终结，自由、博爱、平等的结束。当我不能自由地成为别的而只能是博爱与平等时，哪里还有什么自由？如果我要自由，我就一定要能自由地分离，自由地与人不平等。博爱和平等，这些是暴君中的暴君。

必须有博爱，有人类的完整。但也必须有纯洁独立的个性，就像狮子和苍鹰那样独立而骄傲。必须两者都有。在这种双重性中才有满足。人必须与他人和谐相处，创造性地、幸福地和谐相处，这是一种巨大的幸福。但人也必须独立地行动，与他人分离，自行自责，而且充满骄傲，不可遏止的骄傲，自顾自走下去，不理会他的邻居。这两种运动是相悖的，但它们绝不相互否定。我们有理解力，如果我们理解这一点才能在这两种运动中保持完美的平衡——我们是独立、孤独的个人，也是一个伟大和谐的人类，那样，完美的玫瑰就能超越我们。这玫瑰尚未开放过，但它会开放的——当我们开始理解了这两个方面并生活在两个方向中，自由自在毫无畏惧地追随肉体和精神最深处的欲望，这欲望来自于"未知"。

最后，还有对上帝的爱，我们与上帝在一起时才完整。但是我们知道上帝要么是无限的爱要么就是无限的骄傲和权力，不是这个就是那个。基督或耶和华，总是一半排斥另一半。因此说，上帝永远好妒忌[1]。如果我们爱一个，早晚必要仇恨这一个，而选择另一个。这是宗教经验的悲剧。但是，那不可知的圣灵却只有完美的一个。

还有我们不可去爱的，因为它超越了爱或恨。还有那未知和不可知的东西，它是所有创造的建议者。我们无法爱它，我们只能接受它，把它看作是对我们的局限和对我们的恩准。我们只知道是从未知那里我们获得了深广的欲望，满足这些欲望就是满足

---

[1]　见《出埃及记》第20章，第5节。

了创造。我们知道玫瑰就要开放。我们知道我们正含苞待放。我们要做的就是忠诚地、纯粹按自发的道德随着冲动而行，因为我们知道玫瑰是会开放的，懂得这一点就够了。

归乡愁思[1]

一个灵魂已死的男人在喘息

他从未对自己说

——这是我的，我自己的故土——[2]

真受不了！

四年前，我眼睁着一层薄雪下肯特郡那死灰色的海岸线从眼帘中消逝[3]。四年后，我又看到，在远方地平线上，最后一抹夕阳辉映着寒冷的西天下一星微弱灯光，像信号一样。这是英国最西角的灯塔之光。我这个有点近视的人几乎是第一个看见了它。人往往凭预感也能看得见。夕阳过后，这英国最西端的灯塔之微光，在从大洋对面的墨西哥湾来的人眼中，的确是太遥远了。

我绝不佯装我心已死。不，它就在我心中爆裂着。"这是我

---

[1] 此文写于1923年，但被杂志退稿，理由是文辞过于尖刻，四十五年后才被收入劳伦斯的文集发表。

[2] 见司各特（Sir Walter Scott）之《最后一个吟游诗人之歌》（*The Lay of the Last Minstrel*）第6章，第2节。

[3] 劳伦斯四年前（即1919年）在绝望中出国漫游，四年后第一次归乡。在小说《迷途女》和《袋鼠》中均有"死灰色的棺材"段落描述主人公出国之前对英国的最后一瞥。

的，我自己的故土！"天啊，那灯光之后是什么呀?

两小时以后再上甲板，会发现黑暗中一片耀眼的白光[1]，似乎是什么人在黑夜的树丛中晃动着一束强烈的信号灯光。白光下，航船悄然在黯淡的海上行驶。我们正驶入普利茅斯湾。

那儿有"一个灵魂已死的男人在喘息"吗?

微暗中星星点点的灯光在闪烁，那一定是陆地了。远处的一排微光，那儿定是岬角了。航船缓缓前行，速度减半，要进港了。

英格兰！那么静！看上去是那么遥远！英格兰静卧在怎样神秘孤独的地带啊！"它看上去不像一个文明大国，"我身后的古巴人说，"似乎那上面没人。"

"说得对！"那德国女人叫道，"太安静了！太静了！好像谁也不会来似的。"

你在黑夜中缓缓进入港湾，看到幽暗中那一星星儿闪光时，生出的就是这种感觉。这里的黑夜是沉默的，而美国或西班牙的夜岸却是喧闹的。

航船渐渐陷入沉寂中。一只小汽艇上亮起了红、白、黄三色光，在船尾兜了一圈就驶到了背风处。那德国女人称之为"圣诞树样的船儿"，尽管亮着灯，可看上去很空荡，好生奇怪。英国船员们在沉默中快手快脚地拴着船。听到小艇里英国人的说话声，好奇怪，是那么轻声细语，与我们船上西班牙和德国人的喧哗形成了对比。

这些正在拴缆绳的英国海员正如同这英国土地那样安宁。他们不会打扰夜的宁静，他们不会刺破这静夜。梯子很快就在静悄

---

[1] 普利茅斯港口上有一座巨大的灯塔。

悄中搭上了；随之警察和护照检察官也在静悄悄中快步上了船。一切都静得出奇，使得喝茶时分还是各国游客云集的航船像被遗弃了似的。英国上了船，船上的一切就都静了下来。

　　一切手续都在静悄悄中迅速办完，我们上岸。我心中立即生出一种奇特的失落感，一切事物一切人都让人感到有点缺憾。我觉得，在日常生活的来来往往中，只有英国人算得上是文明人了。就这么轻手轻脚迷迷糊糊上了岸，轻描淡写地看一眼行李就算过关，糊里糊涂进了普利茅斯的旅馆，一切都轻柔、散淡、文明到极点。就这么结束了，下了船，上了岸，进了旅馆。

　　这是第一次上岸过夜，静得出奇。我说不清，从西边[1]回到英国后，怎么会感到那么一种死样的静谧。在旧金山靠岸时，那种狂躁的嘈杂声令我无法忍受。可伦敦又让我感到一种压抑的死静，似乎什么都没有共鸣。一切都受着压抑、杳然无声，没有半点有力的接触，没有半点激烈的反响。似乎交通是在深深的沙漠中进行着，心被重重地扭曲了、暗哑了。

　　我必须坦白说，故乡这种奇特的暗哑比纽约或墨西哥城的嘈杂更令我恐惧。自打我看到英国最西角上的一线微光和港湾口上那大树样的灯塔发出的强光后，还没感到英国有什么让我怦然心动。一切似乎都拴上了沙袋，就像轮船船帮拴上沙袋以缓和与码头相撞的冲击力。这种情形即是如此。任何的冲击和接触都被拴上了沙袋以减缓其力量。每个人说的每句话都被事先淡化了，是为了防止冲撞。每个人对每件事的感受也都降了温，化为乌有，是为了不影响人们的感受。

---

　　[1]　劳伦斯这次是从美国回英国。

这情景最终令人发疯。坐在开往伦敦的火车餐车中用早餐，会感到一种奇特的紧张。是什么奇特的不安缠绕着这火车？在美国，普尔曼火车比我们的车重，因此震动得没这么厉害。那里似乎里里外外都有更多的空间，让人无论精神上和还是肉体上都感到宽松。可能美国人举止不够好，尽管我即使在美国也不大会同意这种说法。至于英国人，如果他觉得不是与自己的"同类"在一起，他就会沉默不语，这毛病很不好，常遭人谴责。当然了，他从不说在嘴上也不表现在行动上，因此可以说他在自己的环境中既安全又得体。

可现在是坐在餐车中，车身晃得厉害。侍者们行动快捷轻柔，很专心致志。可饭食不够好，令人感到是一群已经休眠的人在昏睡中伺候你这个鬼魂样的人。空间太小，挤得人真想砸碎点什么才能轻快一下子。车窗外，那挤挤巴巴的景致儿一闪而过。真令人难以置信，阳光如同一层薄薄的水雾，半英里开外的景物拥挤着直冲向你的脸，令你不得不仰着头边躲闪边倒吸一口气，如同有人把他的脸径直伸向你眼皮子底下一样。太挤了！

我们吃着腌鱼和咸肉。车里挤满了人。人们，大都是男人们，都三缄其口，似乎是要保住他们的气味不发散出自己的座位。在那个自我蜷缩的小圈子里，他们坐着，一张张英国式的脸上笑容可掬。当然，他们都试图显得更"大气"一点——让人觉得他们有更多的人伺候着。这就是英国人的幼稚了。如果他们有两个仆人，他们要装出有四个的样子，不少于四个。

他们故作"大气"，自鸣得意地坐在一个透明的气泡中，微笑着吃饭，往粥上撒着糖。但他们也会偷偷地瞟一眼那透明气泡之外的东西。他们不允许"大气"的气泡之外还存在别的什么，除了别样的"大气"气泡。

在生活琐事上，英国人算得上是唯一完全文明的人。上帝总算把我从这种文明中解脱了出来，饶了我一命。这种文明的把戏在于狠狠地克制自己，严严地捂住自身的气味，直到它在自己周遭形成一个自我封闭的透明的小球体。在这个小球体中间，端坐着英国人，自以为是、自尊自大，同时又是自我否定。他似乎是在表白：我知道我不过如此一个人而已。我不会拿你怎么样，绝不会。嗬，还绝不会！归根结底，你是什么人对我来说毫无意义。我在我那透明的世界中是个神，那小小领地，没人能否认那是我的领地。我只是在沉默寡言的气泡中才是个神，我怎么会去侵犯别人呢？我只是敦促别人也变得同样沉默寡言、同样不爱冒犯别人。如果他们乐意，他们也可以在自己的气泡中做个神。

于是你感到被封闭得透不过气来。从海上来，进入英吉利海峡时就算入了第一口箱子中，普利茅斯湾是第二口箱子，海关是第三口，旅店是第四口，再进入餐车，就是第五口箱子了。如此这般，就像中国式的连环箱，一个套一个，最中间套着一个半英寸长的小瓷人儿。就是这种感觉，像一层套一层，一层紧似一层的箱子中套着的小瓷人儿，这真要令人发疯。

这就是回乡，回到故乡人身边来！在生活琐事上，他们算得上全世界最讲究、最文明的人了。可这一个个完美的小人儿却是紧紧地锁在沉默寡言的箱子或气泡中的。他还为了自身的安全为自己做了其他这样那样的箱子。

他心里感到自鸣得意，甚至是"优越"。回到故土，你会被英国人的这种微妙的"优越"感狠狠一击。他倒不会怎么样你，不会的，那是他"优越"的一部分——他太优越了，不屑于拿你怎么样，他只需在自己的气泡中扬扬自得，自以为优越。比什么优越呢？哦，说不上比什么，就是优越。如果非要他说，他会说比什么都优越。见这优越的鬼去吧。这气泡中的自我克制和自我幻觉恰恰是他做作自傲的畸形萌芽。

这是我的，我自己的故土。

餐车里进早餐的绅士在粥上撒着糖，似乎自作潇洒的把戏玩得很油了。他知道他往粥上撒糖的架势很优雅，他知道他往糖罐里放回茶匙的动作很漂亮。他知道与世界上的别人比，他的谈吐很文明，他的笑容很迷人。很明显，他对别人不怀恶意。很明显，他是想给人们留下最好的印象。如果留下的是他的印象，这印象并非如此美好。还有，他知道他能够克制自己。他是英国人，是他自己，他能自制，只生活在那永不破灭的自我克制气泡中，不让自己的气味泄露一旁，也不与别人的气味相混淆。真是毫不危险的可爱贵族！

可他还是露馅儿了。好好儿看看他那美好明亮的英国人的眼睛吧，那眼在笑，可它们并没笑意。再看看那张娇好的英国人的脸，似乎对生活很满意。他的笑还不如劳合·乔治[1]笑得真切呢。那目光并不潇洒，那好气色的脸也并不神情自若。在那微笑的炯炯眼神中深藏着的是恐惧。甚至英国人的和蔼大度满足中都藏着恐惧。那得意的脸上，笑纹奇怪地颤抖着，看上去像是歹意的笑

---

[1]　劳合·乔治（Lloyd George），1916—1922年担任英国首相。劳伦斯在作品中经常嘲讽他。

纹。就是这笑，不管他如何克制自己，还是流露出一丝恐惧、无能、恶意和克制的怨恨。是的，在轻柔的文明外表下，是恐惧、无能和怨恨。

> 他的心不曾燃烧，
>
> 当他流浪的脚步
>
> 从异国土地转回家乡! [1]

回到英国会发现国内的人就是这样。于是你会明白在国外的英国人的痛苦，特别是有点地位的英国人。

不可否认，大战（指第一次世界大战）之后，英国的尊严在全球大打折扣。英国人会说，那是因为美国人的美元造成的。从这话音里你就可以听出英国垮掉了。

英国的尊严绝非建立在金钱上，而是建立在人的想象上。英国被认为是骄傲自由的国度。自由与骄傲相辅相成，在某种程度上慷慨大度，慷慨之至。

这就是曾经领导过世界的英国。窃以为这是人们对英国最佳的概念了，在别国人眼中英国最好的一面即是如此，而英国人便据此获得了一种荣耀。

现在呢？现在她仍旧获得了一丝荣耀的残羹，但很有点嘲讽意味了。正如同穷兮兮的俄国伯爵，他们现在得去卖报纸了，因此招来的是嘲弄，倒是与众不同啊。真正的英国骄傲已去，取而代之的"优越"是愚蠢的优越，招来全世界人的笑话。

---

[1] 劳伦斯引用的司各特诗句，因记忆错误，与原诗略有出入。

对这大千世界来说，英国不仅优越不起来，反而受着羞辱。在世人眼中，她正一天天丢人现眼下去，虚弱、寡断、无主无张，甚至失去了最后一丝骄傲，英格兰在世界舞台上不停地申辩着，发出反对的声音。

海外的英国人当然对此感同身受。在外边你几乎很难碰上哪个英国人对他的故乡不深感焦虑、恶心甚至蔑视的。故国似乎是个废物，如果回来了，你会感到她比从远处看起来更像废物。

如果在国外的办公室里遇上个英国人，他会与你无言以对，一脸的愤世嫉俗。"我能怎么样着！"他说，"我怎么能违反国内来的命令？命令我不能流露出丁点儿对美国的不满。我要做的就是防止冒犯美国人。在美国面前，我必须总是跪着，求她别理会对她的冒犯，其实她一点也不理会。"

这就是一个生活在外的人的感受。他知道，当你冲某人下跪时，这人就会冲你吐口水。他做得对，因为人的膝盖不是用来下跪的。

"有个英国人想来美国，华盛顿发放了签证，说：什么时候想来就来吧。可伦敦来了电报：别让这人进美国，华盛顿可能不喜欢。这可怎么办好？"

哪儿都有这样的事。一个人与黑人劳工一起修铁路，某个蛮横的牙买加黑人（是英国籍，但比英国人牛气多了）控告了他的老板，英国人严肃地审了这案子，受政府的影响，这英国老板受了惩罚，于是那黑人笑了，还冲他脸上吐了口水。

倒霉鬼万岁！但愿他全吞吃了我们大家。

同样的事发生在印度、埃及和中国。国内是一群莫名其妙的蠢货，半男不女，女人也比他们更有胆量；可国外，倒有那么几个英国汉子在斗争。

英国在我看来的确是变软了，腐烂了。如果要从全球的眼光来看英国，现在就该这样做。于是你看到英国这个小岛不过是世界的一座后花园，挤满了一群井底之蛙，却自以为是在引领着世界的命运。真是可悲又可笑。那所谓的"优越"就更是做作到抽风的地步了。

这帮子可怜的"优越"绅士们，剩下的唯一一招儿就是抱怨美国人了。英国人一说起美国人来，那股子怨恨真令我吃惊。原因很简单，就是因为那儿的共和党老鹰们不愿为别人呕心沥血地当鹈鹕[1]。凭什么要为他人当鹈鹕？

说到底，怨恨对于一个高尚的人来说是个坏毛病，它表明你无能。高尚的英国人惹不起美元，因无能而怨恨——但只是在私下，当美国人听不到的时候。

我是个英国人，我深知，如果我的同胞还有灵魂可出卖，他们会卖了灵魂换美元，并且会苦苦地讨价还价一番。

这就是面对美元表现出的真正优越。

这是我的，我自己的故土！

它许多年来是那样勇敢的一个国家，勇往直前，无所畏惧，

---

[1] 据说鹈鹕是用自己胸口上的血哺育幼崽，于是成了牺牲自我救济他人的象征。

雄性的英格兰。甚至染了胡子的帕麦斯顿[1]也算个勇敢的人。太勇敢，太勇猛了，从不会使暗绊儿，那是我的英格兰。

看看我们现在吧，那千百万条裤裆中，一个男人也没剩下，一个也没剩下。一帮子和善的胆小鬼全躲在自负的气泡中，锁在一个接一个的连环箱中保了平安。

面对这无休止的连环保险箱中的小人儿，你非狠狠嘲笑一通不可。嘲弄了半天你还是个英国人，所以只剩下瞠目结舌的份儿了。我的，自己的故土，简直令我目瞪口呆。

---

[1] 亨利·约翰·坦普尔，第三代帕麦斯顿子爵（Henry John Temple, 3rd Viscount Palmerston（1784—1865），英国政治家，作为托利党人入内阁，后又加盟辉格党。在国内奉行保守政策，却支持国外的自由运动，曾任英国首相。

陶　斯[1]

　　印第安人说陶斯是世界的中心[2]。估计指的是他们的世界吧。有些地方在地球表面是匆匆过客，比如旧金山[3]。有些则看似终点，它们有一个真正的中心结点。前些年我在伦敦对此有过空前强烈的感受，感到伦敦这个世界的伟大中心有强有力的中心结点。可在第一次世界大战期间，那个中心在我看来是碎了[4]。世

　　[1]　陶斯是美国新墨西哥州的一座小镇，附近有一些著名的印第安土著村落。陶斯镇外的那座就叫陶斯印第安村。劳伦斯当年受美国赞助人邀请赴陶斯居住写作，后受赠乔瓦牧场安家，在此地断断续续逗留长达四年，以此为基地，游览了新墨西哥、墨西哥和美国其他一些地方，创作了独具印第安风情的长、中、短篇小说如《羽蛇》《骑马出走的女人》《公主》等。在此修改出版了《美国经典文学研究》，还写下了大量的游记和散文随笔，最著名的散文作品是《墨西哥的清晨》。劳伦斯的妻子弗里达在乔瓦农场的劳伦斯故居附近为他修建了祠堂，成为劳伦斯永久的纪念地。但劳伦斯的骨灰在从法国运往陶斯的路上被弗里达的第三任丈夫意大利人拉瓦利中途抛弃，后用其他灰烬替代蒙骗弗里达葬入劳伦斯祠堂。所以现在的劳伦斯祠堂里并没有劳伦斯的骨灰。陶斯在20世纪初就因其远离浮华尘嚣而成为文学艺术家的聚集地，现今依然如此。——译者注。
　　[2]　陶斯的印第安人把他们用作会堂的大地穴建筑设计成位于世界中心的样子。
　　[3]　劳伦斯于1922年9月在旧金山逗留五天，感觉那里街面混乱嘈杂。1906年的地震和火灾曾毁灭过这座城市，或许这一点给劳伦斯有所启示。
　　[4]　参见劳伦斯随笔《我为何不爱在伦敦生活》和《地之灵》，都对伦敦的衰落发表了自己的见解。

界上的事都是这样。有些地方会失去其生动的中心结点。在我看来，罗马就失去了这个。在威尼斯你会感到那里有个耀眼的古老中心结点，它曾奇妙地连接起了东方和西方，但是现在已是美人迟暮。

陶斯的印第安村庄[1]仍然保持着其古老的中心点。它不像个大城，而是模样独特，像某个欧洲的修道院。每当你来到英国古老的大修道院废墟上，在水岸上，在遥远的美丽峡谷中，你不会没有这样的感受：这里是世界上灵魂安妥的最佳之地。对我来说，记住这些事实是至关紧要的：当罗马陷落了，当伟大的罗马帝国灰飞烟灭，熊在里昂的大街上游荡，狼在废弃的罗马大街上号叫，欧洲成了一片黑暗的废墟，那个时候生命并没有留在城堡、庄园和村舍里。那时，那些灵魂尚存的人聚在一起，退而修筑修道院，这些修道院和女修道院里一小群一小群的人平静地劳作，充满斗志，虽然孤立无援，但从没被崩溃的世界所战胜，只有他们将人类的精神挽救于分崩离析的边缘，在蒙昧时代避免了人类精神陷入蒙昧。这些人成立了教会，从而使欧洲再生，激发了中世纪的战斗信念[2]。

陶斯的印第安人村落让我感到如同那些古老的修道院一样。你到了那里，你感到你像是到达了终点，你到了目的地，那里的中心结点依旧。

---

[1] 陶斯印第安村落至少始于14—15世纪。1598年西班牙殖民者占领了这里。

[2] 劳伦斯在《书话》一文中曾这样赞美修道院的历史作用："孤独但固若金汤的修道院像一艘艘小小的方舟在洪水上漂泊从而继续着思想的探险。"

可这是印第安村落。从河北岸到河南岸，再从南到北，总是有着长裙、披黑围巾、脚踏宽大白鹿皮靴、留着长长刘海儿的女人在默默地游荡，有小孩子在奔跑，还有黑红脸膛不戴帽子的男人在闲逛，他们消瘦的肩膀上垂着两根长发辫，还有一条白布单缠在腰间如同腰带一样。他们一定要用什么把自己裹起来才行。

如果是在落日时分，这些男人则用布单子把全身裹上，如同裹尸一般，只露出黑眼睛来。而女人的脸比男人还黑，头上裹着围巾，在屋外的锅台上忙乎着。牛群被赶回了圈。男人和孩子们骑着小马从田野里赶回家来。天黑了，某座房顶上，但更多的时候是在桥上，就会响起咚咚的鼓声，小伙子们就会在黑暗中引吭高歌起来，那歌声如同狼嚎，但富有乐感。

这就是印第安人的村落，天知道打什么时候起，一直如此。缓慢暗淡的印第安生活如同织布一般仍在进行着，尽管或许更加飘摇不定了。一个人骑在小马上，如同一个悠远的陌生客处在我和这种场景之间的时光沟壑中。可是印第安村庄那古老的中心点依旧，如同黑暗的神经中枢在纺着意识之隐秘的丝线。这样的村庄给人以干枯感，几乎是乏味。还有就是感到这里无法改变。我感到一种厌恶，每次走入这种印第安的神经颤动中都会这样，像是吸入了氯气。

第二天早晨我们去帮着树立起光溜溜的五月柱。那是一根笔直光滑的黄色大树干。自然是某个白人男孩主持这样的表演。但印第安人却不服从命令，他们那长着黑胖脸的主子则发出相反的命令来。这是古已有之的白人和黑人之间的种族对立。而我则只是帮着扶稳那柱子，对他们双方来说都是局外人[1]。

一位美国少女手持照相机拍下了晨光中围着黄色的大树干忙乎的我们。见此情形，一个印第安人脸色阴沉地悄然走过去对她说：

"把你那个柯达[2]给我，你不许在这里拍摄，交罚款，一美元。"那女孩怕了，但紧紧护着相机。

"你不能拿走我的柯达。"她说。

"我是把胶卷拿出来，你得交一美元罚款，明白吗？"

那女孩交出了相机，那印第安人从中取出了胶卷。

"现在你交一美元，要不我就不还你相机。"

她十分郁闷地掏出钱包，交了两枚半美元的银币。那印第安人还回了相机，把钱装入衣袋里，得意地转过身去，这算是对白种人又杀一做百一回。

但现场没有多少印第安人帮忙竖起那根杆子。

"从来没见过这么少的男孩子竖杆子。"托尼·罗麦洛[3]对我说。

"他们都在哪儿呢？"我问。他耸耸肩没回答。

来自纽约的女医生韦斯特在其中一个村子里安了家，那天她和我们在一起。教堂里正在做弥撒，于是她想进去。她在当地也

---

[1]　每年9月30日当地人都庆祝圣杰罗米诺节。柱子有三十英尺高，小伙子们进行爬杆比赛，杆顶上拴着供节日用的美食。

[2]　几乎所有的印第安村落在神圣的庆典场所都禁止游客拍照。"柯达"指的是当年最流行的手持式照相机。柯达公司成立于1892年。

[3]　安东尼奥（托尼）·罗麦洛在1924年间是陶斯印第安村落的首领。

很有名气，可是教堂门口的两个印第安人中的一个还是抬起胳膊拦住了她。

"你是天主教徒吗？"

"不，我不是。"

"那你就不能进。"

这同样讽刺性地给白种男人或女人一个打击，他们为此得意。这种黑皮肤与白皮肤人之间的事在全世界情形大都如此。韦斯特医生当然认为印第安人什么都好，可如此被拒之门外还是令她不习惯，她对此不悦。不过她还是找到了原谅的借口。

"当然他们排斥白人了，为的是防止白人行为不端。好像有些美国人，男孩女孩都有，昨天在教堂里侮辱圣像，又是叫又是笑，说这些圣人看着像猴子，于是导致现在是白人就不让进教堂。"

我听着，不语。我听说类似的事也发生在锡兰的佛教寺庙里[1]。至于我自己，我早已过了扎堆儿凑热闹看任何人的笑话的阶段，无论白人还是有色人，我都不看。

我站在河北岸村子里的第一级屋顶上。教堂的铁钟开始当当作响。夕阳西下，没入远方清晰的平顶山[2]下，南村那边布满矮松的山丘上不再有灿烂的阳光。此时下面的广场上已经聚满了人，印第安人开始走出教堂。

---

[1] 劳伦斯在1922年曾路过锡兰（今斯里兰卡）并在朋友布鲁斯特处逗留。布鲁斯特经常去佛教寺庙修习，因此劳伦斯也随他去过寺庙。在他的书信里曾表示对此感到"庸俗"。

[2] 美国西南部一带有很多这样的平顶山。

两个印第安女人带来一尊盛装的圣母玛利亚小雕像，安放在起点的绿色凉亭平台上。然后男人们渐渐聚集在鼓的周围。钟声响起，当当敲着，男人们渐渐提高了歌唱的嗓门。狂野的乐声与铁钟的钟声奇特地鸣和。无数张沉静的面孔出现了，那是一群群的印第安人，他们身着布单子，披着最漂亮的毯子，戴着耳环，穿着猩红色、绿宝石色或紫色的裤子，裤子上装饰着珠子，脚步向两侧踏，跳着鸟儿舞，他们脚上穿着软平底鞋或黄色的鹿皮平底鞋，边跳边唱，歌声恰似北美郊狼的吼声。他们就这样一路唱着跳着缓缓下山过桥到了河南岸，再上坡到南边的大地穴去。唱歌的人里也有一两个阿帕奇人，他们身穿镶了珠子的坎肩，头戴黑色的大檐帽，他们身材粗壮，让人容易辨认。啦啦队里还有一位纳瓦霍[1]头领。

傍晚，唱歌的人们回到南边大地穴边上的房子里，过了那座高台，他们就散了，活动就结束了。似乎他们离开时在咧着嘴暗笑，笑自己被一群好奇的白人围着。在面无表情的白人组成的沉默的人墙中间唱歌跳舞一定是一种折磨。不过印第安人似乎并不在意这个。而白人们则沉默地面无表情观看着，他们观看时表现出的是那种奇特静止的美国人我行我素的模样和难以克制的好奇心。

---

[1] 阿帕奇和纳瓦霍是印第安人的不同族群。

夜 莺

　　托斯卡纳[1]夜莺遍地。在春天和夏天里，夜莺歌唱个不停，除了夜半和中午。早上四点，熹微中，就能听到它们在通往小溪的山坡上茂密的小树林里又开始歌唱了，那里还有棵银杏树，就悬在一块石头上。"哈罗！哈罗！哈罗！"一只夜莺高叫着，这是世界上最为清亮的声音了。每次你听到它，你都会感到惊奇，而且必须得承认，是一种震撼，因为这叫声是那么清越，那么华丽，蕴含着强大的力量。

　　"夜莺在那儿。"你自言自语。它在半明半暗的黎明中吟诵，似乎是星星在小小的树林中蹿动，越入朦胧的晨光中去藏身，销声匿迹。可是日出后那歌声依旧响起，每次你倾听它都为之一振并猜想："为什么人们说它是一种悲伤的鸟儿？"

　　在鸟儿的王国中，夜莺最为聒噪，最为轻率，最爱喧哗也最为活泼。约翰·济慈[2]的《夜莺颂》（Ode to a Nightingale）以这样的诗句开头："我心疼痛/我的感官沉迷麻木。"对任何一个熟知夜莺歌唱的人来说，济慈何以这样开始他的诗，实在

---

　　[1]　托斯卡纳（Tuscany），意大利一地区，重要城市为佛罗伦萨。

　　[2]　约翰·济慈（John Keats），英国著名浪漫主义诗人（1795—1821）。

是个谜。你听夜莺那银铃儿般的叫声："什么？什么？什么，约翰？心痛，沉迷麻木？特——拉——拉！特——哩——哩哩哩哩哩哩哩哩！"

我也不知道，为什么希腊人说，他/她是在灌木丛中为失去的爱人啜泣[1]。"喳——喳——喳！"中世纪的作家们说，这声音说明夜莺喉咙中闪电的火球在滚动。这野性圆润的声音，比孔雀尾巴上眼睛似的翎斑更有意蕴：

> 这欢快的棕色夜莺，多情的夜莺，
>
> 对伊特利斯激情骤减。

人们说，那"喳——喳——喳"声是她在啜泣。他们如何听得出这层意思，这还是个谜。我不知道，听到过夜莺"啜泣"的人耳朵是否长倒了。

不管怎么说，这是个雄性的声音，一个颇具张力、丝毫不打折扣的雄性声音。这是一种纯粹的主见。没有一丝一毫的哼唧、回音和空洞的回声。一点都不像空洞低沉的铃声！这世上再也没有如此不凄凉的声音了。

或许就是这令济慈立时感到凄凉。

> 凄凉！这个词恰似铃声

---

[1] 奥维德的《变形记》中有几个女人变成夜莺的故事。

教我离开你独自孤寂！[1]

或许原因就在于此。他们因此都将灌木丛中夜莺的歌唱听成了啜泣，而任何诚实的人都会觉得那是小天使银铃儿般的叫声。可能正是因了看法不同，才有了听觉上的不同。

不夸张地说，夜莺的歌声是如此清越、生动、质朴，令听者伫立。这种美妙的叫声交织着清脆的感叹，一定是天使们降生的头一天里发出的，是天使们出世后无意识中发出的。其时，天堂里一定回荡着天使之声的交响："哈罗！哈罗！看啊！看啊！看啊！是我！是我！多么美妙啊！"

就为这纯粹美妙的宣告："看，是我！"你也要倾听夜莺的叫声。同样是宣告什么，其视觉的完美要看孔雀开屏。世上万物，数这两种具备最终的完美：一个有着看不见的欢快声音，另一个具有无声的视觉完美。夜莺，如果你真的看到它，会发现它是一种其貌不扬的灰棕色鸟儿，但跳动起来十分轻盈，具有十足内在的活力。而孔雀一旦要让你听到其叫声，那声音是不堪入耳的，但还是给你以深刻的印象：那是恐怖的丛林中多么可怕的呼叫啊。在锡兰，你可以看到孔雀在高高的树上号叫，然后飘飘然飞过猴子身边，飞入喧闹、黑暗的茂密森林中去。

或许是这个原因——它们以天使或魔鬼的敏锐表现自己的真实自我，因此夜莺令人感到忧伤而孔雀常常令人愤慨。这种忧伤中有一半是妒忌。这些鸟儿们天性活泼，生性主动，出自丰饶坦

---

[1] 见济慈《夜莺颂》。中译文参考了朱维基先生的译文（上海译文出版社1983年版）。以下济慈诗的译文均出自此处。

荡的上帝之手，永远是清新完美的。夜莺发出的是完美的清雅之音。孔雀则自信地舒展开它全部的棕色和紫色翎斑。

这种完美的造物之声，这种体现鸟儿完美的绿色光芒的闪烁，当它们冲击人们的眼睛和耳朵时，令人产生愤懑或忧伤。

耳朵没有眼睛那么狡诈。你可以对某个人说："我太喜欢你了，你今天早晨看上去太美了。"她会完全相信你，尽管你的声音中带着致命的仇视。耳朵实在愚蠢，它会接受任何空头支票。不过，一线致命的仇视目光进入你的眼中或掠过你的脸庞时，它会立刻被觉察。眼睛是狡猾而疾速的。

因此，我们马上就看穿了，孔雀在炫耀其雄性的自我。于是我们十分嘲弄地说："美丽的羽毛造就了美丽的鸟儿！"可当我们倾听夜莺时，我们不懂自己听到了什么，我们只知道自己感到忧愁，哀凉。于是我们说是夜莺在忧伤。

夜莺，让我们重申，是世界上最不忧伤的东西，甚至比那一身光彩的孔雀还不忧伤。他没什么可忧伤的。他感到生活很是完美无缺。这不是自满。他不过是感到生活完美并为此发出鸣啭——他叫，喳喳，咯咯，鸣啭，发出悠长的、貌似哀鸣的叫声，发布告白，发出主张。但他从来也不省察。这叫声纯粹是一种音乐，令你无法为之填词。但是，这歌声激起我们的感情，对此是有字词可描摹的。不，甚至这都不是真的。没有字词可以描摹一个人倾听夜莺时的真正感受。如果有，也是比字词更加纯洁的东西，字词都被玷污了。不过，我们可以说，它是某种因着生命的完美而产生的欢乐感觉。

这并非是嫉妒你的幸运，

而是你的幸福教我过于幸福——
你是轻盈的树精，
在绿榉绿荫的美妙婆娑中
引吭高歌赞美夏日。

可怜的济慈，他原来是在夜莺的幸福中"过于幸福"，而非自身感到幸福。所以，他意欲畅饮诗的灵泉，然后随夜莺消隐于晦暗的森林中去。

消隐到远方，融化，忘却
你在树叶间从未知晓的东西，
忘却疲惫，狂热和烦恼……

这是一首多么哀凉而美丽的男人的诗歌。可下一行却让我顿觉有点荒唐了。

男人们坐在这里倾听彼此的呻吟；
瘫痪的老人抖落几根仅存的悲伤白发……

这是济慈，绝不是夜莺。但是这个忧伤的男人仍然试图逃脱，走进夜莺的世界中。酒不能帮他逃走。可他就是要走。

离去！离去！我要向你飞去，
不乘酒神和豹子驾驶的仙车，
而是乘着诗神的隐形翅膀……

但他没有成功。诗神无形的翅膀只是将他带进了灌木丛，而不是夜莺的世界。他仍然身处那个世界之外。

> 我在黑暗中聆听；多少次
> 我几乎爱上了安闲的死神……

夜莺从来不曾使任何男人爱上安闲的死神，除非将他置于对比之中，才会这样。对比的一方就是鸟儿自身那积极纯粹的自我活力的火焰，另一方是充满渴望忘我的不安的火星儿。对身外之物充满永久的渴望，此人正是济慈：

> 在夜半毫无痛苦地死去，
> 而你却在如此狂喜中
> 倾诉衷肠！
> 你依旧要歌唱，我的耳朵形同虚设，——
> 它变成了泥巴，听不到你的安魂曲。

夜莺如果知道诗人如何回答它的歌声，它会多么惊讶啊。它会惊讶地从树枝上跌落。

这是因为，一旦你回和夜莺的歌声，它会叫唱得更高亢些。假设有那么几只夜莺在附近的灌木丛中高歌（它们常这样做），这声音蓝白色的火花会耀眼地直冲云天。假设你这个俗体凡胎碰巧坐在阴凉的土坎上同你心爱的情妇激烈争吵着，这时那领衔主唱的夜莺就会冲你们情绪高涨地引吭高歌，像卡卢索[1]在一出表现激烈争吵的戏的第三幕中那样爆发出辉煌狂放的音高来，盖住你的声音，直到你听不到自己的争吵声为止。

事实上，卡卢索在某些方面特别像夜莺——他的歌声如同鸟鸣，充满了爆发性的神奇能量，完全融入了自我，表现了华丽的自我。

你并非为死而生，不朽的鸟儿！
饥馑的年代绝不能把你践踏。

在托斯卡纳无论如何是不会的。这里遍地响彻莺歌。而杜鹃似乎显得拒人千里，声音也低沉，边飞边发出低沉且有点秘密的叫声。或许杜鹃在英国完全不是这样。

我今夜听到的声音
古代的君王和庄稼人也曾听到过：
或许是这同一首歌
打动过露得的心扉，当她
含泪站在异乡的麦田中怀念故乡。

为何"含泪"？总是泪水涟涟。我不知道，皇帝中的狄奥克利申[2]和乡人中的伊索，当他们听到夜莺的叫声时是否曾潸然泪

---

[1] 恩里科·卡卢索（Enrico Caruso 1873—1921），意大利著名男高音歌唱家。
[2] 狄奥克利申（Diocletian，284—305），罗马皇帝。

下？路得[1]呢，真那样吗？至于我自己，我极其怀疑年轻的妇人会唆使夜莺歌唱，就像薄伽丘故事中的女子手中握着鸟儿入睡一样令人起疑，"你的女儿太喜欢夜莺了，连睡觉手里都握着那鸟儿。"

雌夜莺轻轻地坐在蛋上听着绅士表白自己时，她对这一切作何感想呢？她或许喜欢，因为她继续十分快活地为他孵着幼崽。可能，与诗人谦卑的低吟比，她更喜欢他的高声大气。

> 如今死比以往任何时候都要壮丽
> 在夜半毫无痛苦地死去……

这对雌夜莺来说没什么用。于是人们会同情济慈的情人芬妮并理解为什么她什么也没有得到。这样的夜半对她来说才是最好的时光呢！

或许，最终的结果是，雌性的鸟儿从生命中获得的更多，而雄性的则并不想在夜半死去，无论死得痛苦与否。夜半可以派更好的用场。一只鸟儿歌唱，那是因为他浑身充满了勃勃的生机，把照顾鸟儿蛋的差事交给了雌的，自己去哼唱。这样的鸟儿或许更能博得哀吟之人的欢心，甚至是因为爱情哀吟的人。

当然了，夜莺歌唱时全然没有在意那黯然无光的小雌夜莺。他从来也不会提到她的名字。但她很明白，这歌儿有她的一半，就如同她明白这蛋也有他的一半。正如她不想让他进来将其沉重

---

[1] 路得是《圣经》中一女子，因饥荒而离开故土到亲戚家的土地上去干活。

的脚踩在她那一小窝蛋上,他也不想让她干涉他的歌声,对其大加渲染从而把歌声搅得一塌糊涂。男人有男人的事,女人有女人的事:

再会!再会!你凄美的颂歌消逝……

它从来不是凄美的颂歌,它是卡卢索最为快活时唱出的歌。不过,还是别同诗人争论的好。

还　乡^[1]

九月底，我回中原的老家去了几天。倒不是因为那儿有什么家。父母皆作古，自然家就没了。但是姐妹们还在，那个地方，还是得称之为故乡。这片矿区位于诺丁汉和达比之间。

重返故园总是教我黯然神伤。现在我已到不惑之年，在过去将近二十年中多多少少是个流浪者，如此一来，我或许在故乡比在世上任何其他地方更觉得陌生。在新奥尔良的运河街，在墨西哥城的马德罗大街，在悉尼的乔治大街，在康提城^[2]的特林科马利大街，或是在罗马、巴黎、慕尼黑，甚至在伦敦，我都感到宾至如归。可是在倍斯特伍德^[3]的诺丁汉街，我既感到归乡的迫切，又感到十足的厌恶。这部分原因是，我想回到故乡，看到它同我儿时一样。那时，我总是在合作社里等很久才能买上东西，然后抱着

---

[1]　劳伦斯1926年9月14—16日住在离家乡伊斯特伍德不远的里普里妹妹家，从那里到伊斯特伍德一游，这是他最后一次回家乡探望。这篇散文就记录下了这最后一次归乡的心绪。回到意大利后，他就立即着手写作生命中的最后一部小说《查泰莱夫人的情人》，目前的研究成果表明，这最后的返乡探望激发了他写作《查》书的创作欲。可能没有这次归乡，就没了《查》。

[2]　康提（Kandy），锡兰（今斯里兰卡）一城市。

[3]　倍斯特伍德（Bestwood），劳伦斯小说中故乡伊斯特伍德（Eastwood）的虚构名称。

一网袋杂货出来。我还记得我们的合作社社号是1553A.L，记它比记我的生日记得还牢。合作社马路对面有一道小篱笆，我常在那上面摘绿绿的花骨朵儿，我们管那叫"奶酪面包"。那时盖布斯街上还没有房屋。在女王街的拐角上住着屠夫鲍伯，他身体肥壮，沉默寡言。

屠夫鲍伯早就死了，那地方已经盖满了房子。在诺丁汉街上，我总也弄不清我身处何方。沃克街倒是没怎么变，因为那棵白蜡树早在我十六岁生病时就砍倒了。房屋仍旧只建在街的一边，另一边是田野。放眼眺望那四面环山的凹地，我仍然觉得那景象很美，尽管山坡上又添了几片红砖房屋，还有一片烟熏过的黑迹。克里奇仍然处在西天天际之下，安斯里森林在北面，正前方的康尼格雷农场依然如故。这里的乡村仍富有某种魅力。十分奇怪的是，路上越是横冲直撞着汽车、电车和公共汽车，乡村就越是与世隔绝，变得神秘、难以接触。

儿时，人们更多的是生活在乡间的。现如今，人们在路上狂奔，乘车兜风，郊游，可是他们似乎从未接触到乡村的真实。人比以前多了许多，又新添了这许多机械发明。

乡村看上去有点人满为患了，可并没有真的受到触动。似乎它远离尘世，难以接近，沉睡了一般。一条条铺着坚硬碎石子的路，路面被不停的车流所磨损。田间的小路似乎宽点儿，但被践踏得更不像样儿，更加脏乱。不管你走到哪里，都会感到人类的肮脏。

大路和小路之间的田野和森林依然像在梦中慵懒地沉睡着，与现代世界隔绝着。

这次造访，这个九月，特别令我神伤。气候温暖，空气柔和，没有阳光，一片雾气昭昭，令人昏昏然。这种似有似无的阳光天气下的中原特别让我感到害怕。我不能，不能，把这种雾气昭昭但光线微明的天气当成晴天。可在我的出生地，这种天就叫晴天。哦，太阳神阿波罗！肯定是你把脸扭向了一边，天气才这样的！

不过，这次特别让我颓丧的是，矿上的大罢工仍在继续。一家又一家，人们靠面包、人造黄油和土豆生活着。矿工们天不亮就起身，走进乡村最后的隐蔽地带，遍寻黑莓子，那样子像遇上了一场饥荒。不过，他们会把黑莓子卖了，一磅卖四便士，他们就这样赚了四便士。

可是我小时候，一个矿工拣黑莓子简直让人当成最下贱的事。一个矿工做梦也想不到自己会干这种为男人所不齿的事。至于说让他回家时挎个小篮子，那还不如叫他去死呢。孩子们可能会这样做，或者是女人和半大青年。可是一个结了婚的矿工汉子，死也不干这个呀！

可现如今，他们没了自尊，他们的自尊无处寄放。

这是另一个世界了。到处都是警察。他们那奇怪的大脸盘看似羊腿一般。他们是哪儿来的，只有天知道：爱尔兰或苏格兰吧，我猜，因为他们压根儿就不是英格兰人。可他们存在着，在乡村的街上，成百上千的，都是他们。人们管他们叫"蓝瓶子"和"肉蝇子"。你能听到某个女人隔着一条街朝那边的女人喊："看到有苍蝇在飞吗？"于是她们扭脸看看那些陌生的警察，随之放声笑起来。

这事儿就发生在我的故乡！当然，我早就对此不那么了如指掌。我小时候，我们有过自己的警官和两个年轻的警察。女人们宁可管维多利亚女王叫"蓝瓶子"也不会管麦罗警官叫这个。这位警官是个十分文静耐心的人，他一辈子都忙于为民排忧解难。他是另一种牧师，矿工和他们的孩子就是他的羊群。女人们则对他怀有最大的敬意。

可是现如今的女人似乎变了许多，她们对什么都不敬了。昨天，市场上出现了这样一景儿：一位叫哈福顿的太太和一位叫罗利的太太被带上法庭受审，罪名是侮辱警察和妨碍警务。警察在护送两个工贼从矿上"下班"，女人们像往常一样大吵大闹。这是两个体面人家的女人呢。在过去，他们会因为被送上法庭感到羞愧难当。可现在，无所谓了。

她们在市场上有一小帮人呢，挥动着红旗，大笑着，还不时讲几句难听的话。其中一个是邮递员的老婆，挺像样的一个人。她还是个小姑娘时，我跟她一块儿玩过。可现在，汽车一出现，她就挥动起了手中的红旗。

这两个犯人振作起来，大呼小叫着进了汽车。

"祝你们走运，老丫头！让他们尝尝那滋味儿！给那'蓝瓶子'脖子上来一下子！告诉他们为什么挨揍！为倍斯特伍德欢呼三声啊！姑娘们，趁热打铁呀！"

"再见！再见，姑娘们！回头见啊！快快活活地回来，说什么呢？"

"祝你们快乐！快乐！要是弄不动他们，就给他们的肥屁股上扎一针。我们想你们！"

"再见！再见！回头见！"

"哦！哦！"

汽车载着大呼小叫的女人，在小市场上女人们沙哑的喊叫声中艰难地开走了。这凉风习习的小市场，我母亲常在星期五晚上头戴褪了色的小黑帽子来这儿买东西，现在，这里竟然有一群体面的女人挥舞着小红旗、沙哑着嗓子为两个上法庭的女人欢呼加油!

哦,妈妈哟,意大利人会这样说。我亲爱的母亲,如果您看到这景象,您那顶黑色的小帽子会因着恐惧和震惊从头上不翼而飞。你是那么喜欢人有长进:当一个体面的劳动者,挣一份优厚的薪水!你为我父亲交了好多年的工会会费!你是那么相信合作社!你是在妇女互助会里听到你父亲那个老霸主的死讯的!你还绝对相信所有主子们和上流社会至高无上的仁慈。无论如何,大家得对这些人感恩戴德才是!

感恩戴德!你可以既占有一块蛋糕还能吃之[1],只要这蛋糕还没吃完。蛋糕吃完了,你还可以将自己消化不良的毛病传给下一代。哦,我亲爱善良的母亲,你相信善的乌托邦,所以你觉得你周围的人永远也不够善,连我,你娇惯的羸弱男孩儿都不够善!哦,我亲爱善良的母亲,看看我们继承下来的消化不良毛病吧,你给我们烤了太多的善良蛋糕!没有十足善的东西!我们都得上升到上流社会才行!向上!向上!向上!

直到靴子只剩下靴面[2],靴底都磨烂了,走在石头路上会疼得大叫起来。

我亲爱的,亲爱的母亲,你是那么富有悲剧性,因为您身上毫无悲剧因子!而我们则不同,我们患有道德和社会的消化不良症,它会为上千出悲剧筹措资金并摇旗呐喊:祝你快乐,老丫头!祝你愉快,老小子!

无论怎样,我们都"出人头地"了。近二十年前我母亲那个

---

[1]　典出You cannot eat your cake and have it,意为两者不可兼得。

[2]　靴面(upper),在这里一语双关,与前面谈到的上流社会(upper)是一个词。

年代里，善的回报就是"出人头地"。善，你就会在生活中出人头地。

至于我自己，一个矿工家的鼻涕孩儿——坐在半价租住的十六世纪意大利古老凝重的别墅里，我这样称呼自己，即使此时此刻，我仍然可以肯定自己"出人头地"了。十六年前，我自己的第一本书就要出版时，我母亲正弥留病榻。一位挺著名的编辑给我母亲写信这样说到我："他四十岁时，能坐上自己的四轮马车。"

对此，我母亲似乎是叹息着说："是啊，如果他能活到四十！"

现在，我四十一岁了，那句叹息之言没有言中。我身体一直虚弱，但我的生命力很强。为什么他们都一口咬定我说死就死呢？可能他们认为我过于善良，这样的人是活不下去的。现在看来，他们算是白说了。

而我到了四十岁，却连自己的汽车都没有。不过我的确驾着一辆两匹马拉的轻便小马车（我自己的），行驶在落基山脉西边山坡上的一座小农场上（这座农场也是我的，或者说是我老婆通过我得到的）。穿着灯芯绒裤子和蓝色衬衣坐在车里，我大叫着："驾，阿伦！阿姆布罗斯！"此时此刻我想到了奥斯丁·哈里森的预言。哦，难解的神谕！难解的神谕！"驾，阿伦！阿姆布罗斯！"砰！马车驶过一块石头，松针抽打着我的脸！看看这个四十岁上驾驶自己四轮马车的人吧！他的驾驶技术是如此低劣！刹车吧！

我猜我是出人头地了，一个矿工家的鼻涕孩儿，大多数女人都说："他是个挺好的孩子！"现在她们不这么说了。如果她们说点什么，也是表示怀疑。她们已经彻底把我忘了。

不过，我姐姐的"出人头地"则比我更具体些。她几乎是就地发迹。在离布里奇边上那片居住区（那是我记忆中最早的房子，虽是模样可憎的矿工房，不过我喜欢这些房子）六英里的地方，矗立着我姐姐家的新宅子——"一座可爱的宅子"，还有花园儿。"多么希望到六月份妈妈能看到我的花园儿啊！"

如果我母亲真的看到了它，会如何呢？六月里，中原地区鲜花盛开，景象壮观。冥后珀耳塞福涅似乎从阴曹地府般的矿井下溜了出来，带来一片盛开的鲜花。不过，假如我母亲真的从冥府归来，看到那鲜花盛开的花园和新房子那敞开的玻璃门，她会作何感想呢？她会说：这就行了！尽善尽美了！

当耶稣基督断气时，他叫道：完了，尽善尽美了！是这样吗？如果是这样，是什么？是什么达到尽善尽美了？

与之相似的是，这次大战前，我曾在德国看到过报纸上广告推销的一种使胡须挺立的贴片，夜里贴在胡须上，就能使胡须直立如同德皇威廉二世那不朽的胡须一样，他的胡须本身就是不朽之物。这种贴片的名称就叫完美！

是吗？借用这种贴片就完美了吗？

我姐姐的花园中徘徊着我母亲的幽灵。每次我低头看园子中的植物或抬头看杏树时，我都能看到她的幽灵。其实那不过是一棵杏树罢了！可我总是问那头发花白善良矮小的幽灵："亲爱的，是什么？得出什么结论了？"

她从来也不回答，可我还是逼她回答：

"您看看这宅子吧，亲爱的！透过门，看看百合花丛和草坪上的石竹尽头那铺了瓷砖的大厅，看看那墨西哥地毯和威尼斯铜器吧。看看吧！看看我，看我是不是个绅士！说呀，说我几乎是个上流社会人士！"

可这亲爱的小幽灵从来都无言。

"就说我们的确出人头地了！就说我们达到了目的了。就说尽善尽美了吧！"

可是那小幽灵转过身去，她知道我在跟她开玩笑呢。她看了我一眼，我懂得这目光，它的意思是："我绝不告诉你，所以你就无法嘲笑我了。你必须自己去找答案。"随之她溜进了她的世界，天知道是什么地方，"在我父的家中，有许多住处。如果不是这样，我早就会告诉你的。"[1]

花园尽头被风摧残的幼树那边，青石板屋顶依然如旧，厚厚的青石板下依旧是发黑的砖房子。燃烧的矿井出车台依旧散发出那种硫黄味[2]。煤灰在白色的堇菜植物上飘舞着。机器发出刺耳的声音。冥后是难以逃出地狱的，于是她让春天从她膝上滑落，来到矿井上面[3]。

不，不！没有煤灰，甚至没有出车台上燃烧的味道。他们铲除了出车台，矿井不开工了。罢工进行了好几个月了。现在是九月份，可草坪上却开满了玫瑰花。

"今天下午我们上哪儿去？去哈德威克好吗？"

让我们去哈德威克吧，我有二十年没去那儿了，那就去哈德威克吧：

哈德威克大厦墙上布满了窗户。

---

[1] 见《圣经·约翰福音》第14章，第2节。
[2] 矿井口上堆放的垃圾杂物由于缺氧而缓缓燃烧。
[3] 冥后亦是春之象征。

它建于好女王贝茨年代[1]，由另一个也叫贝茨的人所建，她是舒兹伯利的伯爵夫人，一个如同鞑靼人的悍妇。

巴特利，阿尔弗里顿，第伯谢尔夫，这些属于哈德威克地区的地方组成了现在的诺丁汉－达比煤矿区。这里的乡村依旧，但矿井和矿区星罗棋布，满目疮痍。山坡上耸立着庞大的别墅，古老的村庄被一排排矿工的住房所窒息。伯索沃城堡就在混乱的矿工村中巍然耸立，小时候我们管它叫伯瑟尔。

哈德威克关闭着。古老的酒吧附近，古色古香，气氛浓郁，门上却写着告示："本公园不对公众和车辆开放，请等待进一步通知。"

当然了！正在罢工！他们害怕有人故意破坏。

那我们去哪儿呢？再回达比郡，还是去舍伍德森林？

调转车头，我们穿过切斯特菲尔德继续前行。我虽不能驾驶我的四轮马车，但我能开我姐姐的汽车。

这是一个宁静的九月午后。老公园里的水潭旁，我们看到矿工们闲逛，钓鱼，偷猎，对那些告示毫不在意。

在每条街口，都站着三四个一群的警察，"蓝瓶子"们，他们的脸长得奇大。每条田间小径，每一个阶梯似乎都需要保护。田野里布满了大型煤矿。矿区田野中伸延出的小路口上，公路旁，蹲着矿工们，他们蹲在路旁的草地上，沉默不语但神情专注。他们的脸干净、白皙，几个月的罢工令他们面无血色。他们的脸是在井下捂白的。他们沉默地蹲着，一副拒人千里的样子，像是在地狱里高处的走廊中一样。陌生的警察们凑成一群站在阶梯旁。双

---

[1] 这里指伊丽莎白一世。

方都佯装不在乎对方的存在。

三点以后，通往矿井的小路上蹒跚着走来被我的小侄子称作"脏货"的人们。这些人中止了罢工又回去干活了。这些人不多：他们一脸的黑，浑身又黑又脏。他们磨蹭着，直到十几个"脏货"在阶梯旁凑齐了，才慢吞吞地上路，那些陌生的"蓝瓶子"警察护送他们。而那些"干净人"，也就是那些矿工仍在罢工，蹲在路边，茫然地看着什么。他们一言不发，也不笑，也不凝视。他们是一支纠察队，一个个脸色苍白，目光似看非看，一脸注定失败的平静表情，在路旁列队而蹲。

那些"脏货"矿工们蹒跚着，几乎有点鬼鬼祟祟地走着，步履沉重，摇摇晃晃，似乎头上仍然是坑道顶。身材高大的蓝制服警察在他们身后不远处跟着。没有人喊叫，因为似乎没有人意识到别人的存在。但是这三拨人每一拨都默默地、恶狠狠地注意着另外两拨人，这三拨人是：干净人、脏货和蓝瓶子。

现在是来到了切斯特菲尔德，它歪斜的塔尖就在眼下。那些回去上工的人并不多，他们鬼鬼祟祟地蹒跚着走在回家的路上，身后跟着警察。纠察队员们则脸色苍白，或蹲，或靠，或站，默默地聚在一起，苍白的脸上露出某种必败的神情，如同在地狱中一般。

我仍然记得小时候矿工们列队回家的情景。脚步的响声，一张张红润的嘴唇，机敏跳动着的眼白，晃动着的井下水壶，地狱里出来的人们前后招呼着，那奇特的叫声在我听来洪亮而欢快，是矿工们获得赦免般的欢快叫声。这景象令我发抖，感到自己变成了一袭幽灵一般。矿工们喧哗着，活蹦乱跳着，那种洪亮的地狱之声是我儿时从其他类男人那里从来没有听到过的。无论如何，这是不久前的事儿。我不过四十一岁嘛。

可是大战以后，一九二〇年之后，矿工们沉默了。一九二〇年前，他们身上孕育着奇特的活力，野性而富有冲动，这一点从他们的声音里就能听出来。他们每天下午总是激动地上到地面上来；早晨又激动地下到井下去。在黑暗中，他们叫着，声音洪亮，富有魅力。在湿润晦暗的冬季星期六下午的小型足球赛上，场上回荡着扯着嗓门儿的巨大号叫声，那声音充满生命的热情和野性。

　　可现在，矿工们在去看足球比赛的路上一个个都死气沉沉的像幽灵。只是从田野里传来一声可怜巴巴的叫喊声。这些人是我的同辈，儿时一起上寄宿学校的。现在他们几乎是沉默了。他们去福利俱乐部里，在绝望中喝闷酒。

　　我感到我几乎不再了解我出身于斯的人们了，那些埃利沃斯谷地的矿工们。他们变了，我想我也变了。我发现我更适合在意大利生活。那里的人有一种新的浅层次的感觉，全来自报纸和电影院，我对此没有领教。与此同时，我觉得，他们内心深处有一种伤痛和一种沉重，与我一样。肯定是这样的，因为我一看见他们，这种感觉就十分强烈。

　　他们是唯一令我深深感动的人，我感到自己同他们命运交关。他们在某种特别的意义上说是我的"家"。我退缩着离开他们，但对他们万分依恋着。

　　现在这一次，我感到这里的乡村上笼罩着一种失败的阴影，人们心头笼罩着失望的阴影，这让我心情无法平静。这是因为，同样的失败阴影笼罩着我，无论我走到哪里，同样的失落感绕心不去。

　　可是失望教人发疯，命运之路依然摆在面前。

　　人被迫回头去搜索自己的灵魂，寻找一条新的命运之路。

有些事我知道，靠的是内在的知性。

我知道，我奋斗要得到的是生命，是将来更多的生命，为我自己，也为我身后的人：同固滞和腐朽做斗争。

我知道，家乡的矿工们与我很相似，我与他们也很相似：归根结底我们的要求是一样的。我知道，在生命的意义上说，他们是善良的人。

我知道，等待我们的是财富之战。

我知道，财富的所有权现在成了问题，一个宗教问题。但这个问题我们可以解决。

我知道，我想拥有几样东西，我自己的东西。但我同样知道，我要的不过是这些。我不想拥有一座宅子，不想拥有土地，不想有汽车或任何股份。我不想要一笔财富，甚至一份有保证的收入。

与此同时，我不要贫困和苦难。我知道我需要足够的钱以使自己能够自由行动，我要挣到那些钱但不因此受辱。

我知道，大多数体面之人在这方面有着极其相似的感受。而那些粗鄙之人以其粗鄙之身，必须服从那些体面之人。

我知道，我们能够，只要我们愿意，一点一滴地把英国建成一个真正的民主国家：我们可以将土地、工业和交通运输国有化，让一切都比现在运行得好上加好，只要我们愿意。这都取决于以何种精神做成这些事。

我知道，我们正处在一场阶级之战的边缘。

我知道，我们最好马上吊死自己，省得卷入一场为财富的所有权或非所有权而战的斗争，那种斗争不过如此简单而已。

我知道，财富的所有权可能是不得不争的。可斗争之后，必须得有一个新的希望，一个新的开端才行。

我知道，我们对生命的看法全然错了。我们必须做好准备赋予它一个新的概念，那就是活着。每个人都应该努力树立这个新观念并准备一点一点地毁灭我们旧的观念。

我知道，人不能只靠他的意志活着。他必须用他的灵魂寻找生命力的源泉。我们要的是生命。

我知道，只要有生命，就有本质的美。充满灵魂的真美昭示着生命；而毁灭灵魂的丑则昭示着病态。不过，俏跟美可是两回事儿。

我知道，我们首要的是对生命及其运动要敏感。如果说有什么力量，那必定是敏感的力量。

我知道，我们必须要关心的是生命的质量，而不是数量。没有希望的生命应该休矣，痴呆者、无望的病人和真正的罪犯们当属此类。出生率应该受到控制。

我知道，我们现在必须负起对未来的责任。某种变化正在到来而且必须到来。我们需要的是变化后认识世界的眼光要有点亮色。否则我们将要遭遇一场崩溃。

举凡活生生的、开放的和活跃的东西，皆好。举凡造成惰性、呆板和消沉的东西皆坏。这是道德的实质。

我们应该为生命和生的美、想象力的美、意识的美和接触的美而活着。活得完美就能不朽。

我懂得这些及别的。懂这些算不得什么新鲜事。新鲜的是去为之行动。

可是，说这些有什么用呢，对那些只知道二乘二等于四的人们？这还可以说成是两个两便士等于四便士。我们的教育，全都在这一星星儿微尘上形成。

说出人头地

　　说起家乡来，到底什么是家乡？今年秋天我再次去了我出生的地方，那是离诺丁汉八英里远的一个小煤镇子。可是到了那里我又一次感到如坐烫砖一般，非走不可。我觉得我在任何一个地方都可以宾至如归，就是在家乡不行。我能感到十分平静，在伦敦，在巴黎、罗马、慕尼黑、悉尼或旧金山。而让我绝对受不了的地方就是我的家乡，我在那里度过了我一生中的头二十一年。

　　"我记得，我记得我出生的那座房——"[1]但印象模糊了，因为我在一岁上家就搬了。那房子位于丑陋的矿工住宅区的街角上，毗邻亨利·撒克斯顿家的铺子。亨利·撒克斯顿生着一头淡黄的卷发，是个粗鲁霸道的家伙。尽管他说话时连个"h"都念不到位，可他却很有自己的主张。我可太了解他了，因为他在主日学校里当了很多年的校监，负责管我们。对他用不着了解，就凭他说话那粗声大气的俗样儿，我就不喜欢他。

　　我母亲倒是似乎挺尊重他。不管怎么说，她只是个矿工的妻子，丈夫酗酒，从不去教堂做礼拜，一口的土话，跟别的普通矿工没什么两样儿。母亲自然是讲一口标准英语，也不是矿工阶级出

---

[1]　见托马斯·胡德（1799—1843）《我记得》。

身。她来自诺丁汉，是个城里姑娘，在一家花边厂主手下当过职员什么的[1]，她很可能仰慕那人。

母亲是个怪人。天知道她怎么会对亨利·撒克斯顿这样的人那么敬重。她比他聪明多了，比他受的教育好得多，因为他根本就没受过教育，而且比他有教养。可一说起他，她就流露出十分的、甚至是温柔的敬重来。这让儿时的我困惑不解。幼儿时，我本能地对他不敬不爱。他粗声大气，咄咄逼人，戴着金表，表链子当啷在便便大腹上，似乎闪着金光。我母亲是个精明的女人，而且嘴损，可她就是充满柔情地高看亨利·撒克斯顿。既然我注定要接受母亲的价值观，我也得高看亨利·撒克斯顿了。

人们自然得敬着他。他当着主日学校的校监，是公理会礼拜堂的执事，在那儿大发淫威，粗暴无礼，弄得每一任牧师都没好日子过。他大字不识几个，却对牧师的布道横加指责；如果因为做礼拜的人少了几个而导致周日的募捐减了几个先令，他就把牧师辞退了。礼拜堂就是亨利的另一个铺子，牧师就是他雇来的店伙计。我只记得两个牧师，他们都是诚实的好人，他们的记忆力着实让我佩服。可他们都让亨利侮辱得体无完肤。

对此我母亲心知肚明，可还是敬慕他。她觉得他比我父亲能耐大多了。这真是天知道为什么。现在我算知道为什么了，那是因为他是个管礼拜堂的人，更因为他是个成功人士，相形之下，她跟着丈夫受穷不算，他还醉醺醺地回家，在邻里毫不招人待见，还有一大家孩子要拉扯，这让她痛苦郁闷，因此她只有一个偶像，那就是，成功。家中的条件让她感到屈辱难当。而成功的男

---

[1] 劳伦斯可能是拔高了母亲的出身。据说她不过是干过花边工。

人则成功地赚了钱，从而就不用受她这份罪了。那好，就让我们不惜任何代价取得成功吧。

现在我已人到中年，才认识到母亲骗了我。在我的生活中，她代表着一切高尚、高贵、雅致、敏感和纯洁的东西。而她一直崇拜的是成功，那是因为她没有获得过这东西。其实她崇拜的是亨利·撒克斯顿这样的金牛犊[1]。

需要指出的是，她并非本性上崇拜亨利·撒克斯顿。她也说他些十分尖酸刻薄的话，还会精明地扯一把那金牛犊的尾巴呢。比如，当年糖的价钱很便宜，看到去亨利店里买糖的人，她会告诉人家亨利的故事。"除了糖，你还买什么？"亨利问。——"不买别的。"——"那你走吧。不买别的，我就不卖糖。"听了这话，那来买糖的矿工老婆就走了，她真是不幸。于是亨利损失了点糖钱。

我觉得我母亲甚至连亨利这种行为都羡慕。她认为那是一种"劲头儿"。我还记得很小的时候的这件事呢。甚至那个时候我就觉得这做法很粗鲁。可只有这样才能成功。

我母亲一直左右为难：我父亲有魅力，当他不发暴脾气时，他的温暖和巨大的活力让我们家暖和。他爱我母亲，但是按照自己的爱法去爱，也认为母亲比他高贵。母亲呢，爱他的体格，总能感受到他的魅力，但恨他在金钱上作假、抠门。家里的钱实在没几个。可他却把大部分攥在自己手里，很自私。他让家里过得捉襟见肘。因为这个，母亲蔑视他，跟他打得不亦乐乎。

---

[1] 摩西赴西奈山期间，以色列人呼吁亚伦做了一头金牛犊供大家膜拜，代替了摩西。见《旧约·出埃及记》第32章，第4节。

她甚至与自己对他的爱做斗争，恨他的魅力。可她又为他生养了五个孩子。她四十多岁那年，他肯定都四十七岁还多吧，他在一次矿难中砸碎了腿骨，从疗养院回来后，她像个小姑娘一样地爱他。他红光满面，得意扬扬地坐在沙发上，很是受用。可惜好景不长啊。那年我十四岁了，还是第一次明白点事了。我曾以为是他让她的生活痛苦不堪的。好多年里，我都祈祷，让他要么皈依宗教，要么就去死。那不是我一个人在念咒。那是一个孩子在替妈妈祈祷，因为她迷住了孩子，而孩子对母亲则绝对信任。

我母亲一生中都与父亲势不两立。他如果不受到挑衅，倒是没有敌意，否则也是个魔鬼。不过，是我母亲开的头。她似乎是不给他活路了。她吝啬并仇恨自己对他的爱。跟他天生的魅力做斗争，是出自报复心。到她五十五岁上去世时，她对他既不爱，也没了恨。她对他没了感觉，算是"自由"了。她就是那么死于癌症的。

她对我们这些孩子的感情也是一分为二的。我们是她的孩子，所以她爱我们。可我们也是"他的"孩子，所以她有点看不起我们。我是最羸弱的一个，脸色苍白的鼻涕娃。为此，她对我怜爱有加。她也看不起我，因为我是她的爱情或者说她与他灾难性的婚姻强加给她的最差的乳臭小儿。她对我充满柔情。她当然是为我才活着的，或者说我这么认为。可是现在，在她去世这些年后，我意识到，她是认定我快要死了，那是她秘而不宣的一件事。从我记得的不少小事和我的姐妹们告诉我的一些她说的话中，我意识到，她对我也是看不起的，因为我染了肺炎，而且对她怀有变态的爱。她是把我们都当成不如她的下层阶级看待的。

我后来得了奖学金去诺丁汉上中学了，这时她待见我了，感到骄傲了。我要成为一个小绅士了！不过，我没跟那些小绅士们交朋友。在学校里我为人谦和，过得很愉快，但跟那些中产阶级的男孩子们没有丝毫的交情[1]。因为我从来没有感到同他们有什么关系，所以也就从来没有这种可能。我跟他们根本上就两样。

是米丽安[2]最早给了我写作的动力，那是我十八九岁的时候。她是一家小农场上的穷丫头。她家甚至比我家还穷。但就是她家的人让我开了窍。而且是为了她，米丽安，我写了一篇儿一篇儿的诗歌，还写了本儿小说。我是在家里偷偷儿地写，假装在学习功课：是在厨房里写，周围是家里人在忙碌。我父亲讨厌学习，讨厌看到书，他恨我们潜心读书。而我母亲则喜欢看到我们为"出人头地"而老老实实念书。她是想让我们为她增光。当然，我一写诗歌或小说什么的她就能明察。她很是精明。我是在学院的作业书上写作的，而且是把作业本插到书架上其他书当中。可她清楚，而且趁我不在时她会读我写的东西。不过她从来没对我说过什么。我也没对她说起这事。她还知道，我总是把那些写了东西的纸片带给米丽安看。可怜的米丽安，她总是认为我写得精彩，如果不是这样的话，我早就不写了。而对她来讲，我或许就不该写什么东西，因为我从来没想过当作家，也没认为自己有什么不凡之处。我通过大学考试后，觉得自己挺聪明，但因为自己身体不强壮，我认为自己比大多数人都没有指望，我是个体弱之人！如果没有写作，我或许早就死了。是因为我能表达自己的心灵，我才

---

[1] 劳伦斯此处叙述有误。在诺丁汉中学期间，他至少和两个中产阶级子弟有过交情。

[2] 这是劳伦斯小说《儿子与情人》里女主人公的名字，其原形是杰茜·钱伯斯（1887—1944），劳伦斯青少年时代的红颜知己。

得以活下来的。

直到我二十二岁上到诺丁汉读大学学院，一个艳阳暖和天，学院只上半天课，我母亲想让我回家过。我们两人独处时，她拿出我重写《白孔雀》的本子，那一段写的是新娘在通往教堂的小路上奔跑的情景。她戴上眼镜，读起来，脸上露出逗趣的表情来。

"我的儿呀，"她语气调侃而不乏嘲弄，放下本子，边摘眼镜边说，"你怎么知道是那样呢？"

我怎么知道！我的心滞住了。她是把这当成一篇学校里的作文了，把自己当老师了，既和蔼又有疑虑。那一刻我从她眼神里看出了她对我的轻蔑，不仅是轻蔑，对我的自负还有点敌视。我或许能按照常规"出人头地"，甚至可以当一个周薪三镑的学校校长，那比起我父亲来可是高出了一大截子。可我竟敢要靠自己的本事"弄懂"学校里没学过的东西，好吗，那就算我胆大妄为了。

于是，我成了伦敦郊外克罗伊顿镇上的小学老师，教的是男校的孩子，年薪九十镑。我不喜欢干这个，我不是当教师的料。我用晚上的时间写作，但从不把自己当作家看。写作让我感到十分快乐，而且米丽安喜欢我写的一切。我没再让我母亲看我写的东西，怕她又觉得可笑、疑虑。到了现在，让我的家人感到烦恼的是，我写的是谁也不想读的破书。当然他们不想读，但还是得浏览一遍，那是因为，我猜，他们仍然还深深地"爱"我，爱的是我这个兄弟，而不是令人尴尬的D.H.劳伦斯。

是米丽安最早把我写的诗歌送到《英国评论》杂志的，那是我二十三岁的时候。也是她收到采用通知的。那时她在安德伍德村的家里，而我在伦敦，睽隔两地。随之，刚开始做了《英国评论》主编的福特·麦多克斯·胡佛——他当主编当得很好——马上告诉我说我是个天才，我觉得他不过说说而已。工人阶级里是出不来天才的。胡佛很是善待我，爱德华·卡耐特[1]也是如此。他们是我最早认识的文学家，而且是我的阶级以外的第一批人。他们十分和蔼，十分慷慨大度。我完成了小说《白孔雀》后，胡佛读了这手稿。为这本书，我奋斗了五年，开始时脑子里一片混乱，没个头绪，有些章节写了十一遍，全书总共重写了四遍。我一通儿删改剪裁，比我父亲挖煤费的力气大多了，总算写出来了。一旦写成了，我多少知道我这辈子该干什么了。

胡佛说《白孔雀》具有所有英国小说所能有的缺点，"不过，你是个天才"。他们一直是那么对待我的。我身上有一个作家所有的一切缺点，但我有天分。我曾经常说：看在上帝的分上，别用天才这个字眼侮辱我了。现在，他们爱怎么说就怎么说去吧。

出版商海纳曼立即就接受了《白孔雀》并付给我五十镑。那时我母亲罹患癌症，就要死了，我刚二十五岁。海纳曼好心地寄给我一本拙作的样书。我母亲拿在手中，翻开，这就够了。两天后她去了。也许她认为这算是成功了吧。或许她觉得她活得值了。或许，她只是感到万分难受，因为一场伟大的冒险刚刚在她面前展开她就要死了。她还是死了。

在她去世前几个月，刚刚接手发表了我全部早期诗歌的《英国评论》主编的奥斯丁·哈里森给她写信说："到他四十岁时，他能坐上自己的四轮马车——"我母亲好像是说过这样的话："唉！

---

[1] 福特·麦多克斯·胡佛（后改姓为福特）（1873—1939），小说家和编辑，1908年创办了《英国评论》杂志，推出了劳伦斯等一批青年作家。爱德华·卡耐特（1868—1937），伦敦文学界有影响的人物，劳伦斯早期小说的伯乐。劳伦斯因文学理念的不同与以上两人分道扬镳。

还不知道他能活到四十岁不？"她对我活不下去倒是充满信心，看来是这样啊！我甚至可以坐上自己的四轮马车，只要我活下去！可我却活不下去——我说不上是怎么回事。我比所有的人加在一起的活力还要强大。是我的活力把我消耗瘦了，活力不会杀死一个人，除非它受到堵塞。

哦，我四十一岁了，还没死呢，也没坐上自己的四轮马车，甚至没有坐上自己的汽车，我是在赶着我的两匹马拉着我的两轮小马车，行驶在新墨西哥我自己农场上的石子小径上。不过如此。谁知道那预言对也不对。

至于我母亲对此怎么说，我不得而知。她肯定会讨厌我写的"性"文字。当《虹》被查禁时，她会感到我给她带来了奇耻大辱。也许不是。也许她会认为我没辜负她的支持。但她会为我没取得"真正的"成功而感到懊恼：我没挣到多少钱，没有像麦克·阿伦那么走红，也没有像高尔斯华绥先生[1]那样风光体面：因为我是个名声败坏的不良作家，她无法和我的姨妈们得意地谈论我，我没有在上流社会里交下"真正的"朋友，我没有在这个世界上真正出人头地，而只是没个名分地游荡着。这一切都会让她懊恼。还有让她懊恼的或许是，她没来得及参与这场冒险就先自去了。

---

[1] 麦克·阿伦（1895—1956），畅销小说《绿帽》的作者。高尔斯华绥（1867—1933），小说家，1932年诺贝尔文学奖得主，但劳伦斯曾对他的作品大加讽刺，称之为"装饰着感伤主义的廉价玩世不恭"。

我算哪个阶级

我觉得，眼下所有白人的世界里，社会阶级的鸿沟反倒比国家间的鸿沟深。其实，思想这东西最具国际性，任何有教养的人，无论哪个国家，都与白人世界的其他有思想的人有长久的接触。我所说的仅限于白种人，甚至都不能包括印度人，因为对他们来说，欧洲的文化是附着物，是对统治民族的模仿。在白种人里，受过教育的人大都相似，即使语言不同，也能一见如故。各个国家有各自的特征，也有偏见。但任何欧洲国家或美国的中产阶级人士，其重大的想法、传统的情感和行为举止大都相近。货真价实的上层阶级是没有了。

问题的关键是，欧洲文化中的所有人，他们的思想内容几乎是同质的，他们的思维方式也十分相似。事情无论大小，无论国内事务还是国际金融，国内商务还是世界大战，一遇到什么事，每个国家的表现都和别的国家相差无几，甚至想法雷同、众口一词、行为如出一辙。

我再说一遍，这就是中产阶级欧洲的同一。今天，全世界只有两个阶级：中产阶级和劳动阶级。

他们之间的罅隙不是垂直的，而是横向的，而且只有一条分界线。中产阶级已经将上流阶级完全同化。连国王也只能算资产阶级里的"精华"。分界线是横向的，它横向切断了整个文明世界，将人类分成两层：上层和下层[1]。

或许有争议的一点是：今日的劳动阶级只是中产阶级的下层。所有的人都向着一个目标努力，要变得更富裕些、要掌握财富的处置权力。从外部观察，这是真的。但从内部考量，这则是一个天大的假象。

就拿我自己来说吧，我出身于劳动阶级。我父亲是个矿工，而且仅仅是个矿工。他十二岁上就下井干活了，一直干到七十岁左右。他能十分费劲地写封短信，也能浏览本地的报纸专栏文章。尽管他总是读些报纸上的东西，可他几乎弄不懂那上面说的是什么。屡见不鲜的是，他几乎总在问我母亲："媳妇儿，这个'加拿大的地方'是啥意思来着？"母亲有点不耐烦地解释过了，他还是不了解加拿大。对他来说，加拿大是在美国的什么地方，而美国就是个你若对自己的国家不满就可以前往的地方。这都是"聊天"的话题。他喜欢让人觉得他懂点这方面的事，因为矿工们在酒馆儿里要闲扯些政治和报纸上的事儿，拿这些东西胡编乱造一番。

我父亲挣的钱，我估计一般是在一周三十到三十五先令的样子。夏天产量不高的时候，工资会降到二十五、二十甚至十五先令。他可不管家里是不是有一群孩子要养活，总给自己留一份私房钱。他给我妈的钱从来不超过三十先令。而他挣不到三十先令时，他还扣五先令给自己留下，如果他挣二十五先令，他也扣五

---

[1] 劳伦斯所谓的中产阶级middle-class，其所指相当于传统意义上的资产阶级即bourgeoisie，它不包括大资本家和贵族。

或四先令。他兜儿里必须得有私房钱供他下酒馆儿。

我母亲算是潜在的中产阶级。她说一口标准的英语，从来也不会说一句字正腔圆的当地土话。她能写一手好字，能把字母写出花样儿来，还喜欢那两个大相径庭的乔治的小说，一个是乔治·爱略特，另一个是乔治·梅瑞迪斯。

尽管有这样的母亲，我们家绝对是个劳动阶级家庭。我母亲戴着一顶寒酸的小黑帽子，尽管生着一张精明的"另类"脸儿，还是个工人的老婆。而我们则是彻头彻尾的工人家子女。

直到我十二岁上，情况有了变化。我获得了郡里的奖学金去诺丁汉中学读书了。这所受到大笔捐资的学校算得上是英国最好的中学了。校长是高博士，后来他当了西敏寺中学的校长[1]。

我就这么着突然间成了一个聪明孩子，变成了母亲的骄傲。我猜，对这个结果她和我一样感到出乎意料。我们这些靠奖学金上学的为数寥寥，都是"普通人家"的孩子，而同学中大部分都是真正的中产之家子女，他们的父亲是教授、花边厂主或商店老板，反正是富人，为孩子付学费绰绰有余。不过学校里看不出有什么势利的迹象。在诺丁汉中学，我从来没有感到来自劳动阶级的奖学金学生让人瞧不起。但差异还是有的，我们之间有隔膜。这种隔膜并非出自主观意愿。我记得那些家境好的孩子为人和蔼，几乎总是礼貌周全。但是我们之间还是有某种难以言表的差异。给人的感觉是，虽然我们这些男孩子是同一个种族，来自同一个区域，什么都一样，可就是说不上来怎么回事，我们是不同的动物。

---

[1] 詹姆斯·高（1854—1923）从1885年开始担任诺丁汉中学的校长。1891年开始担任西敏寺中学校长。

中学毕业后我在办公室里干了一段时间，然后我到小学当了老师，管着一班男孩子，头一年的周薪是半个银币[1]。在教师的岗位上，我上了诺丁汉大学学习普通课程。我们这些考试入学的人也被允许和那些交费学生一样学习学位课程。第一年里我选了人文课程[2]。

这里的情形同中学里一样。"普通"的青年在一个圈子交往，交费的学生不与他们来往。我们见面，也交谈，交换点看法。但我们两拨人之间存在着一条难以言表的鸿沟。其实这并非出自势利，因由比这要复杂。似乎是心跳的方式不同。我记得我给学院的小报投了两首诗歌，题目是On dit![3]但遭到他们退稿，其方式是如今中产阶级办的月刊依然采用的方式。

劳动阶级与中产阶级之间在心颤上的不同是神秘莫测的，对此我从来没有做过分析，只是当成事实接受。但问题是，这东西妨碍了你听教授们讲课，让你从中感觉不到快乐。教授们的中产阶级心颤频率令他们的课讲得了无情趣，不仅如此，还让你觉得融不进你的生命中去。于是在第一年末，我厌倦了大学，放弃了学位课程，继续学我的普通师范课程，无所事事，写了《白孔雀》中的一些章节，要不就在上课时读读小说儿。

我再说一遍，他们没有一个不友好。教授们挺宽宏大量，甚

---

[1] 那时一个银币是十二先令。二十先令是一镑。但史料记载，作为学徒教师劳伦斯的年薪是十二镑。

[2] 所谓普通课程就是没有学位的课程，毕业后没学士学位有教师证书。可以翻译为师范课程。劳伦斯在老师鼓励下最开始选择了学习学位课程，但学位课程要读他认为大而无当且费时费力的拉丁文等烦琐课程，而劳伦斯彼时希望的是挤时间进行文学创作，于是最终放弃了学位课程。

[3] 法文：他们如是说！

至还很友好地主动接近你。可这无济于事。除非你本性上是个善于攀附的人，否则你就无法投桃报李。中产阶级的人似乎很襟怀坦白，很愿意让你攀附进入他们的世界。可我却不会感恩戴德，转身躲开了。

其他读普通课程的学生也是如此。只有一个算是攀升到另一个阶级的圈子里去了，他是个犹太人。我同年级里最聪明的一个，也是个读普通课程的学生，一个比我聪明的伙伴，遭到了驱逐，变得放荡，酗酒，就那么死了[1]。

学院毕业后，我到伦敦附近的克罗伊顿去当教师，年薪一百镑。那是个新式学校，工作很累人。其实具体的教学我倒不在意，那些男孩子们总的来说也让我很喜欢，他们什么样的都有。我讨厌的是所谓的校纪，那种颐指气使，那种必须做出来的虚张声势。

是在克罗伊顿，我二十三岁上，我的一个女朋友[2]把我的几首诗歌寄给了《英国评论》杂志。当时的主编是福特·麦多克斯·胡佛，他在任的短暂时间里，杂志办得很红火。他给我写信，叫我去见他。他心地特别善良，马上就说服了海纳曼出版我的长篇小说《白孔雀》。对此胡佛的评论是："你的小说沾染了所有英国小说能有的毛病，不过你有天分。"他们从来也不吝啬叫我是天才，或许，那个叫法是可以合法地馈赠于人的。但我的作品出版了，而且一直出版着，我从来没为出版费过劲。他们总是允许我当天才，也允许我有英国作家所能有的毛病。

---

[1] 这段叙述里的人研究者都未能查实。
[2] 即杰茜·钱伯斯。

胡佛把我介绍给爱德华·卡耐特，这人对我真是好得无以复加，他帮助我，给我出主意，请我到他肯特郡的家里去度周末。我在学校教书的那几年是激动人心的日子。伦敦是个激动人心的地方。埃兹拉·庞德[1]和他带我见识的水湾街那个世界都令人激动。后来奥斯丁·哈里森接手了《英国评论》的主编工作，请我吃饭，看戏，让我得以结识了很多人。

可是我在英国的雅士群里没有交下很多朋友，也没有自己的地位，这完全是我自己的错儿。通往"成功"的路曾向我敞开着，社会的梯子也为我支好，只等我去攀爬呢。我认识了各色人等，他们每个人都很善待我。

可我现在和过去一样无所归属，简直边缘得没边儿了。这是我自己选择的结果。

只是到了今年我从美国回到欧洲，我才问自己这是为什么。为什么，为什么，为什么我就是不能穿过那道冲我敞开的门进入另一个世界？为什么我永远都身处边缘？

在我看来，答案十足的世俗：阶级！我进不到中产阶级的世界里去。我实际上脱离了劳动阶级的圈子，因此我就没有圈子可言了，但我对此感到满足。

到底是什么阻止了很多能人按照这种明显的、自然的进步次序，从低层阶级进入更高一层的阶级？为什么我就不能步巴里或

---

[1] 埃兹拉·庞德（1885—1972），美国诗人，与劳伦斯在1909年的一次"改革俱乐部"的文学聚会上相识。劳伦斯认为他十分出众，是个小天才，但毫不做作。两人一度交情很深，在诗歌创作上交流过心得。

威尔斯[1]的后尘,也变成一个殷实的中产阶级分子呢?巴里可是个工人的儿子。

是什么让人厌恶进入中产阶级呢?在我看来,进去并不难。相反,对一个有能力为之的人来说,没有比当个中产阶级更容易的了,如果你愿意,还可以称之为上流阶级。

障碍何在呢?我在自己身上找寻这个障碍,算是认识阶级之间危险罅隙的线索吧。我发现这障碍很大。它表现在接触时的做派上。在下层阶级之间或在过去的贵族之间,接触都更直接些,在男人和男人之间,更是躯体上的接触。而中产阶级则不如此,他们之间可以更亲密,可从来不会相互靠近。区别就在于,那种动物的、肉体上的相近可以控制男人的生活,而那种文化上和目的上的相近事实上控制着现今的大众。

可是将广大的中产阶级的人凝聚在一起的那种文化上和目的上的相近在我看来就表现为今日加剧的贪婪和占有的本能。中产阶级圈子的主要本能,也就是今日全世界中产阶级的本能,是占有欲,其实际的表现形式就是贪欲。

或许可以说劳动者比其他阶级的人贪婪和占有欲更为强烈些。不少人可能确实如此。问题是,低层阶级里让贪欲控制住的人会自然而然进入中产和上层阶级的。

而像我父亲那样彻底的劳动者则因为过分迷糊,因此不会贪婪。他挣了六便士就打住,绝不想其实应该挣的是一镑。为什么呢?因为他要拿这六便士去下酒馆儿,去和别的男人厮混在一

---

[1] J.M.巴里(J. M. Barie,1860—1937),苏格兰作家,是苏格兰织布工的儿子。H.G.威尔斯(H. G. Wells,1866—1946),英国著名作家,其父是破产的商店主。劳伦斯认为这两个人都堕落为发迹的"城郊人"了。

起，他与他们之间有一种奇特的肉体上的接触，那是血液上的亲近，从长计议，那种接触对男人来说比思想上的亲近更有必要。不过，如果仅限于此，这种肉体上的亲近无论对男人还是对女人来说也是一种牢狱呢。所以，我自己就永远也不会回到劳动阶级中去了，不能回到他们的盲目、愚钝、偏见和群体情绪中去。但我也不能顺应中产阶级，不能为顺应他们而牺牲我与自己的同胞之间那长久以来形成的血液上的亲密关系，这种亲密是根深蒂固的。

在意大利这里，我周围都是在农场上劳作的农夫。我跟他们并无甚过从，除了问候之外几乎无话可说！可他们就在我身边，他们是为我，我也是为他们才出现在那里的。如果我不得不住在他们的村舍里，那对我来说无异于狴犴。可是如果让我在二魔中择其一，我会选这个，而不是让知识分子和中产阶级的圈子给圈起来。

这是因为，我觉得，人可以同时有两种亲昵：对自己同胞肉体上的亲昵和精神上或思想上的亲昵。但两者无法均衡，必有一种要占主导地位。精神上的亲昵坚持占先，便一定要毁灭和牺牲肉体的亲昵。甚至在意大利这地方，当你说话时，打手势被看作是坏毛病，意大利人要压抑自己不打手势，得将自己身上的很多东西杀戮掉才行。可中产阶级非要这样不可，所以就弄成现在这个样子。

要进入中产阶级，一个人非得牺牲他身上至关紧要的东西不可，那就是他同其他男人和女人之间肉体上的亲近。就看他还有没有这东西了。如果没了，他就算是变成杂种的中产阶级了。

可失去的是男人之间和男女之间那源远流长的、根深蒂固的肉体亲近，这种失落造成了阶级之间的鸿沟。而我们的文明恰恰是要顺着这道鸿沟陷落，它已经并且正在迅速地陷落着。

花季托斯卡纳[1]

一

每个国家都有在自己的土地上大放异彩的花。在英国，是雏菊、金凤花、山楂和立金花。在美国，是秋麒麟草、星花草、六月菊、八角莲和翠菊，我们称之为紫菀。在印度，是木槿、曼陀罗和金香木。在澳大利亚，是金合欢和奇形怪状的尖叶石楠花。在墨西哥，是仙人花，人们称之为沙漠玫瑰，在刺丛中开得可爱，开得晶莹剔透；还有长长的丝兰花，开着奶黄色铃铛样的花朵，像是垂落的泡沫。

但在现今的地中海，如同出现阿格西大商船的十六世纪，我们希望永远如此，这样的花是水仙、银莲花、日光兰和长春花。水仙、银莲花、日光兰、藏红花、长春花和欧芹，单单被地中海人赋予了独到的意义。在意大利也有雏菊：三月的帕斯腾，雏菊盛开，像铺了一小块一小块的白地毯；在托斯卡纳遍地开满了地黄连。可是，再怎么说，雏菊和地黄连也是英国的花儿，它们只对我们

---

[1] 原文共四节，但除剑桥版的劳伦斯散文选外，所有其他选本都只选入前三节，舍去游离了托斯卡纳和花之主题的第四节。故译者随俗只翻译出前三节，特注。

和北方人才具有妙意。

地中海地区有水仙、银莲花、长春花、日光兰和葡萄风信子。这些花儿，只有地中海一带的人才能听懂它们的话。

托斯卡纳这地方花儿开得奇盛，因为这里的气候比西西里潮湿，比罗马一带的山区更适合作物生长。托斯卡纳勉强能够远离尘嚣，自得其乐。这里有多座山头兀立，但各自相安无事。这里有众多小小的沟壑，峡谷中的溪水似乎各行其道，全然不在乎什么大江大海。这里布满了千千万万道全然与世隔绝的小小沟坎儿，尽管几千年来这片土地上一直有人耕作。人类生生不息地在土地上辛勤耕作，种植葡萄、橄榄和小麦，他们忙碌的双手和冬播的脚步以及目光温顺、步态悠缓的耕牛并未将这里的乡村毁掉，并未让土地裸露、光秃，并未将潘神[1]和他的儿女们从土地上驱走。溪水在隐秘的野石上汩汩流淌，在黑刺李丛中淙淙低吟，和着夜莺的歌唱，舒缓而坦荡。

不可思议的是，托斯卡纳这样经过彻底开垦的地方，每五英亩土地上的一半物产要养活十个人，可还是有如此大的地盘生长鲜花，供夜莺藏匿。只要有突兀的小山包，一座座山头各成一体，人就要建起自己的花园和葡萄园，雕塑他自己的风景。说起古巴比伦的金字塔形庙宇里曾建有梯地花园，整个意大利，除去平原地带，就是一座梯地花园。多少世纪以来，人类一直耐心地修整地中海一带的乡村，将小山包修圆，将大大小小的斜坡次第修整成天衣无缝的梯田。成千上万平方英亩的意大利土地在人的手

---

[1] 潘神（Pan），希腊神话中人身羊足头上有角的畜牧神，劳伦斯十分喜爱这个丰饶之神。

中堆砌而起，修整成一小片一小片的平地，再为此砌起石墙保护之，这些石头就采自这刨开的土地。这是无数个世纪才能完成的工作，它精雕细琢出了这里全部的风景。这种别样的意大利美景精致而自然，因为人在敏感地摸索着让土地丰产时既满足了人类的需求，又不至于伤害土地。

这说明，人可以居之土地，依赖土地，但不破坏土地。这一点在这里做到了，在这些雕塑过的山上和精雕细琢的舒缓梯地斜坡上。

当然，你不能在四码宽的梯地上驾驶蒸汽犁。这些梯地随着山上的坡度和开垦的界线而缩进、拓宽、下沉和上升。这些小小的梯地上要种玉米，现在则若隐若现地长起了灰色的橄榄，蜿蜒起了葡萄藤。如果牛能迈着可爱的步伐一步一顿前行，它们就能犁耕这狭窄的田地了。可是地边上得留下一道窄窄的边儿，让它长草，为的是护住下方的石墙。如果这梯地太窄，无法用犁耕它，农夫就用锄头刨，他们也得留出一条窄窄的草边儿，这有助于下雨时保住梯地不被冲垮。

就在这里，花儿得以藏身。一遍又一遍，一遍又一遍，这片土地被翻耕，两年一次，有时三年一次，几千年下来，一直如此。可是花儿从未被驱赶出去。

曾有过强有力的挖掘和筛滤，地里挖出的小小球茎和根茎都扔了，毁灭了，寸草不剩。

可是，春回大地，在梯地的边沿儿上，在梯地的石头角落中，蹿出了乌头、藏红花、水仙和日光兰，还有生生不死的野郁金香。它们生长于斯，悬挂在那里，在生死攸关的边缘，但总能顺利成活，从不失去自己的落脚点。在英国，在美国，花儿被连根拔起，赶走，花儿变成了逃犯。但是在这精雕细琢的古老意大利梯地上，花儿在舞蹈，在挺立着。

　　春天是在第一朵水仙的伴随下到来的，这茬儿水仙开得冷，开得羞赧，还带着些儿冬天的寒意。这一小簇一小簇奶黄色水仙，黄色的杯口形花萼看似花儿上的蛋黄。当地人称之为tazzette，意为小杯子。这种花生长在草木茂盛的梯地边沿上，稀稀拉拉的，荆棘丛中也有它们的身影。

　　在我看来它们是冬季的花儿，散发着冬天的气息。春天是在二月份冬乌头开花时开始的。二月初某个冰冷的冬日，当积雪的山上寒风袭来时，你会发现橄榄树下的休耕地上，紧贴着地面拱出了淡黄色的小花骨朵儿，紧如坚果，长在紧贴地皮的绿色圆花托上。这就是冬乌头花，出其不意地绽放了。

　　冬乌头花是最为艳丽的一种花儿了。像所有早春绽放的花儿一样，小花朵初放时很是无遮无拦的，不像雏菊或蒲公英那样外面包着一层绿色的萼片。那娇弱的黄花朵衬在圆圆的绿花托上，迎着风雪绽放。

　　风要摧毁它，但无法得逞。北风停了，随之而来的是一个艳阳高照的二月天。那紧紧抱成一团的冬乌头花骨朵儿膨胀开来，变成了轻轻的气泡，像绿色托盘上的小气球一般。阳光灿烂，令这二月天一片明媚。到了正午，橄榄树下的一切都成了一个个光芒四射的小太阳，冬乌头开得魅力四射，空气中弥漫起一股美妙的甜丝丝味道，像蜜，而不是水仙的冷香。一只只棕色的小蜜蜂在二月天里嗡嗡叫起来。

　　直到午后，夕阳斜下，空气中又弥漫起雪的气息来。

　　可是，到了晚上，在桌上的灯光照耀下，乌头花又散发出浓烈的芬芳，春天的醇香令人几乎要愉快地哼唱，恨不能成为一只蜜蜂。

乌头花期并不长。可它们在各种奇奇怪怪的地方绽放——在挖出的泥块上，在蚕豆苗壮成长的地方，在梯地的边沿儿上。不过它们最喜欢的还是休耕一冬的土地。在这样的休耕地上，它们欣欣向荣，表现出自己迅速抓住机遇生存炫耀的能力。

两周之后，在二月结束之前，乌头那黄色的泡泡花儿就化作春泥了。不过，在某个舒适的角落里，紫罗兰已经开得黑紫一片，空气中已经弥漫起另一种清香。

菟葵像冬季遗留下的碎片，在所有荒蛮的地方绽放。金盏花在炫耀着最后一茬明晃晃的红莓子。菟葵是冬玫瑰的一种，但是在托斯卡纳，它从来也不开白花。菟葵在十二月底时在草丛中崭露头角，冬季开花，叶子呈浅绿，形状可人，生着淡黄的雄蕊。这种花像所有冬季花一样色泽晦暗，在枯草中鹤立，枝叶浅绿，挺立着，像小小的掌中镜，反射不出什么。最初，它们在花梗上独自绽放，娇小可爱，透着冷艳，显出一副不愿让人触摸、不引人注目的样子。对这样的花，人们本能地敬而远之。可是，随着一月结束，二月来临，菟葵这等葱茏的冬玫瑰变得跃跃欲试起来。它们的嫩绿开始发黄了，呈现出淡淡的草绿色。它们长起来了，一丛丛，一簇簇，组成形状各异的绿色灌木丛，花儿开了，开得招摇，花朵垂首，但依旧招摇，那是菟葵的招摇方式。在有些地方，它们在灌木丛中、在溪流上方聚成一团一簇，从中走过，会发现它们的花瓣儿闪着微光，这一点很像报春花。是很像报春花，但菟葵的叶子生得粗糙，形态骄横，像冬天里的蛇。

从花丛中走过，你会把金盏花上的最后一些猩红莓子蹭落。这种矮小的灌木是托斯卡纳的圣诞冬青树，只有一英尺左右高，在又尖又硬的叶子中间长着一颗鲜红的莓子。二月里，最后一颗红果滚下多刺的羽叶来，冬天也随之而去了。潮湿的土地上早已生出紫罗兰来。

不过，在紫罗兰绽放之前，藏红花已经开了。如果你穿过高高的松林向山上走，直到山顶，你可以朝南看，一直朝南看，你会看到亚平宁半岛上的皑皑白雪。如果是在一个碧空万里的午后，能看到远方的七层蓝山叠嶂。

然后，你在那朝南的山坡上坐下，那里没有风，无论在一月还是二月，不管刮不刮北风，这里都很温暖。这片坡地让太阳烘烤得太久，一遍又一遍地烘烤过；让一场又一场雨浸润过，但潮湿的时间从不过长，因为它是石山，整个面朝南，十分陡峭。

二月天里，就在那为阳光烤炙的荒蛮乱石坡地上，你会发现第一茬藏红花。在那全然荒芜的乱石堆上，你会看到一颗奇特闪烁的小星星，很尖但很小。这花儿开得平坦，看上去像小苍兰，奶油色，上面的黄点儿似一滴蛋黄。它没有梗儿，像是刚刚掉落在这炽热的乱石堆上的。这是第一茬藏红花。

二

在阿尔卑斯山北麓，漫长的冬天不时被挣扎几下便溃退的夏日所打扰；而在南麓，漫长的夏天则时而被可恶的冬天所打扰，这种冬天从来也站不稳脚跟，可就是下作而顽固。在阿尔卑斯山北麓，你尽可以在六月里遇上一个纯粹的冬日。在南麓，你竟然可以在十二月、一月甚至二月里遇上一个仲夏日。这两种情形的出现没有定准，但是，朝阳的一面永远是在阿尔卑斯山南麓，而北麓则总是一片灰暗。

可是作物，特别是花，在阿尔卑斯山两面，南面的花并不比北面的花开得多早。整个冬季，花园里都开着玫瑰，可爱的奶黄色玫瑰姿态优美地斜挂在枝上，显得比夏日里更加纯洁而又神秘。到一月底，花园中的水仙就开了，接踵而来的是二月初的小风信子。

而在田野里，花儿并不比英国开得早。到二月中旬，紫罗兰、藏红花和报春花才见初绽。而在英国，二月中旬的时候，篱笆灌木中和花园的角落里也能发现三两朵紫罗兰和藏红花了。

托斯卡纳的情形毕竟还是不同些。这里有好几种野生藏红花：有尖长紫红的，有尖长奶黄色的，生长在无草的松林间山坡上。但漂亮的花都生长在树林一角的一块草坪上，在陡峭、松林蔽日的山坡下隐藏着那块低洼的草坪，整个冬天草丛中都渗着水，茂密的灌木丛中溪水在流淌，夜莺在此引吭，五月里唱得最欢，那里的百里香透着玫瑰色，夏日里招来满头满脑的蜜蜂。

淡紫色的藏红花在这里最为怡然自得。紫色的花儿从洼地中深深的草丛里探出头来，像是有无数朵花儿在此安营扎寨。你可以在黄昏时分看到它们，那阴暗的草丛世界静得神秘，草丛中所有的花蕾都紧闭着，闪烁着微暗的光芒，恰似打了千层褶的帐篷。北美印第安草莽们都是这样，在西部的大山谷中安营扎寨，夜间合上他们的帐篷。

可到了早上情形就不同了。强烈的阳光辉映着绿云样的松树，晴空一片，充满生机；流水湍急，依旧被最后一些橄榄汁染成了棕色。那一盆地的藏红花开得让人瞠目。你无法相信这些花朵的确娴静。它们开得如此欢畅，它们橘红色的雄蕊如此蓬勃，铺天盖地，如此妙不可言，这一切都昭示着灿烂的狂喜，涌动着的鲜亮紫色和橘红，以某种隐蔽的旋律，奏出一首欢快的交响乐。你无法相信，它们纹丝不动，仍能发出某种清越的欢乐之音。如果你沉静地坐着凝视，你会开始同它们一起活动起来，如同与星星一起运动一样，于是你能感觉到它们辐射的声响。这些花儿的所有小小细胞一定随着生命的绽放和呢喃跃动着。

棕色的小蜜蜂从一朵花儿跳到另一朵花儿上，俯冲、试探，然后飞走。大多数花儿都已经让它们劫掠过了，偶尔还是有一只蜜蜂头朝下在花心里扑腾一会儿，还是能从中找到点儿什么。所有的蜜蜂都长着小小的花粉囊，那是蜜蜂的面包袋儿，就长在它们的臂肘窝里。

藏红花能美丽地开上一周多点儿，待它们开始偃旗息鼓，紫罗兰便茂盛了起来。这时已经是三月了。紫罗兰像黑色的小猎狗一样探头探脑好几周，然后蜂拥而出，在草丛中，在丛生的野百里香中，直到空气中都弥漫起淡淡的紫罗兰香味来。而曾经为藏红花所盘亘的边沿现在则缤纷一片，开满了紫罗兰。这是早春的甜紫罗兰，开得野，开得恣肆，阳光下的山坡上满眼的紫色烟花，偶尔还会有一朵晚开的藏红花依旧挺拔摇曳其中。

此时已是三月，花儿来得急。在另一条朝阳流去的溪流旁，荆棘丛和悬钩子丛中，整个冬天里藏红花都开得素雅得体，可这时却突然绽放出朵朵雪白的报春花来。荆棘丛中，水边上，一簇簇、一束束报春花怒放着。可是同英国的报春花比，这里的花儿显得素净、苍白、单薄些。它们缺少欧洲北方的花那丰满的神韵。人们容易忽视它们，把目光转向岸上耸起的神情严肃高大的紫色紫罗兰，更引人注目的是一座座神奇的小塔般的葡萄风信子。

我不知道还有什么花在初绽时能比蓝色的葡萄风信子更加迷

人。可是，因为它花期太久而且不停地怒放，至少有两个月之久吧，人们往往忽视它，甚至有点小瞧它。这可是太失公允了。

葡萄风信子初绽时呈蓝色，开得茂盛蓬勃，在没有返青的草地上显得很有韵味。顶上的花蕾是纯蓝色的，包得很紧，浑圆的纯蓝色花蕾，完美的暖色蓝，蓝，就是蓝。而下方的铃铛花儿则是深紫色的蓝，开口处涂着一抹儿白。但是这些铃铛花儿现在还没有一朵凋敝的，它们不肯离开那些稀稀拉拉的小青果，这些果实以后会毁了这葡萄风信子，教它看上去赤裸裸的，显得过于实用了。所有的风信子打籽儿时都是这副样子。

但是，最初你只看到一团夜间呈蓝色的坚实花冠，一直到黎明，美得出奇。如果我们是一些娇小的仙女儿，而且只活一个夏天，在我们眼中，这些花铃铛该是多么美丽，这些从夜晚到黎明都呈蓝色的花球。它们在我们头顶上长得茂盛、饱满，那些紫色的花球会撑开那些蓝色的花球，冒出星星点点的白乳头，让我们觉得有一个神在里面藏身。

事实上，有人告诉我说，这些是多乳的月亮和狩猎女神之花。不错，艾菲索斯的大母神[1]生着一簇簇乳房，恰似胸脯上盛开着一朵朵葡萄风信子一般。

到三月的这个时候，小溪旁的树篱丛中，黑刺李开花了，白花如烟，坡地上桃花独自绽放粉色。粉红的杏花儿已经变浅，渐渐凋谢。但桃花却颜色重，一点儿也没有去意，这说明它像肉体，而树则像一个个孤独的人，桃树和杏树均如此。

---

[1] 艾菲索斯的大母神（Cybele of Ephesus），是小亚细亚古国弗里吉亚的大地女神和丰饶女神，其形象常被塑造成多乳房的丰满女人。从公元前204年始，她被罗马人敬为大母神。

这个春天里，有个人说："哦，我对桃花一点儿也不在意！它粉得俗气！"不知道粉红色何以"俗"。我认为粉红的绒布有点儿俗气，但可能那是绒布的问题，怨不得粉红色。而桃花的粉红是一种美丽的肉感粉红，离俗气有十万八千里呢，粉得奇，粉得各。在风景中，粉红显得特别美，粉红的房子，粉红的杏花，粉红的桃花儿，红中透紫的粉红李子，还有粉红的日光兰。

在春天的绿色中，粉红色是那么抢眼，那么独特，这是因为告别冬季时初绽的花儿总是白的、黄的或紫的。此时，地黄连花期已过，沿着地边儿长出了高大结实的黑紫色银莲花，花蕊是黑的。

这些巨大的黑紫色银莲花真叫奇特。在某个阴天里，或者是晚上或早晨，你可能从它们身边路过但从来没有注意到它们。可如果是在晴好的天气里你路过它们身边，它们似乎是在扯着嗓门儿向你吼叫着，似乎要将其深紫色吼得漫天都是。这是因为它们吸足了阳光，热了，盛开了。可是，它们花蕾紧闭时，则如绸缎般光洁，头弯曲着如同雨伞把儿，外表苍白无华，毫不引人注目。它们也许就在你的脚下，可你不见得注意它们。

总之，银莲花是怪花。离平原最近的山上，只有这种巨大的黑紫色银莲，这儿一簇，那儿一簇，但不多见。而两座山开外，则生长着一种紫青色的，与绿色的麦苗相辉映。它们虽然仍属于宽叶儿黑蕊的那一种，但比我们这边黑紫色的花要娇小得多、颜色浅得多，更像绸缎。我们这边的花是一些皮实厚实的蔬菜似的花，可又不很茂盛。那边的花则娇小光洁可爱，整片地里的麦苗与之同绿。而一旦天气暖起来，它们还会散发出十分甘美的气息来。

在牧师的领地上，生长着一种猩红的银莲花，俗称"阿多尼斯之血"：只在一个地方，在一道梯地边沿下长长的一条小径旁。这种花，你不在阳光下寻找，就永远也看不到。花蕾紧闭时，它们绸缎般银色的外表让自己难以引人注目。

可是，如果你在阳光下走过，会突然看到有一些猩红色的小花仰面朝天，那是世上最可爱的猩红色景象了。"阿多尼斯之血"，其内表皮如同天鹅绒一样细腻，但又不像天鹅绒玫瑰花上的那种绒面。是从这内在的平滑中发散出了红色，那么纯正，不知尘世为何物，一点也没有泥土气，可又很是结实，并不透明。一种颜色何以具有如此强的抵御能力保持自身的纯正？它看似聚集着光芒，可毫不璀璨，至少一点都不透明，这真是个问题了。罂粟花鲜艳时呈半透明，郁金香的纯红像晦暗的泥土。但是"阿多尼斯之血"则既不透明也不晦暗。它仅仅呈现出纯粹的浓烈红色，像天鹅绒而无绒，猩红，但没有光芒。

这种红色在我看来是夏季到来的完美预示，就像苹果花上的红色及其以后苹果本身的红色，这些红色告诉人们夏天和秋天快到了。

现在红花开了。野郁金香正含苞欲放，灰色的叶子像旗子一样垂落着。一有机会，它们就会群起齐放。不过到三月底或四月初它们就谢了春红。

天气仍然在转暖。高高的水渠旁，常见的洋红色银莲花或垂落着银色的穗子，或冲着太阳绽开其巨大的雏菊形洋红色花朵。这种颜色比大叶子的银莲花更接近红色了，但"阿多尼斯之血"则不同，人们说，这种银莲花是维纳斯女神的泪水变的，她一边寻找阿多尼斯一边流泪[1]。如此说来，那可怜的女人哭成了什么样

---

[1]　神话中的维纳斯爱上了美少年阿多尼斯，后者不顾劝阻，执意去狩猎，死于野猪蹄下。维纳斯为他流的泪都变成了银莲花。还有一说是，阿多尼斯血流遍地，地上长出了银莲花，被血染红，成猩红色。

儿啊，因为地中海周围的银莲花就像英国的雏菊那么普遍。

这里的雏菊也开了，张着红嘴儿，开得如火如荼一片。最初的花儿大朵大朵的，很壮观。但随着三月一天天过去，它们变成了亮闪闪的小东西，像小纽扣儿，一团团的。这意味着，夏天快到了。

红色的郁金香在麦田里绽开了，很像红罂粟，只是红得更甚。它们说凋谢就凋谢了，从不重新绽放。郁金香花期很短。

在有些地方生长着一些奇特的郁金香，颀长、尖削，像中国人的模样。这种花十分可爱，泛黄的花蕾出挑得纤细尖削。这种花会迅速打蔫，横陈地上，幻影般地消失。

郁金香谢了以后不久夏天就来了。下面该说说夏天了。

三

四月底这段花的间歇期里，花儿似乎在犹豫，叶子趁机长了起来。有一段时间，在无花果赤裸的树梢上，喷涌而出的绿色就像绿色的火舌在烛台架上燃烧。现在这些喷涌的绿色蔓延开来，开始长成手的模样，摸索着夏季的空气。叶子下是小巧的无花果子，看似羊颈上的血管。

有一段时间里，僵硬如鞭的长藤上结着一些疙疙瘩瘩的粉芽儿，似花蕾一样。现在这些粉芽儿开始舒展出一片片半闭着的绿叶子来，叶子上布满了红色的叶脉，还有尖尖的小花儿，好比一粒粒小种苞。这藤上毛茸茸的粉红小花儿散发着淡淡清香。

山上的杨树长势很好，叶子呈半透明，上面布满了血色的叶脉。它们呈现出金棕色，但不像秋天的那种，更像蝙蝠薄薄的翅膀在夕阳辉映下的乱云中扑闪；夕阳的光辉透过舒展的薄翅，映得那翅膀像粘了棕红色斑的薄玻璃。这就是夏日富有活力的红，而非秋日惨淡的红。远远望去，那些杨树上苏醒中的叶子微微喘息着，闪烁着光芒。这是春天那柔弱的美。

樱桃树情况也大致如此，不过皮实得多。在这四月的最后一周里，樱桃花依然是白的，不过在萎缩、凋谢着，今年算晚的了。树叶繁茂，在血红中泛着微微的古铜色。这个地区的果树真叫怪。梨花和桃花同时绽放。不过，现在梨树已是一树茂盛亮丽的新绿，十分可爱，青苹果一般翠绿生动，在田野里的各种绿色中闪烁着光芒：艳绿的半高麦苗，若隐若现的灰绿橄榄，深绿的柏树，墨绿的常绿橡树，波浪般翻滚的油绿的意大利五针松，浅绿的小桃树和小杏树，还有皮实嫩绿的七叶树。纷呈的绿色，一抹，一层，一片，在坡地，在山脊，在叶尖，在花梗的断茬上，在高高的灌木丛中，绿，绿，傍晚有时亮丽得出奇，田野上看似燃烧着绿色，闪着金光。

风景中，梨树可算是最绿的了。麦苗或许会闪金光或泛着绿色的光芒，但是梨树的绿则是自身的绿。樱桃树上白花儿半开半闭，苹果树也是这样。李子树长出了稀稀拉拉的新叶子，令人难以察觉，杏树、桃树也是这样，风景中几乎难以看得到它们了，尽管二十天前它们一身粉红的花朵在整个乡村中最为耀眼。现在它们的花儿谢了，此时是绿色的时间，绿得夺目，一丝丝，一块块，一片片的绿色。

树林中，矮橡树刚刚稀稀拉拉地抽枝，而松树还在冬眠之中。这些意大利五针松是属于冬天的，圣诞节期间，它们那浓重的绿云十分美丽。柏树那高大赤裸的躯体呈墨绿色，紫皮柳在蓝天下泛着生动的橘红，田野上一片淡紫。冬天的田野上涌现着色彩，景色也十分美丽呢。

可是现在，夜莺依旧发出悠长、渴望而哀怨的叫声，随之又发出快活的鸣啭。松树和柏树看似坚硬粗糙，树林失去了其微妙与神秘。这幅景象仍旧像冬季，尽管稚嫩的橡树在渐渐泛黄，石楠开花了。但是坚硬灰暗的松树在上，坚硬灰暗的高高石楠丛在下，都是那么僵硬，在抗拒，与春天的氛围很不谐调。

尽管这白石般的石楠丛中已是一片落英，看上去也很可爱，可如果随意地一瞥，它就是让你觉得没有花。特别是当白霜或白色灰尘笼罩着它的花冠叶尖时，这种印象就更甚。在一片暗淡无色的树林中，这些花就显得特别苍白如鬼影。这景象令春天的感觉全无觅处。

这高高的白石楠丛虽然暗淡，但的确可爱至极。有时它能长一人高，枝干高耸，影子般的"指头"长得十分丰满，下体暗淡粗糙，如同绿色灌木一样。阳光下的石楠丛散发着甜丝丝蜜的味道，如果你抚摸它，会摸一手细细的白石灰粉。凑近看，会发现它那小小的花铃铛最美，娇小的白花儿，花心儿里生着棕紫色的"眼睛"和细若针鼻儿的雄蕊。在树林外的丽日碧空下，石楠丛长得高高大大，暗白的嫩叶挺立着，旁边一片开满金灿灿黄花儿的野豌豆，这景色着实像被施了魔法一般。

尽管如此，这遍地开花的暗白石楠在这春夏之交时只能加剧松柏林的灰白苍老感，是这个过渡时期的幢幢鬼影。

这倒不是说这一周里见不到花朵，只是这些花儿稀稀拉拉的，显得孤独了些：早开的紫兰花，红扑扑、活泼泼的，你会偶尔看到；一小簇一小簇的蜜蜂兰花，它们对自己参差不齐的外表毫不在意。还有巨大的粗壮密实的粉红兰花，其巨大的穗状花蕾像肥实的麦穗一样坚硬，呈紫色，实在漂亮。不过一些穗子已经绽开了口子，其紫色的花蕾中已经垂落出娇嫩的小花瓣来。另有一些十分可爱的高档奶黄色兰花，长而嫩的花边儿上点缀着棕色的斑点儿。这些花儿生长在较为潮湿的地方，生着古怪的柔软花穗儿，很是鲜见。再有一种是娇小开黄花儿的兰花。

但是，兰花并不能造就夏天。它们过于清高寡合。蓝灰色的飞蓬长出来了，不过还不足以显山露水。以后在炽烈的阳光下它才会猛然引人注目起来。在一条条小路的边沿上，开着成片的玫瑰色野百里香。就是这些，只是初见端倪，还算不上露出了真面目。再等上一个月，才能看到盛开的野百里香呢。

蝴蝶花也是如此。在上边的梯地边沿，在石头缝儿里，绛紫色的蝴蝶花蹿起来了。这花儿美，但几乎算不得什么，因为数量不多，还被风撕扯得不成样子。狂风从地中海那边强劲吹来，虽然不冷，可是一路风驰电掣，着实摧残了这些花儿。片刻的安宁之后，又有强劲的风从亚德里亚海横扫而来，这阵刺骨的强风刮得让人心寒。深紫色的蝴蝶花在这两场风的夹击下瑟瑟抖动蜷缩，似乎是受了火烤；而娇小的黄色岩生玫瑰则在细弱的枝头摇曳，后悔自己急于绽放了。

真是急不得。五月份大风就会停的，强烈的阳光会停止其摧残。随之，夜莺会不停地歌唱，而谨慎不怎么出声的托斯卡纳布谷鸟也会时而发出鸣啼。淡紫色的蝴蝶花落英如瀑，尖长的花瓣儿显得柔美而自豪，开成一片紫烟，开得处处亮丽。

蝴蝶花是一种半野生、半栽培的花。农民有时挖掘其根，还挖掘香蒲根（香蒲根粉这种香料我们仍然在使用）。所以，在五月里，你会发现岩石上、梯地上和田野中有挖掘过的地方闪烁着紫光，弥漫着香味，但你不注意它，甚至不知道那是怎么一回事。那是蝴蝶花，在橄榄花若隐若现之前蝴蝶花开得最盛。

一簇簇的蝴蝶花将开得满山遍野，透着自豪和柔美。玫瑰色的野生唐菖蒲开在麦地里；五六月间，麦收之前，黑种草绽放出蓝色的花朵。

但现在既不是五月，也不是六月，而是四月底，是春夏之交。夜莺时断时续地唱着，豆花在田野里凋谢，豆花香随着春天逝去，小鸟在窝里孵蛋，橄榄剪了枝，葡萄下的地也耕过了，暮春的耕作完活儿了，手头没什么可干的了，再干就是等约两周后收豌豆了。到那时，所有的农民都会蹲在豆畦之间收豆子。豆子丰收的季节很长，能持续两个月呢。

天道变了，不断地变，变得快。阳光普照的国度里，这种变化比起阴沉的国家显得更生动更彻底。在晦暗的国度里，天总是阴沉晦暗，变化稍纵即逝，难以留下真正的印记。在英国，冬季和夏季在阴影中交替。但在这表象之下，是灰暗，永恒的寒彻和黑暗，球茎生存于此，现实就是球茎的现实，这东西富有韧性，积聚着能量。

但在阳光普照的国度里，变化是真的，永恒则是假象和狂犴。在欧洲北方，人们似乎本能地想象，认为太阳像蜡烛一样在永恒的黑暗中燃烧，总有一天这蜡烛会燃尽，太阳会耗尽，于是那永恒的黑暗便会重返。于是，对这些北方人来说，这个现象世界根本上是悲剧性的，因为它是暂时的，必然要终止其生存。其生存本身就意味着停止生存，这是悲剧感的根源。

但对南方人来说，太阳是主宰，如果每一种现象实体都从宇宙中消失，世界上就什么也都没有了，只剩下了灿烂辉煌的阳光。太阳的光明是绝对的，阴影和黑暗是相对的，不过是介于太阳和某种东西之间的东西罢了。

这就是普通南方人的本能感觉。当然了，如果你开始理性分析，你会争辩说太阳是一个现象实体。它存在了，还会结束其存在，因此说太阳本身是悲剧性的。

不过这只是个论点而已。我们认为，因为我们要在黑暗中点燃一根蜡烛，所以必定有造物主在太初无边的黑暗中点燃了太阳。

这种论点全然是短视的、肤浅的。我们压根儿不知道太阳是怎么产生的，我们也根本没有理由假定太阳会结束其生命。我们凭借实际经验知道的是，阴影产生，是因为某种物体介入于我们和太阳之间；阴影停止存在，是因为这个介入物移开了。所以，在经常纠缠我们存在的所有临时的、过渡的或注定要停止的东西里，阴影或黑暗是纯粹暂时的。我们可以想想死亡，如果愿意的话，把它看成是介于我们和太阳之间的永恒之物。这正是南方普通人对于死亡的认识基点。但这丝毫也不能改变太阳。经验告诉人们，人类认为永远不朽的是灿烂的太阳，黑暗的阴影只是一种偶然的介入。

这样一来，严格地说，就没了悲剧。宇宙中没有悲剧，人之所以富于悲剧性，是因为他怕死。对我来说，只要这太阳永远灿烂，无论有多少字词的云翳遮拦，它都永远光辉灿烂，死就没什么可怕的了。在阳光下，甚至死都充满了阳光。阳光是没有完结的时候的。

因此，在我心目中，瞬息万变的托斯卡纳之春全无悲剧的意味。"去年的雪在哪儿呢？"怎么，它们该在哪儿就在哪儿。八周前的小黄乌头花儿哪儿去了？我既不知道，也不在乎。它们充满了阳光，阳光在闪耀着，阳光意味着变化，花儿谢了又开了。冬乌头花灿烂地开了，又携着阳光而去。还有什么？太阳永远灿烂。如果我们不这样想就错了。

文明的日与夜[1]

拉蒂斯波利是罗马帝国海岸线上一处丑陋的地方，有些新的混凝土别墅、新的混凝土旅店、凉亭和一些海水浴设施，一年里十个月都空空荡荡，而在七八月间又被赤身的海水浴者们挤得水泄不通。这个时候它被遗弃了，十分荒凉，只有两三个管事的和四个野孩子在这里走动。

我和布鲁斯特躺在灰黑色的火山岩沙滩上，身边就是平缓的浅海，海面的上空灰蒙蒙的，暮色苍茫。深灰色的海水卷起绿色的浪花来，那浅海水面平缓得出奇。这是一条奇特的凄凉海岸线，海水奇特的平缓低浅，看上去毫无生气，陆地似乎发出了最后一丝喘息，永远呆滞了。

可这是第勒尼亚海，是伊特鲁里亚人[2]的海，他们的船只在

---

[1]　本文选自《伊特鲁里亚各地素描》，此书是劳伦斯探索罗马文明的前身伊特鲁里亚文明的游记体著作，强调罗马文明继承的不仅是古希腊文明，还有被刻意掩盖的与希腊文明同期的伊特鲁里亚文明，强调西方文明发端中东方因素的重要性，这种做法在20世纪20年代是相当前卫的举动，而且劳伦斯是作家中最早实地考察伊特鲁里亚遗迹并写出专著的人。标题为译者所加。

[2]　伊特鲁里亚人的起源一直没有定论。目前最可信的理论解释说一些文化上近似的族群来到意大利，逐渐在军事上强大起来，他们推行自己的语言，但又没有扰乱半岛的渐进发展。伊特鲁里亚文明大概存在于青铜时代和黑铁时代之间。

这片海上扬起尖角风帆，奴隶的船桨拨动着海面。他们从希腊来，从西西里来，那时西西里受着希腊的残暴统治；他们从古希腊的殖民地坎帕尼亚的库迈城来，那里就是今天的拿波里的所在；他们从埃尔巴来，伊特鲁里亚人在那里采铁矿石。伊特鲁里亚人在海上航行穿梭。人们甚至说他们是在黑雾弥漫的公元前八世纪之前乘船从里底亚和小亚细亚来的。不过在那个时代，整个民族，甚至是整个群体都乘着小船一次性来到人烟稀少的意大利中部落地生根，这似乎难以想象。或许确实有船来过，甚至早于尤利西斯。或许人们登上了这片出奇平展的海岸，安营扎寨并和土著人谈妥了条件。这些人是不是脑后扎着卷发的里底亚人或赫梯人[1]，还是迈锡尼[2]或克里特人，天知道。可能形形色色的人都来过，分批而来。在荷马时代，地中海盆地似乎好一阵子躁动不安过，古代的一些族群开始划着船在海上劈波斩浪，那阵势就像在海上播撒种子。除了希腊人或印欧人之外，还有更多的民族在忙于迁徙。

　　不过在三千年前或更早些，无论是多么小的船儿停靠在这柔软、厚实的灰黑色火山沙岸边，水手们肯定不会发现这里的小山上荒无人烟。如果里底亚人或赫梯人将他们的双眼长船停泊于此地的海滩并在堤岸后面安营扎寨以躲避西来的强风，是哪些本地人来好奇地观望他们呢？肯定有本地人的，我们可以肯定。甚至在特洛伊陷落之前，甚至雅典还无影无踪之前，这里就有了本地

---

　　[1]　公元前小亚细亚地区的两个民族，曾经十分强大，占领过几乎整个小亚细亚地区。

　　[2]　是位于希腊伯罗奔尼撒半岛东北阿尔戈斯平原上的一座爱琴文明的城市遗址。

人了。他们在小山上搭起了茅棚，或许布局杂乱无章，满地晒着粮食，跑着羊群甚至牛群。或许那就像查理王子[1]时代的人来到一座古老的爱尔兰村庄或苏格兰的赫布里底[2]村庄，三千年前这些人来到了第勒尼亚海边的意大利土著人村庄。但是，公元前八世纪之前伊特鲁里亚的历史在西里[3]开始之时，肯定还有比一个山村更多的人烟。我们可以肯定，有座城市，人们在此忙于织布、打制金品，这些在里格里尼-加拉西墓建造之前很久就已经存在了。

无论如何，有人来过了，而且早就居于此地了，这是肯定的。而且这些早期的人既非希腊人，亦非古希腊人。那是罗马兴起之前的时候，最早到来的人，甚至先于荷马。这些新来的人，无论人数多寡，似乎是来自东方、小亚细亚[4]或克里特或塞浦路斯。我们感到他们属于某个古老原始的地中海和亚洲或者是爱琴海域的人种。我们历史开端的黎明正是我们之前某段历史的夜幕，而那段历史却永远得不到记载。波拉斯基人不过是一个想象的称谓。但是赫梯、米诺阿、里底亚和伊特鲁里亚，这些族群的名字却是从那个幻影中浮现而出的，或许就是从同一个巨大的幻影中浮现出了有着这些名称的族群。

伊特鲁里亚文明似乎是其中一支，或许是史前地中海世界的最后的一支，而伊特鲁里亚人、新来者和土著人一样或许就属于那个古老的世界，尽管他们是不同的民族，属于文明的不同阶

---

[1]　詹姆斯二世的孙子查理斯·爱德华·斯图亚特（1720—1788）。
[2]　苏格兰海岸附近的大批荒岛的统称。
[3]　西里（Caere），伊特鲁里亚的一个城邦。
[4]　土耳其的亚洲部分被称为安纳托利亚半岛，也称小亚细亚，在希腊语里是"太阳升起的地方"之意。

段。后来，当然了，希腊人在此地产生了巨大的影响，但那是另一个话题了。

不管发生过什么，那些新来到古代意大利中部的人发现土著人拥有这片土地，在此兴旺发达。这些土著人现在被荒谬地称作维拉诺瓦人，他们既没有被消灭，也没有被镇压。或许他们欢迎新来的陌生客，因为他们觉得新来者骨子里并无敌意。或许新来者更高程度的宗教对土著的原始宗教并无敌意吧，那是因为这两种宗教本是同根生。或许土著人心甘情愿推崇新来者为某种宗教贵族。于是伊特鲁里亚人的世界兴起，但它要经过几百年才能崛起。伊特鲁里亚不是一个殖民地，而是一个缓慢发展起来的国家。

从来没有一个民族叫伊特鲁里亚，它只是某个历史时代中的一个部族或民族的大联邦[1]，他们使用伊特鲁里亚语言和书写文字，至少官方是这样的，靠宗教情感和礼仪联成一体。伊特鲁里亚语的字母似乎是采借自古希腊文，很明显是来自库迈的查尔西底亚，它们是希腊的属地，位于现今那不勒斯的北部。但伊特鲁里亚语同任何希腊方言都不相近，更与意大利语族的语言没有关联。反正我们不清楚。或许它在很大程度上是伊特鲁里亚南部古老土著民的语言，如同这里的宗教一样基本上是土著民的宗教，属于史前世界的某个极其古老的宗教。从史前世界的幻影中浮现出了各种日趋灭亡的宗教，这些宗教尚未创造出神或女神来，而是尊崇宇宙间的原始力量的神秘，这些复杂的生命活力我们浅薄地称之为大写的自然。而伊特鲁里亚的宗教肯定是这类宗教的一

---

[1]　伊特鲁里亚联邦也称为十二联邦，由意大利北部十二个城市组成，后来又联合了十一个城市。塔奎尼尼是这些城市里最古老的城邦。以后罗马人用拉丁语称之为塔奎尼亚。

支。神和女神尚未以任何确切的形式浮现。

我没有权利伸张什么。但是那从时光深处隐约浮现的东西在奇特地躁动着；而阅读了所有学术上的线索后发现，它们相互矛盾；但以敏感之心观察了这里的墓葬和伊特鲁里亚的遗物之后，我们必须接受自己的感受并得出结论来。

船只穿越这片令人难以察觉的浅海，它们来自近东，我们可以想象，甚至那是在所罗门[1]时代，更甚至，或许是在亚伯拉罕[2]时代。人们不断地前来这里。随着历史的曙光渐渐明亮，我们看到他们鼓动的白色或猩红色风帆。之后，希腊人涌入意大利建立了殖民地，腓尼基人[3]开始掠取西地中海地区，于是我们开始听到沉默的伊特鲁里亚人的声音，看到他们的身影。

就在这里的北面，在西里修建了一座港口，起名为普里基。我们知道希腊的商船蜂拥而至，带来了各种坛罐、货物，还有殖民主义者，他们来自希腊或者大希腊[4]。而腓尼基人的船只从撒丁岛、迦太基[5]、泰尔[6]和西顿[7]等地凶猛地驶来。伊特鲁里亚人也有

---

[1] 所罗门（前960—前927），以色列国王，大卫与拔示巴的儿子，智慧超群。

[2] 亚伯拉罕，希伯来民族的第一位首领。

[3] 古代地中海东岸的一个地区，其范围接近于如今的黎巴嫩。腓尼基人是闪米特人的一支，乃犹太人的近邻。腓尼基人善于航海与经商，在全盛期曾控制了西地中海的贸易。他们创造的腓尼基字母是如今的希伯来字母、阿拉伯字母、希腊字母和拉丁字母的起源。

[4] 公元前8—公元前6世纪古代希腊人在意大利半岛南部建立的一系列城邦的总称。

[5] 迦太基坐落于非洲北海岸（今突尼斯），与罗马隔海相望，被罗马帝国所灭。

[6] 位于黎巴嫩南部的城市。

[7] 黎巴嫩南部港口城市。

自己的船队，他们的船是用山上采来的木头制成的，缝隙是用北部的沃尔特拉产的沥青黏合，船帆是塔奎尼亚制造的，装满了肥沃的平原上产出的麦子或著名的伊特鲁里亚铜铁制品，运送到科林斯、雅典或小亚细亚的港口去。我们知道他们后来与腓尼基人和锡拉库扎的暴君发生了灾难性的海战，于是除了西里人以外的伊特鲁里亚人都成了无情的海盗，几乎与以后的摩尔人[1]和巴巴里[2]的海盗相差无几。这成了他们恶毒的一面，令他们充满爱心的友善邻邦感到万分厌恶，他们就是遵纪守法的罗马人，但他们遵守的是征服的最高法律。

不过这都是古远的事了。这里的海岸线打那以后变化很大。海水回落，疲惫的陆地开始浮出海面，尽管它并不情愿浮出来，而这条海岸线上好看的地方就是可怜的海水浴场如拉蒂斯波利和海滨的奥斯提亚，荒地遭到玷污，造成蚊虫肆虐。

……

很快我们就看到了塔奎尼亚[3]，离海岸几英里低矮的小山上的塔尖像天线一样高耸。它曾经是伊特鲁里亚的大都市，是伊特鲁里亚大联邦的主要城市。可是它同其他伊特鲁里亚的城市一样

---

[1] 中世纪时西欧西班牙人和葡萄牙人对北非穆斯林的贬称。

[2] 欧洲人所指的北非伊斯兰教地区。

[3] 塔奎尼亚在伊特鲁里亚语里名字是塔奎尼尼，是伊特鲁里亚的主要城市。遭到野蛮人侵略后，该城灭亡。中世纪时离开塔奎尼尼的居民在附近的山上修建了一座小城，名为科纳托。文艺复兴时期该城兴旺起来，1872年该城被命名为科纳托-塔奎尼亚。但到了1922年意大利的法西斯政权为强调意大利是罗马帝国的继承人，就恢复了该城的拉丁语名字为塔奎尼亚。塔奎尼尼在公元前9—公元前8世纪一度获得了伊特鲁里亚的文化和政治中心地位。该城以彩绘墓穴墙壁著称，有一百五十多座，至今仍有六十座保存完好。

灭亡了，到中世纪多少算是获得了重生，但换了一个名字。但丁知道，几百年里它都叫科纳托-科纳特姆或者是科纳蒂厄姆，从而忘却了其伊特鲁里亚的过往渊源。但一百来年前曾经有过一段时间人们开始觉醒，要记住过去，于是就在其后加上了塔奎尼亚，成为科纳托-塔奎尼亚！而后来的法西斯政府为了光耀意大利的根源，干脆就删除了前面半个字，于是这座城市就再次简化为塔奎尼亚。乘汽车从车站上来，你会发现城门边的城墙上巨大的白底黑字：塔奎尼亚！革命的轮子就是这样旋转的。拉丁化的伊特鲁里亚语地名就写在中世纪的城门旁的城墙上，是法西斯掌权者干的，他们执掌着命名或取消命名的权力。

法西斯分子认为他们是最罗马化的，他们的罗马是恺撒的罗马，是帝国和世界权力的继承人。可他们却胡乱将尊严的破布片贴给了伊特鲁里亚的地方。其实，所有在意大利生活过的人里，伊特鲁里亚人是跟罗马最不沾边的。同样，所有在意大利站住脚的人里，古罗马人肯定是与意大利人最不沾边的，从今天土生土长的意大利人身上就能得出这样的判断。

与咖啡馆遥遥相对的就是威特莱齐宫，这是一座漂亮的建筑，现在做了国家博物馆——条状的大理石上这么写着的。但是沉重的大门却关闭着。有人说这地方十点开门，现在只是九点半钟。于是我们顺着陡峭但不长的街溜达着往上走。

上面是一座公共花园的一部分，有一座瞭望台。两个老人坐在树下的太阳地里。我们走到护墙边猛然看到一幅从未见到过的最美的景色，感觉是看到了绿色山乡的处女地一般。青麦色的柔软山峦高低起伏，嫩绿得发亮，一间房屋都没有。脚下的山地倾斜而下，然后又翘起，与另一座绵延的碧绿无瑕的山峦相接壤。

再远些，座座山峦逶迤绵亘，直到很远的地方耸起一座圆形的山巅，似乎那上面有一座迷人的城。

如此纯粹高耸的纯美乡村，在这个四月的早上！如此奇特的群山！似乎这里没有一丝儿现代世界的痕迹，没有房屋，没有人工痕迹，只有某种美妙和寂静，一片开阔的纯净之地。

对面的山峦就像一个清晰的伙伴。近处的山根陡峭而荒蛮，长满了常青的橡树和灌木丛，山坡上浑身黑白点子的牛群时隐时现。但是那长长的山峁上生长着绿色小麦，麦地向着南面绵延而下。你会马上产生这样的感觉：这山有灵，有意义在其中。

这与塔奎尼亚绵亘的山峦隔着柔滑的小山谷面面相觑的山，令人立即感到，如果这就是生活中的塔奎尼亚人快活的木屋所在的山峦，那座山就是死人葬身的山，就像在他们彩绘的墓穴里埋葬的种子一样。这两座山不可分割，就如同生与死，甚至在现在，在这洒满阳光、融满绿色、海风微微吹送的四月早晨，都是如此。远处的田野看似神秘又新奇，似乎仍是时光的清晨。

但是布鲁斯特想回到威特莱齐宫去，此时它该开门了。走在路上我们相信是该开门了。大门已经打开了，几个管理人员已经站在阴影下的院门里了，他们向我们致以法西斯式的敬礼，是罗马式的举手礼。他们为什么不留意伊特鲁里亚人是怎么敬礼的并向我们致以伊特鲁里亚礼呢？不过他们算是非常礼貌并友好的了。随后我们进到了院子里。

这座博物馆十分有趣，令人愉快，只要对伊特鲁里亚稍有了解的人都会有这种感觉。里面收藏了许多在塔奎尼亚发掘出的物品，而且都是在塔奎尼亚发现的，至少导游这样解释。

的确如此，也应该如此。那种把什么都从其原地掠来，集中堆在一些"大中心"里的做法是极其错误的。声称公众可以因此能看到这些东西，可所谓公众也可能是一匹百头驴子，什么也不懂。在佛罗伦萨，有个别聪明的人会浏览精美的伊特鲁里亚博物馆，绞尽脑汁试图弄懂从伊特鲁里亚各地收集来的迷人的展品，这些令敏感的人感到困惑。可是作为大众如果悠悠地走进来，那他们会照样于无聊中悠悠地走出去。我们何时才能学会不把逝者富有生命力的创作作品当成机器的部件，似乎将它们组装起来就变成了一种"文明"！哦，人们要将"事物当成一个整体来看待"的欲望真是无聊而愚蠢。从来没有整体，整体不再有了，就像赤道就不存在一样。这是最无聊的抽象词儿了。

人需要的是感触。如果一个人看到一顶伊特鲁里亚头盔，最好是在那头盔的背景地彻底地感知它，感知其关系的复杂性，比"蜻蜓点水地看"无数博物馆里的东西要强得多。任何真正深入心灵的一个印象都胜过百万个走马看花的印象。

如果我们明白这一点，就不会将展品从其背景地剥离。博物馆是错误的东西。不过如果必须要有博物馆，那就建得小一点，而且首要的是要在本地。尽管佛罗伦萨的那个伊特鲁里亚博物馆很精彩，可是来到塔奎尼亚的博物馆还是更令人快乐，因为这里所有的展品都是塔奎尼亚的本地物品，它们之间至少相互有某种关联，从而形成了某种有机整体感。

过了院子，进门处摆着几具长形的石棺，那里面葬着的是贵族。似乎这一带的意大利原始居民总是火化死者，然后将骨灰装入坛子里，有时用死者的头盔盖住坛子，有时是用一个浅盘子当盖子，最后把装骨灰的瓮埋进像一口井一样的圆形坟墓中。这种井葬法被称为维拉诺瓦式殡葬。

可新来到这个国家的人却是整尸埋葬死者的。在塔奎尼亚，你仍然可以看到小山上有土著居民的井式坟墓，里面埋的是装着骨灰的陶罐。然后看到的是那些没有焚化的尸骨的坟墓，与今日的墓地十分相似。但在这附近或者相邻的地方，也有同一时期的骨灰陶罐。由此可见，新来者与老居民是和谐共处的，从早期开始，这两种墓葬形式就比肩存在，一直持续几个世纪，然后才有了彩绘的墓穴出现。

　　在塔奎尼亚，至少从七世纪开始，主流的做法似乎是贵族死后葬在石棺里或放在尸架上放入洞穴坟墓中。而奴隶死后则火化，其骨灰装入陶罐，放入家族的坟墓中，陪伴主人的石椁。而普通人则时而火化，时而埋葬于坟墓，与我们今日的葬法很相似，只是尸体四周围着石壁。

　　广大的普通人群里种族混杂，他们大多数或许是农奴，有些是半自由的匠人。这些人必须按照他们自己的愿望死后殡葬：有些人有自己的墓地，多数人必须火化，其骨灰放入瓮或坛子中，这样可以在穷人的墓地里少占地界。或许贵族里无足轻重的人也是死后火化的，他们的骨灰装进花瓶里，随着本地与希腊的联系越来越密切广泛，这种花瓶的制作就越来越美丽。

　　令人欣慰的是，甚至奴隶——奢华的伊特鲁里亚人在历史上有过很多奴隶——他们的骨灰都可以体面地放入坛罐中置于某个神圣的地方。很明显，"恶毒的伊特鲁里亚人"在这方面与罗马人毫无共同之处，在罗马城外的大路边上有大片的死人坑，奴隶的尸体被胡乱抛弃于此。

　　这些都是个是否感情细腻的问题。粗暴和傲慢或许产生强烈的效果。但归根结底，生命是靠着细腻的感觉存在的。如果暴力能解决问题，任何人类的孩子都无法存活十几天。是田野上这些最为脆弱的草一直在支撑着所有的生命。如果没有青草，任何帝国也不能崛起，谁也吃不到面包；粮食也是青草，什么赫拉克勒斯、拿破仑或亨利·福特都不会存在。

暴力践踏了许多植物。但原野还是再次耸起。金字塔与雏菊相比聊胜于无。在佛陀或基督开口之前，夜莺早就开始歌唱了，而且到基督和佛陀的话湮灭很久之后，夜莺还会继续歌唱。因为夜莺的歌唱既不是布道，也不是训导，不是命令，也非鞭策，它只是在唱。太初之时并无"道"[1]，只有鸟儿的鸣啭。

因为一个愚氓用石头杀死了一只夜莺就说明它比夜莺强吗？因为罗马灭了伊特鲁里亚，他就强过后者吗？不！罗马陷落了，罗马现象就此结束。但今日的意大利血脉里跳动的更是伊特鲁里亚的脉搏而非罗马的脉搏，而且永远会如此。伊特鲁里亚的元素就如同这离离原上草，如同意大利发芽的麦苗，永远会是这样。为什么要反过来认同拉丁–罗马的体制和压迫呢？

在维特莱齐宫院子上方的房间里摆着几具石棺，棺盖是雕塑，有点像英国教堂里死去的十字军战士。而这里，在塔奎尼亚，雕塑比别处的看上去更像十字军战士，有些是平躺着，脚边站着一条狗。而一般情况下，死人的雕塑都像活人那样挺起身，一只臂肘撑着身子，骄傲肃穆地看着外面。如果是男人，他的身体则一直裸露到肚脐以下，手里握着神圣的圆盘或者说是"宇宙"[2]，盘子是圆的，中间凸起的疙瘩代表着天地的圆形胚芽。它还代表

---

[1] 《约翰福音》开篇云："太初有道，道与神同在，道即是神。"——译者注。

[2] 泥或金属制成的盘子。

着有核心的活细胞质，那是太初不可分的神，它保持着活力，始终不会分裂，是万物的永恒活力。不过这东西会分化再分化，变成苍穹上的太阳和地下水中的莲蓬，变成地上万物的花朵。太阳保持着自己的活力，永远不会分裂；大海和所有的水都有其活力。世间所有活着的造物都有自己不灭的活力。所以在每个人内里的都是他的活力，无论是儿时还是老年，这活力不变，那是某种火花，某种不曾生也不会灭的生动电能。这东西在这圆盘里获得了象征，它或许是做成玫瑰状或太阳状，但意思都一样，那就是活生生的浆液中心的胚芽。

而这种圆盘，这种象征物几乎在每个死者手中都有。但如果死者是女人，她的衣服从喉部就开始形成碎褶，身上佩着华美的珠宝饰物，但她手中握的不是那种圆盘，而是镜子、香精盒、石榴，某些代表她天性或其女性特点的象征物。不过她也被赋予高傲的表情，如同那些男人的表情，因为她是属于这些占统治地位并代表这些符号的神圣家族的。

这里的这些石棺和雕像都属于伊特鲁里亚衰亡的那几百年，在与希腊长久的融合之后，而且或许多数是在罗马人征服伊特鲁里亚之后的产物。所以我们看不到新鲜的自然冲动的艺术品了，就跟看现代的纪念碑差不多了。丧葬品总是多少带有商业味道的。富人们活着时就订制石棺，石碑雕刻匠们会根据出价总要把活儿做得精细些。上面雕刻的人物应该就是定做棺材的人，所以我们能看得清楚晚期的伊特鲁里亚人尊容几何。在公元前三—公元二世纪，在他们作为一个民族苟延残喘时，他们看上去和同时期的罗马人很像，后者的浮雕我们都很熟悉了。经常他们被赋予那种强弩之末的傲慢神态，但那是失去了统治地位，只剩下财富的人的神态。

即便伊特鲁里亚艺术遭到罗马化并被破坏，这些艺术品种仍旧闪烁着某种自然和感情。伊特鲁里亚的最高长官或者说叫君主长官首先是宗教先知，宗教总督，然后才是执政官和君主。他们并不是日耳曼人的那种贵族，也不是隶属于罗马的贵族。他们首先是神圣的神话领袖，然后是执政官，是家中的男人和富有的男人。所以在他们的雕像中总能看出生动的笔触和生命的意义。

在现代丧葬雕塑里你绝不会发现任何东西可以与这位地方执法官的石棺媲美：他书写的卷轴在他面前铺展开来，他沧桑的脸上露出刚强机警的表情，眼睛严厉地凝视着远处，脖颈上环绕着官位项圈，手指上戴着官职戒指。他就这样躺在塔奎尼亚的博物馆里。他穿着法衣，腰部以上的半身裸露着，他的身体柔软而懒散，这种放松的肉体效果被伊特鲁里亚的艺术家拿捏得十分到位，是一种很难企及的艺术。石棺的雕刻面上，有两个死亡发牌人挥舞着死亡的斧头，几个长翅膀的人在等待灵魂，无法将其劝走。这画面实在漂亮，表现的是生命的朴素。不过这是晚期的作品了。或许这位年长的伊特鲁里亚执法官已经是罗马统治下的一个官员了，因为他手中没有握着神圣的圆盘，而只有写着字的卷轴，或许写的是法律条文。似乎他已经不再是宗教贵族或者说是最高长官了。在这种情况下可能这位死者不是君主长官里的一员了。

博物馆的楼上展览着很多花瓶，从古代维拉诺瓦人的粗陶制品到早期有简单装饰的黑陶，或没有装饰的上了釉的黑陶器，还有彩绘碗、盘子和来自科林斯或雅典的双耳瓶，以及伊特鲁里亚人自己绘制的壶，这些多少有些希腊图案的样子了。不知这些东西是否有意义，因为这已经不是伊特鲁里亚人最好的绘盘了。但他们一定热爱这些东西。早期的时候，这些出色的罐子、碗和各式小碗和水杯、水罐及扁平的酒杯都是宝贵的家用珍品。在最早的时候，伊特鲁里亚人肯定驾船到科林斯和雅典去，运去的东西或许有小麦、蜂蜜、蜡和铜器、铁器、金子，带回来的就是这类珍贵的陶罐、香精、香水和调料。而从海外带回陶罐来，就是因为它们是彩绘的，好看，才带回来，这些肯定是家家户户的珍品。

但伊特鲁里亚人自己也制作陶器，他们大量模仿的就是希腊花瓶。因此伊特鲁里亚肯定有成百上千万只罐子。在公元一世纪罗马人就狂热地开始从伊特鲁里亚人手里收藏希腊和伊特鲁里亚陶罐，特别是收藏伊特鲁里亚墓葬，如陶罐和还愿用的小铜人和小雕塑，这些都成了罗马人收藏的伊特鲁里亚奢侈小雕塑。墓穴最早被盗时他们是抢夺金银财宝，那时肯定有无数的精致陶罐被摔得稀烂。就是现在发现某个被半洗劫过的墓穴，都能看到到处散落着花瓶的碎片。

倒是博物馆里摆满了花瓶。如果你要寻找希腊式的高雅和清规戒律，那些高雅的"仍未遭掠的娴静新娘"[1]，你会失望。但是如果放弃那种奇怪的寻找高雅和清规戒律的欲念，伊特鲁里亚花瓶和陶盘，特别是很多上釉的黑陶器皿，开始像奇特的花朵绽放，那是黑色的花朵，柔和的黑色花朵，反叛清规戒律的花朵，或者是黑红相间的花朵，画得十分洒脱，构图很大胆。几乎总是在这些伊特鲁里亚的作品里，自然与俗物相近但与之擦肩而过，因此时而富有独创性，如此自由、大胆、新奇，令我们这些喜欢循规蹈矩和"正常标准"事物的人称其为杂种艺术并视为一般。

---

[1] 见济慈的诗《希腊古瓮颂》。

100

想从伊特鲁里亚的东西里寻找"高尚"是徒劳的。如果你想要高尚，去希腊和哥特式的艺术品里找吧。如果你想要大众化的东西，去罗马。可是如果你喜欢那种从来没有标准化的奇特的自然样式的东西，那就去伊特鲁里亚的作品中寻找。在这个迷人的博物馆里，你可以消磨上许多时光，不过这博物馆藏品过于丰富，你得加快步伐才能看得过来。

与音乐做爱

"对我来说，"罗密欧说，"跳舞就是与音乐做爱罢了。"

"所以你永远也不会跟我跳舞，我猜得对吧？"朱丽叶说。

"你瞧，你这人个性太强了。"

这话听着奇怪。可是，前一代人的想法竟会变成下一代人的本能。我们总的来说，都继承了我们祖母的想法并无意识地依此行动。这种意识的嫁接是冥冥中进行的。观念迅速变幻，它会带来人类的迅速变化。我们会变成我们设想的那种人。更坏的是，我们已变成祖母设想的那样了。而我们的孩子的孩子又将会变成我们设想的样子，这真教人觉得悲伤。这不过是父辈的罪孽给后代心灵带来的惩罚[1]。因为，我们的心灵绝没有我们的祖母所设想的那么高尚美好。哦，不！我们只是祖母之最强有力的观念的体现者，而这大多是些隐私观念，它们不被公众所接受，而是作为本能和行为动机传给了第三代和第四代人。我们的祖母偷偷摸摸想过的那些东西真叫倒霉，那些东西即是我们。

她们都有过什么想法和意念？有一点是确定无疑的：她们希

---

[1] 见《圣经·出埃及记》第20章，第5节："惩罚其父的罪恶，直到第三、四代子孙。"

望能与音乐做爱。她们希望男人不是粗蛮的动物，达到目的就算完事。她们想要天堂的旋律在他拉着她们的手时响起，想要一段新乐章在他的手搂住她们的腰时勃然奏响。这音乐无限变奏着，变幻着优雅的舞姿从做爱的一个层次向另一个层次递进，音乐和舞蹈二者难分彼此，两个人也一样。

最终，在做爱欢愉的顶点到来之前，是巨大的降潮。这正是祖母的梦境和我们的现实。没有欢愉的顶峰，只有可耻的降潮。

这就是所谓的行为本身，即争论的焦点——一个可耻的降潮。当然争论的焦点是性。只要你与音乐做爱，迈着慢步与雪莱一起踏云而行，性就是件十分美丽令人愉快的事儿。可最终到来的却是荒谬的突降，不，先生，绝不可以！

甚至像莫泊桑这样明显的性之信徒也这样说。对我们许多人来说，莫泊桑是个祖父或曾祖父了。可他说，交媾行为是造物主同我们开的一个玩笑，意在玩世不恭。造物主在我们身上种下这些个美好而高尚的爱之情愫，令夜莺和所有的星星歌唱，不过是把我们抛入这荒谬的情境中做出这种可耻的动作，这是一件玩世不恭之作，不是出自仁慈的造物主之手，而是出自一个冷嘲热讽的魔鬼。

可怜的莫泊桑，这就是他自身灾难的根源！他想与音乐做爱，可他气恼地发现，你无法与音乐交媾。于是他把自己一劈两半，厌恶地痛骂着自己的双目，然后更起劲地交欢下去。

作为他的儿孙，我们变聪明了。男人一定要与音乐做爱，女人也必须让男人做爱，由弦琴和萨克斯管来伴奏。这是我们内在的需要。因为，我们的祖父，特别是我们的曾祖父们在交媾时把音乐给忘却了，所以到了我们这辈就只顾音乐而忘却了交媾。我们必须与音乐做爱，这是我们祖母的梦，它变成了我们内在的需求和潜在的动力。既然你无法与音乐交媾，那就丢掉它，解决问题吧。

现代的大众舞蹈毫无"性感"可言，其实是反性的。但我们必须划清一条界限。我们可以说，现代的爵士舞、探戈和查理斯顿舞不仅不会激起交媾欲，反而是与交媾作对的。因此，教会尖着声音竭力反对跳舞、反对"与音乐做爱"就显得毫无意义了。教会和社会一般都对性没有特殊的厌恶，因此，这反对声就显得荒唐了。性是个巨大的、包容一切的东西，宗教激情本身也多属于性，不过是人们常说的一种"升华"罢了。这是性的一个绝妙出路——令它升华！想想水银加热后微微冒着毒气而不是重重地滚着融为一体，那样子很怪，你就明白了这个过程：升华，就意味着与音乐做爱！道德与"升华"的性确实无争。大多数好东西均属"升华的性"之列。道德、教会和现代人类所仇视的只是交媾。话又说回来了，"道德"又是什么？不过是多数人本能的反感而已。现代的年轻人特别本能地躲避交媾。他们喜欢性，可他们打心里厌恶交媾，即便当他们玩交媾的把戏时也是这样。至于说玩这游戏，玩具既是给定的，不玩这个又玩什么？可他们并不喜欢这个。他们是以自蔑的方式这样做的。这种骑在床上的动作一完结，他们就厌恶地释然，转而与音乐做爱。

不错，这样只能有好处，如果年轻人真的不喜欢交媾，他们会很安全。至于婚姻，他们会依照老祖母的梦，完全因为别的原因结婚。我们的祖父和曾祖父们的婚姻很单纯，没有音乐做伴，只为了交媾。这是事实。所以音乐就全留给梦了。那个梦是这样的：两个灵魂伴着六翼天使轻柔的节奏交合。而我们这第三四代人正是梦做的肉体。前辈梦想的婚姻是排除一切粗鄙之物，特别是交媾之类，婚姻只意味着纯粹的平等和谐和亲密无间的伴侣。现在的年轻人实践了这个梦。他们结了婚，敷衍马虎、几分厌恶地交媾，只是要证明他们能干这个而已。就这样他们有了孩子。但他们的婚姻是与音乐的结合，唱机和无线电为每一种小小的家庭艺术配上了乐，伴人们跳着婚姻美满的小步爵士舞，这幸福美满意味着友爱、平等、忍让和一对夫妻能分享的一切。与音乐结婚！这音乐伊甸园里有一条半死不活的蛇，恐怕它是促使人们交媾的最后一丝微弱的本能了，是它驱使已婚夫妇为双方器官的不同而交火，从而阻止了他们成为一双相同的肉体。不过我们现在聪明了，很快就学会把这耻辱的行为全扔个精光。这是我们唯一的智慧。

我们正是我们老祖母的梦之产物，我们弱小的生命被箍着。

当你在舞厅中目睹现代舞者与音乐做爱，你会想，我们的孙辈会跳什么样的舞呢？我们母亲的母亲跳的是四对舞（Quadrilles）和成套的方块舞（Lancers），华尔兹对她们来说几乎是一种下作的东西。而我们母亲的母亲的母亲跳的是小步舞和罗杰·德·柯弗利舞[1]，还跳一些活泼快捷的乡村舞。这些舞会加快血液的流动，促使男人一步步靠近交媾。

可是瞧啊，就在她旋转而舞时，我们的曾祖母梦想着的是温柔律动的音乐和"某个人"的怀抱，和这个更为高雅点的人在律动和滑动中结成一体，他不会粗鲁地推她上床交媾，而是永远拖

---

[1]　罗杰·德·柯弗利舞（Roger de Coverley），一种古老的英国乡村舞。

着她在暗淡而轰响的景物中滑行，永不休止地与音乐做爱，彻底甩掉那灾难性的、毫无乐感的交媾——那是末日的末日。

我们的曾祖母双手紧握着被甩起来抛上床，他们像一头双背怪兽震颤着。她就是这样梦想的。她梦想男人只是有肉体的灵魂，而不是令人厌倦的粗鲁的男性和主子。她梦想着"某个人"，他是集所有男人于一身的人，是超越了狭隘的个人主义的人。

于是现在她们的曾孙女就让所有的男人带着与音乐做爱了，似乎它就是一个男人。所有的男人如一个男人一样和她一起与音乐做爱，她总是在人们的怀抱里，不是一个个人，而是现代人的怀抱里。这倒不错。而现代的男人与音乐、与女人做爱，就当所有的女人都是一个女人一样。把所有的女人当成一个女人！这几乎像波德莱尔了，与自然贵妇的大腿做爱[1]。可我们的曾祖父仍做着交媾的梦，尽管梦中什么都有。

可现代女人，当她们在男人怀抱里伴着音乐滑行而过或与男人面对面跳着查理斯顿时，她灵魂深处悄然萌动着的是什么样的梦？如果她心满意足了，那就没有梦了。可女人永不会心满意足。如果她心满意足，查理斯顿舞[2]和黑底舞[3]就不会挤掉探戈舞。

她不满足。她甚至过了一夜后，比她那被交媾企图所激动的曾祖母还不满足。所以，她的梦尽管还没有上升到意识层面，却

---

[1] 劳伦斯在此指的是波德莱尔《恶之花》中的一首诗《女巨人》中的句子。

[2] 查理斯顿舞（The Charleston），20世纪20年代流行的一种活泼的交际舞。

[3] 黑底舞（Black Bottom），1926年前后流行的一种舞。

更可怕，更有害。

这个十五六岁的姑娘，变着花样跳着两步舞的苗条女子，她梦到的是什么？能是什么？她的梦是什么样，她的孩子、我的孩子或孩子的孩子就会变成什么样，就如同我的梦是精子一样，她的梦就是卵子，是未来灵魂之卵子。

她能梦的东西可不多了，因为，凡是她想的，她都能得到了。要所有的男人或一个男人不要，这个男人或那个男人，她可以选择，因为没谁是她的主子。在无尽的音乐之路上滑行，享有一份无休止的做爱，这她也有了。如果她乐意在走投无路中选择交媾，也可以，不过是证明交媾这东西多么像猴子的行为，在死胡同中这该有多么笨拙。

没有什么她不可以做的，所以也就没有什么可想的了。没了欲望，甚至梦也是残破的。残破的梦！她可能有残破的梦，但她最后的希望是无梦可做。

可是，生命既如此，是件睡和醒的事儿，这种希望就永远不会被恩赐。男人女人都不能摆脱梦。甚至深受绅士们喜欢的金发碧眼儿的小女子[1]也梦着什么，只是她、我们和他不知道而已。甚至那是个超越绿宝石和美元的梦。

是什么呢？那女子残破、泯灭了的梦是什么样的？无论什么样的，她永远也不会知道。直到有人告诉了她，渐渐地，经过一番轻蔑的否定后，她会明辨这梦，这梦会渗透她的子宫。

我反正不知道这弱女子的梦是什么。但有一点没错，它同眼

---

[1]　见*Gentlemen Prefer Blondes*，20世纪20年代中期的畅销书，作者是Anita Loos（1893—1981）。

下的情形全然不同。梦与这东西永不相容。这梦不管是什么，也不会是"与音乐做爱"，而是别的什么。

可能它是在重新捕捉人之初的一个梦，永远不会结束，永远不会被完全地展示。我在塔奎尼亚观看伊特鲁里亚墓穴中残剩的壁画[1]时突然想到了这个问题。那画上，跳舞的女人身着鲜艳花边的透明麻衣，与四肢裸露的男人对舞，舞姿绝妙，浑然忘我。她们那样子很美，就像永不枯竭的生命。她们跳的是希腊舞，但又不全像希腊舞那样。这种美绝不像希腊的那么单纯，可它更丰富，绝不狭隘。再有，它没有希腊悲剧意志所表现的抽象和非人化。

伊特鲁里亚人，至少在罗马人毁掉这些壁画之前，似乎不像希腊人那样天生为悲剧所缠绕。他们身上流露着一种特别的散淡，很有人情味而不为道德所约束。看得出，他们从不像我们这样说什么行为不道德就不道德。他们似乎有一种强烈的感情，真诚地把生命当成一件乐事。甚至死也是件开心可爱的事。

道学家说：神之规律会抹去一切。答案是，神之规律会按时抹掉一切，甚至它自身。如果说那践踏一切的罗马人的力量就如同神之规律，那我就去寻找另一个神圣了。

不，我确实相信，这短发的现代女子灵魂深处不确定的梦，梦的就是我眼前的伊特鲁里亚女人，忘情地与四肢裸露狂舞的小伙子对舞，与他们相伴的是双笛的乐声。他们疯狂地跳着这既沉重又轻快的舞，既不反对交媾也不那么急于交媾。

伊特鲁里亚人的另一大优点是，因为到处都有阳物象征，所

---

[1]　见劳伦斯游记《伊特鲁里亚各地素描》。

108

以他们对此习以为常了，而且毫无疑问他们都为这象征献上了一点小祭品，把它看作是灵感的源泉。作为日常生活的一部分，对此也用不着牵肠挂肚，而我们反倒这样。

很明显，这里的男人，至少是男性奴隶们，都一丝不挂地快活来去，一身古铜色的皮肤就权当衣服了。伊特鲁里亚的女人对此毫不介意。何必呢？对赤裸的牛我们不在乎，我们仍然不会给宠犬穿上小衣服，我们的理想就是自由嘛！所以，如果奴隶是赤裸着冲跳舞女人快活地喘着气，如果她的伙伴是裸着的而她也穿着透明的衣服，没有人理会这个的，没什么可羞耻的，唯一的快乐就是跳舞。

这就是伊特鲁里亚之舞令人愉快的特质。它既不是为避免交媾而与音乐做爱，也不是在铜管乐伴奏下冲向交媾。他们仅仅是用生命跳舞。说到他们向象征阳物的石柱献上一点祭品，那是因为他们浑身充满着生命之时他们感到心里充满希冀，而生命是阳物给予的。如果他们向奇形怪状的女性象征献上一点祭品，就摆在女性的子宫口处，那是因为子宫也是生命的源泉，是舞蹈动作力量的巨大源泉。

是我们使跳舞这东西变狭窄了，变成了两个动作——要么跳向交媾，要么通过滑动、摇摆和扭动来诱发交媾。与音乐做爱和让音乐成为做爱者都是荒唐的！音乐是用来伴舞的！现代的女青年对此有所感，深有所感。

人们就该与音乐跳，跳，跳。伊特鲁里亚的女青年在二千五百年后仍快活地这样跳着。她不是在与音乐做爱，皮肤黝黑的男伴儿也不是。她只是要跳出灵魂的存在，因为她一面向男人的阳物献上了祭品，一面向女人封闭的子宫象征物奉上了祭品，并且她自己与这两者相处得很好。所以她平静，像一股生命运动的喷泉在跳，与之对舞的男子亦是如此，他们是对手也是相互平衡物，只有双笛在他们的赤足边鸣啭。

　　我相信这是或将是今日被音乐吓呆的可怜女子的梦，从而这梦成为她孩子的孩子的实质，直到第三和第四代。

人生之梦[1]

没什么比回到我生活过二十年的家乡更令我沮丧的了，它就在位于诺丁汉和达比郡交界处的矿乡纽托比村。这地方变大了些，但也不过如此。这儿的矿井依然破破烂烂。仅有的变化是那唯一的一条街上有了一条通向诺丁汉的有轨电车道，还有汽车通往诺丁汉和达比郡；商店比原先的大了，多了些玻璃橱窗，街上添了两家电影院和一家跳舞厅。

可是没有什么能把这地方从中部地区的贫穷和肮脏中拯救出来：龌龊的石板顶小砖房依然如故，尽收眼底的仍是那种小家子气和难以言表的丑陋景象，在这样的环境中人们依然摆出自尊的样子上教堂做礼拜。这一切都与我儿时别无二致，只是更变本加厉罢了。

现在，一切都变得服服帖帖的了。三十年前，这个地方的经济仍处在上升阶段时，情况糟透了。不过那个时代矿工并不很受

---

[1] 这是一篇奇特的散文体故事，用第一人称叙述，自传与幻想和神话交织，难分彼此。本文写于1927年，但幻想的是千年后2927年作者的家乡伊斯特伍德的情境。原文没有标题，后人出版时给它起过几个题名，如《自传碎片》，《纽托比2927》。劳伦斯学者萨加在1971年编纂的短篇小说集《公主》中收入本篇故事，题名为《人生之梦》，取自小说中的一句话"人生一梦最终成真"。

尊敬。他们充斥着小酒馆，在里面吞云吐雾、脏话连篇，进进出出身后都有恶狗相随。那时处处弥漫着潜在的野性和刚烈气氛，中部的漆黑夜晚充满着冒险感，令人感到振奋，而周末下午则可见到人们在足球场上喧嚣欢腾。一座座矿区之间的乡村景色显得寂寞、荒蛮而美丽，那半是荒芜的地带时有偷猎的矿工带着他们的狗出没其间。仅仅是三十年前！

眼下和以前可大不相同了。今天的矿工都是我的同辈人，是当初一起上学校的同伴们。我很难相信这是真的，他们曾是那样粗犷、野性的孩子。可现在他们并不是这样的大人。公立学校、星期天主日学校，还有"希望俱乐部"[1]什么的，特别是他们的母亲主宰了他们，从而驯服了他们，让他们变得冷静、清醒、体面了，教他们成了好丈夫。我小时候，若说谁是个好丈夫，那他准是个例外。那些坏丈夫的妻子若指出谁是好丈夫、是个光辉典范，其实是指他是个穿裙子的男人，她们的话中含有那么点贬义。

可是我这一辈的男人几乎全成了好丈夫。瞧他们站在街头的模样：苍白、萎缩、衣着光鲜而体面，当然了，他们窝囊。我父亲那一辈酗酒的矿工可不窝囊。可我这一辈体面的矿工却给彻底制服了。他们很有耐心，很能忍受，十分情愿听人讲理，随时准备着靠边站。这些站在街头巷尾的人，当年同我一起上学的粗犷孩子，现在长大成人了，有了可人的女儿、霸道的老婆和会抽烟的儿子。他们站在那儿，苍白如同廉价的白蜡烛，如同鬼影幢幢，似乎他们已没了主心骨儿。这些体面、耐心、自生自灭的人，经历过

---

[1] 年轻人宣传戒酒的组织。《儿子与情人》中的保罗就参加了这样的组织。

世界大战，拿过最高水平的工资，现在呢，囊中羞涩，又一次潦倒了，是彻底地垮了。现在他们与当年的父辈一样穷了，不同的是，他们现在穷得毫无希望，周围的新世界物价却飞涨着。

我小时候，大人们仍惯于唱："好日子快到了，孩子，好日子就要到！"[1]不错，有过好时候，它一去不复返了。若再唱，那就应该唱："现在世道坏，更坏的在后头。"可我这辈人却沉默无言，他们屈服了，老实了。

至于下一代，那就不同了。自负的母亲会造就他们想要的那种儿子。我母亲那一代女人是第一代变得自负的工人阶级妻子。而我祖母那一代女性则对祖父们唯命是从，那会儿的男人十分贬损那种穿裙子的男人。可她们的下一辈就至少在精神上自由了，摆脱了丈夫的统治，成了那种教化的力量，就是塑造人的性格的大学校——她们就是我母亲那一辈人。我敢保证，我这一代男人的性格十有八九是由这样的母亲塑造出来的；我这一代女人的性格也莫不是如此塑造而成。

这是什么样的性格呢？这么说吧，我母亲那一辈女人曾与她们那专横固执的丈夫们做斗争，反对他们下酒馆自娱，反对他们把养家的一点点小钱浪费在酒馆里。这些女人感到自己是有高尚道德的人。从经济角度说这确实无疑。于是她们就担起了家庭的主要责任，她们的丈夫也听之任之。她们进而开始塑造下一代人。

当然是按照她们未实现的欲望去塑造下一代人。她一生中要的是什么呢？是"好"丈夫——温文尔雅、善解人意、道德高尚、不下酒馆酗酒、不浪费工资、一心一意为老婆孩子着想。

---

[1] 19世纪的一首歌，在第一次世界大战期间的英国获得再次传唱。

在英国，维多利亚统治的后期，千千万万的女人无意识地在按照类型塑造她们的儿子。她们确实塑造了千千万万这样的好儿子，他们当上了稳健善良的好丈夫，一心一意为老婆为家口而活着。这些人，我们看到的这些人就是我的同代人，四五十岁的男人，他们人人有一个大写的母亲。

还有女儿呢！那些塑造了众多"好儿子"和未来的"好丈夫"的母亲们与此同时在养育着女儿，尽管她们对女儿并不太在意，也不太将自己的意志强加在她们身上，可这一切还是不可避免的。

这些道德责任感强烈的母亲会养育什么样的女儿呢？我们可以猜得出，一定是些在道德方面自信心十足的人。母亲至少在这种优越感上还懂得节制一点。可她们的女儿则十分自信。这些女儿永远正确。她们与生俱来就有一种自以为是，这种感觉时而表现得傲慢时而看似渴求，但终归是要表明"我对"。我这辈的女人从她们母亲的乳汁中汲取了这种不容置疑的"对"而且一定"对"的自我感觉。这如同天生独眼，没法改变。

我们就是我们祖母梦想塑造的那样子。这个可怕的道理万万不可忘记。我们的祖母幻想着在一个"纯洁"的世界中成为"自由"的女性，被"可敬的、心灵高尚的谦谦君子"环绕着。而我们的母亲则将此梦幻付诸实施，我们就成了这种梦的实现，我们就是我们祖母用来做梦的材料。

不可否认的事实是：我们这一辈人就是无可救药的"纯洁"世界中"自由"女性和可怜的"可敬及心灵高尚的谦谦君子"的后代了。

我们或多或少都是我们祖母用来做梦的材料。可是，每一代祖母都在更新着这个梦。到我母亲这儿，她切实地梦想让她的儿子们成为"可敬的、心灵高尚的谦谦君子"的同时，她还开始做起自己的隐秘的梦——梦想着有唐璜这样的人，他们的影响足以使狄奥尼索斯之葡萄藤成长并爬满公理教会教堂的布道坛[1]。作为她的儿子，我可以看到她这种梦的萌动，它不时地从她想要个"好儿子"的既定设想中显露端倪。我是轮到当"好儿子"的。而我的儿子才该轮到去实现她其他的梦，那些隐秘的梦。

谢天谢地我没有子嗣，也就无人承担这项重担了。想想那是什么情景：每个父亲都对他的儿子说：听着，儿子！这就是你祖母关于男人的梦想。你要注意！我亲爱的祖母，我母亲的母亲，我肯定我几乎与她梦中的我八九不离十，除去个别的细节。

但是，从丈夫的角度看，她们的女儿可是紧步其母亲的后尘。我母亲辈的女儿们或我同辈母亲的女儿们一般都是以"好丈夫"作为起点的，这些"好丈夫"永远不会与她们分庭抗礼，他一生的态度是：行，亲爱的！我知道我错了。这就是我辈丈夫们的态度。

这就彻底改变了妻子的地位。女人通过斗争把缰绳抢到自己手中，可一旦到了她手中，瞧着吧，那缰绳也就把她拴住了。从此她就会驶向别处，把婚姻的大车拉向别的方向。"行，亲爱的！由你决定，反正你比我更懂！"丈夫在任何一件家务事上都这样对妻子说。于是她必须无休止地决定下去。倘若丈夫偶尔反抗一下，她就不甘罢休直至他让步为止。

---

[1] 狄奥尼索斯是希腊神话中的酒神，象征激情。这里的葡萄藤估计象征着酒。

当孩子幼小时，驾驶婚姻的大车是件冒险的事。可以后女人会自忖："去它的大车吧！我是从哪儿上这辆车的？"她会感到自己从中一无所获，这样做不够好。无论你做拉车的马还是当赶车的把式，似乎没什么两样，因为无论你扮演其中哪一个角色，你都被拴在了这车上随它走。

于是我辈女人开始为她的儿子想法子了。他们最好别只当个不闻不问的"好"丈夫，像他们的父亲那样。他们最好再有点活力，也给他们的女人多注入点"生命"。说到底，什么叫家庭？它吞噬一个女人直到她五十岁为止，然后把她的骨头渣子吐到一边了事。这可不行！不！我的儿子必须更像个汉子，他得会为女人多挣钱，还要让她享受"生活"，而不仅仅是个"好"和"对"的笨蛋。说到底，什么叫"对"？及时行乐而已。

于是年轻的一代走入了社会，这是我的儿子，如果我有的话。前世修来的母亲的重任时刻响在耳畔："赚钱，过好日子，也让我们大家过好日子。享受吧！"

年轻的一代开始实现我母亲那潜在的梦想了。他们放纵但不粗蛮。他们有点唐璜气，但让我们祈盼，一点不粗野或俗气。他们更典雅，但不过分地精神化。在女人面前，特别是在这样的女人面前，他们还是谦谦君子。

我母亲那隐秘的梦终于实现了。

如果你想弄清你的下一代到底会变成什么样，你必须弄懂你妻子隐秘的梦，这是些四十来岁的女人的梦，从中你可以找到线索。而如果你想知道得更详细，那就看看二十来岁的女人对男人抱有什么幻想。

可怜的二十岁的女人，她对男人抱的幻想如此执着，那她的第二代也不会好到哪儿去。

我们就是我们祖母用来做梦的材料。甚至矿工也是他们祖母用来做梦的材料。如果说维多利亚女王的梦在乔治王身上实现，那亚历山大女王的梦就在威尔士亲王身上实现，那么玛丽女王的梦中人又该是谁呢？[1]

但这一切并不能改变这个现实：我的故乡在我眼中比死亡还令我难过。我希望我的祖母及她那一代人曾做过比这更好的梦。"谢天谢地，那些女子早已入土"，可她们的梦仍伴随着我们。可怕的是，做过的梦会变成肉体的存在。

看到年轻一代的矿工打扮成威尔士亲王[2]的样子下酒馆喝酒、上舞厅跳舞，身着晚礼服演奏着乐器或身后拖着个长腿女子骑摩托车从黑乎乎的街上招摇过市，我会希望我辈的母亲包括我母亲，她们的梦不要做得太轻浮。而现实生活中，她们是那么执着！我们的母亲坐在教堂的长凳上一脸的圣人相，她们曾是些多么轻浮的梦幻者啊！她们潜意识中一定在梦想着爵士乐和短裙，跳舞厅，电影和摩托车。够了，这些足以使最神圣的记忆痛苦了。"仁爱之光引路"[3]，第十一诫就该是"享受"！

好吧，好吧！甚至祖母的梦也并不能都成真，现实不总能允许它们成真。本来是可以成真的，可命运，还有那个长龙般绵绵不断的境遇，常常要作祟。我相信，我母亲的梦没有一个不是发

---

[1] 1901年爱德华七世在维多利亚女王后继位，其妻是亚历山大女王；1910年他们的儿子威尔士亲王继位，成为乔治五世，其妻为玛丽女王。

[2] 1927年间的威尔士亲王是乔治五世的长子，后来登基成为爱德华八世国王，但在1936年退位，由其弟弟接任国王，成为乔治六世。

[3] 19世纪的一首通俗赞美诗。

财梦。我那可怜的祖母可能还梦想着某种高雅的贫穷——像我现在这副穷高雅的样！可我母亲才不呢！在她那隐秘的梦中，袖子都是用金线缝的，袜子都是丝绸做的。

可是命运这个恶魔却挫败了这些梦幻。矿井不出煤了，工资减了，工钱少了。年轻的矿工跳舞的丝袜穿破了就很难再买得起一双新的，他们得穿毛袜子了。至于年轻女人的毛皮大衣，哼！可能是海豹皮或其他结实的皮毛，但绝不是随季节换毛的轻盈灰鼠的皮或松鼠的皮了。

年轻的女人们若是等她们的矿工父亲给她们买皮衣，就不能想得到就得到。这倒不是因为做父亲的不给她们买，一个男人不就是要养活妻子儿女吗？可是你无法从石头中挤出血来，同样，你无法在矿工衣袋里摸出钱来，他们没钱了。

这是一个湿润、雾蒙蒙的十月天，墨绿色的中原大地看似消沉了一些，橡树泛着棕色，田野上陋屋星星点点，整个乡村在迷雾笼罩下呈现出一派死气，那黑乎乎的样子像是被一笔抹去了踪迹。好生奇怪的事，乡村会与它的居民一起死去。这片乡村死了，或者说，凭它那种死气沉沉的僵化样子，形同死亡。小时候最爱上那座牧羊桥上去摇晃，现在它变成了铁桥。当年我们捉小鱼的那条小溪的河底现在抹上了水泥。那个给羊洗药澡的地方也是我们洗澡的地方，现在也消失了，那座水车坝和小小的瀑布也都销声匿迹了。现在，全离不开水泥了，就像下水沟。人们的生活也是这样，全都纳入水泥通道中，就像一条巨大的排污沟。

我小时候爱坐在机车街的十字路口，看一辆辆来回调运煤的车、一匹匹大灰马和赶车的人。可现在没车了。按说在十月份，应该有几百辆车才对。可现在没了订货，矿井也处在开半工状态。今天干脆不开工，矿工们全待在家中，没了订货，也就用不着上班。

矿井在静静地冒着烟，过滤器不再喧嚣，矿井口的轮子也不再转动。这样的情况，若不是发生在周日，在我小时候都是不祥的征兆。卷扬机的轮子在光天化日下闪烁，那就意味着劳动和生活，意味着人们"在挣生活"，如果生活是可以挣到的话。

矿井对我来说算是陌生了，周围竟有了那么多的建筑，如电厂什么的。奇怪的是，竖井的模样都大同小异。我们曾在竖井旁观看一笼一笼的矿工从井下被运上来，猛不丁停在矿井口，矿工们鱼贯而出，去交矿灯，然后滚滚灰色的人流沿马路回家去。过滤器仍在吭吭作响，井台高处，有一匹马在拉运"垃圾"，把它拉到出车台边倒下去。

现在情况可不同了：一切都变得没有人情味了，全让机器代替了。我想今天的孩子肯定不会在星期天往竖井里扔煤块了。那时一到星期天就会听到孩子们扔煤块把井壁砸得一片轰响，大家听着，听煤块一直砸到井底发出的最后一声悠远的碰撞声。我父亲知道我们往井下扔煤块总会大发脾气：要是井下有人呢，一下子就会被活活砸死。你们怎么爱干这个？——我们也不知道怎么爱玩这个。

莫格林水库也今非昔比了，可以说是面目全非了。甚至当年似乎喜爱矿工的玫瑰湾的柳兰，也已不再在秋天展示自己的毛茸茸的枝叶，井口的池塘和岸边业已见不到柳兰星星点点的花朵了。剩下的只是些金鱼草和柳穿鱼草了。

从莫格林水库向上走有一条小路，穿过采石矿和田野就到了兰肖家的农场[1]。我最爱顺这条路散步了。小径旁深深的旧矿坑长满了橡子树，盛开着绣球花，蔷薇丛盘根错节交织一片。矿坑的露天处，整整齐齐砌着一圈石墙，坑底很平整。春天里，露天地里一片绿茵茵的，开着丁香花。而到了秋天，荆棘丛中会长出漂亮的黑莓来。谢天谢地，现在已是十月底了，黑莓子已落了，否则你会看到一些寒酸的男人手提篮子，小里小气地在荆棘丛中仔细搜寻着那些仅存的黑莓子。在我儿时，一个大男人挎个小篮子在树丛中捉虱子般地采几个黑莓子会教人笑掉大牙。可我这辈的男人则早把自尊揣进了衣袋，现在他们的衣袋里一文不名。

矿坑是令儿时的我魂牵梦绕的地方。我爱这地方，是因为这儿的露天地让人觉得是一个阳光明媚、干爽温暖的去处。那里有白白的石头，坑底浅黄似沙滩，开着丁香和雏菊。而旧矿坑深处，又是那么可怕的去处。那儿总是幽暗漆黑，进去后得在灌木丛中爬行。你会不小心碰上忍冬或茄属植物。背阴的一面还有不少可怕的小石洞，我想那一定是蝰蛇的天地了。

传说这些小洞或小壁龛是"永恒的水井"哩，它们同麦特洛克那些永恒的水井的传说相同，在麦特洛克，水滴到洞里就成了长生不老水。你可以在那儿放一只苹果、一串葡萄，甚至你可以砍掉你的手放在那儿，它们都不会腐烂，永远新鲜如初。甚至你放上一束丁香，它也不会死去，丁香会在水中永生。

可我长大后去仅仅十六英里之外的麦特洛克，看到了那些不朽的井，真叫臭名昭著。那水滴得到处都是，使得灰白石浆结成丑陋的疙瘩，那只所谓的石头手也不过是装满沙子的一个物体。

---

[1] 此处指的是劳伦斯的第一任女友杰茜·钱伯斯家租赁的海格斯农场。

我看呆了，直觉得恶心。可是看到人们盛在碗中的石头做的装饰水果时，我相信这些半透明的紫色石葡萄和柠檬是永恒之水浇灌出的真水果。

在这个潮湿寂静的午后，我发现矿坑没怎么变样儿。荆棘丛上红莓子仍在闪烁。在这个寂静、温暖的隐秘之处，我又感觉到了儿时的渴望，渴望穿过大门，深入到一个更为幽静，阳光更为明媚的世界中去。

阳光照射了进来，可是阴影已经很浓重了。可我得钻进灌木丛深处，到下面长满树木的矿坑中。我像以往一样感到那儿一定有什么东西。我在盘根错节的树丛中左弯右拐弯腰曲背地摸索着，突然，我听到一阵泥土塌落的声音。矿坑一定有部分塌陷了。

我找到了那个地方，是在树和灌木丛深处，塌陷的黄土、白土和苍白的石头堆成一堆。在这土堆顶上，石头中间裂开了一道斜口子。

我好奇地看着这个地方，看着草木深处苍白的一堆新土堆。一线阳光透过橡树林叶照在新土堆和它上面的裂缝上，照得土堆闪闪烁烁的，我得爬上去看看那闪光的是什么。

那儿有一个不大的石洞，闪光的是混在普通石块中的一小块石英石，它苍白无色，俗称晶石，麦特洛克人用它来做小碗或纪念品。可是这边沿光滑的无色晶石中却有一道宽宽的淡紫晶石线，它曲曲折折向里伸延，看上去像动脉，这就是十分珍奇的"蓝色约翰"晶石线。

这地方教我着了迷，特别是那紫色的晶石线。我要爬进那个洞中去，它刚好能让我藏身其中。里面似乎很温暖，那块闪光的石头热乎乎的，像是有生命力似的。我似乎还觉得四周弥漫着一

121

种奇特的香味，那是石头，活生生的石头的气味，像是坚实光滑的人的体香与淡淡的福禄考混合起来的香味。这种香味细腻而醉人，是一种神秘的幽香。我爬进那个小洞中去，一直爬到那条紫色脉线的尽头，像一头动物一样蜷缩在自己的洞穴里那样。"现在，"我想，"我可以安全地待上一会儿了。身外庸俗的世界对我来说犹如不存在一样。"我蜷起身子，感到一阵温柔而奇特的舒适。那种如同福禄考的生命幽香，淡淡的，像鸦片或块菌一样教人麻醉，我想我是睡过去了。

后来，不知过了多久，可能是一分钟，也可能是几个世纪，我感到什么东西把我举了起来，那奇妙的动作几乎令我恶心又令我激动。那托举的动作缓慢而有节奏，如同喘息一般，既轻柔又有力，既剧烈又儒雅，既彬彬有礼又残忍粗暴。我无能为力，甚至无法醒来。但我并不感到恐惧，只是惊呆了。

喘息般的托举终于停止了，我觉得冷了。有一样粗粝的东西拂过，我感到那是我的脸，我意识到我还有一张脸。就在这时，某种刺痛和撕咬的感觉一直深入到我体内，可能是从鼻孔中进来，一直冲到我的胸部。我从这种可怕的震惊中醒来，突然又有什么新的东西冲入我体内，像浪头一样横扫着我，与此同时我又感到与第一次同样的刺痛感在我体内某个地方涌动，发出轰鸣。

一阵眩晕，我感到我的意识像鹰一样盘旋着飞向天空要离我而去，可我又感到我的生命在一点点向我的意识靠近。突然，它们交会到一起，我知道我醒了。

我知道我又活过来了。我甚至听到一个声音在说："他活了！"这是我听到的第一句话。

我睁开眼，白天的光线令我害怕地眨着眼。我又一次闭上眼，感到是在空间一样。当我再次睁开眼，我甚至能看到东西了，很大的东西，忽而在这儿，忽而在那儿。那种外空间的感觉一点点向我靠近着，靠近着。

就这样，我的意识盘桓着，涌动着，猛然返回到我身上。我意识到我是我了，还意识到这个我是一具肉体，有双脚和双手。脚！对，是脚，我甚至记起了这个字，脚。

我惊醒过来，看到近处一个浅灰色的东西，我认出来了，那是我的身体，什么可怕的东西在它上面移动，让它产生感知。怎么是灰色的呢？我能感受到那东西，我称之为声音。"岁月的尘埃！"这就是那声音，"岁月的尘埃！"

在另一个瞬间，我知道在我身上制造感觉的东西是什么了，它在剧烈地动着，那是另一个人。那是另一个人，一个男人，意识到这一点，我感到恐惧和惊讶。一个男人在我身上制造着感觉！一个男人在说："岁月的尘埃！"一个男人！我仍然不明白，我无法一下子完全明白。

可一旦这个概念植入我的体内，我的意识就自我诞生了。我动了动，我甚至挪动了我的双腿和那双远离我的脚。是的！一个声音是从我体内发出的，它甚至就是我的声音。还知道我长着喉咙。再过片刻，我应该会知道得更多。

突然，我看到了一个男人的脸。那是一张红润的脸，脸上有鼻子和修剪得整齐的连鬓胡子。我更明白了，问："怎么？"

那张脸马上转过来看着我，那双蓝色的眼睛凝视着我的眼睛。我挣扎着想起身。

"你醒了？"那人问。

我知道我心里说了声"对"！可没发出声音来。

可我知道，我知道！我恍惚明白我正躺在阳光下那小洞前新掘的土堆上。我还记得我藏身的那个小洞呢。可我不明白为什么我竟然躺在外面的阳光下，竟然是赤身露体地躺在土地上。我也不知道那是谁的脸，是怎么一回事。

又有声音了，是另外一个人的声音。我意识到，还有一个人。又一个！又一个，不止一个！我突然感到什么东西促使我马上动起来，似乎向许多方向动着。我再一次意识到我的身体有多大，意识到声音是从我喉咙中发出的。我甚至记起我身上的那个新物件。许多感觉在向所有的方向奔放着，可有一个是主要的，它让我感觉到在下沉。那是水，是水！我记起了水，或者说我知道那是水。他们在为我洗着。我甚至垂头看到了那白色的东西，那是我，一个白色的肉体。

我记起来了，当我全身触到水时，我喉咙里发出了叫声，于是人们都笑了。笑！我记得那笑声。

他们这一洗把我弄醒了，我甚至坐了起来。我看到土地和岩石。我看看天空，知道是下午了。我赤身裸体，有两个男人在为我洗着，他们也赤裸着。我全身白皙，白而瘦，可他们则皮肤红润，一点也不瘦。

他们托起我，我站着靠在一个人身上，另一个人为我洗着。我依靠着的那个人身上很暖和，他的生命在温暖着我，另一个人在轻轻地为我擦着。我又活了，我看到我白皙的双脚像两朵奇葩。我一一抬起两只脚，因为我还记着怎样走路。

一个人扶着我，另一个人给我披上了一件毛衣式外罩之类的东西。那衣服是浅灰与红色相间的。随后他们为我穿上鞋。一个人到小洞里去了一趟，观望一阵，回来时手上拿着几样东西：扣子、几枚掉了颜色但还有用的钱币、一把小钝刀、一颗马甲扣子和一块失去光泽的手表，表面已磨得发乌了。但我知道这些东西是我的。

"我的衣服在哪儿？"我问。

我感到有人在看我，一双蓝色的眼睛，一双棕色的眼睛，目光中充满着奇妙的生命。

"我的衣服！"我叫道。

他们对视一下，说了几句我听不懂的话。然后那个蓝眼睛的人对我说："没了！岁月的尘埃！"

在我眼中他们是陌生人。他们生着规规矩矩的面庞，一脸的宁静，连鬓胡子修剪得很整齐，看上去像埃及人。我无意识中依靠着的那个人十分安详地站着，他比午后的阳光更加温暖。他似乎在向我传递生命，我觉得一股暖流在充溢着我的全身，在给我以力量。我的心开始十分有力地狂跳。我转头看看我依傍着的人，遇到了他那闪烁的蓝色目光。他冲我说了些什么，声调平静而洪亮，我几乎能听明白他的话，因为他的口音很像我家乡的方言。他又说了一遍，轻柔而平静地说着，他的话说到我心里去了，我能懂，就像一只狗能理解声音而非语句。

"能走吗？要不就扶你？"

他的话似乎是这个意思，很像我的家乡话。

"我想我能走。"我说，我的声音与他那轻柔、抑扬顿挫的声音相比显得太粗糙了。

他缓缓走到那堆松散的土石堆上去，我还记得那些土石塌落的情形。但这边与那边不一样。老矿坑里没有一棵树，光秃秃的，像新开采过似的。可走出来则置身于一个全新的世界中了。脚下是满矿坑的树木，再也不是没有树林的草坡了，这树木欣欣向荣的地方，如同一座公园。没有矿井，没有铁路，没有篱笆，没有封闭起来的田园，可是这田野看上去仍像耕作开发过一样。

我们站在仅仅一码宽的石子路上。另一个人从矿坑下上来了，他手提工具，身着灰色的外衣，腰系一根红绳，讲话声音很轻柔、很细小。我们走下小路，我仍然依傍在那个人肩上。我感到自己在颤抖，身上增添着新的力量。但又有点像魔力。我感到一种奇妙的轻飘，似乎走起路来脚不着地，而搭在那人肩上的手支撑着我。我想知道我是否真的像梦中一样浮了起来。

我把手猛然从那人肩上拿下，稳稳地站住。他转过头看我。

"我可以一个人走。"我说，又像在梦中一样向前挪了几步。这是真的。我全身充满了一股力量，这力量几乎让我浮起来，教我无法触地。我颤抖着，感到出乎意外的强壮，同时又觉得漂浮了起来。

"我可以一个人走！"我冲那人说。

他们似乎听懂了我的话，笑了。那蓝眼睛的人一笑就露出牙齿来。我突然这样想：他们可真美，就像开花季节的树木！可那更是我的感受，而非观察得来的。

蓝眼睛的人走在前面，我轻飘飘地冲动着走在那条小路上，十分兴奋、十分骄傲，忘记了一切。另一个人则默默地尾随在后面。这时我意识到这条小路拐弯后与一条洼地中的大路并行，洼地中流淌着一条小溪。路上一辆双牛车在吭吭当当缓行，赶车人浑身赤裸着。

我伫立在高处的小径上，试图思想，竭力要清醒过来。我意识到太阳在我身后落山了，在这个十月的午后，太阳是金黄金黄的。我还意识到我面前的这个人也赤裸着身子，他很快就会感到冷的。

随后我又努力环视四周。左边的坡地上是一块方方正正的黑油油的耕地，农夫们仍在耕作着。右边是洼地草滩；小溪彼岸，林木丛生，浑身花斑的牛缓缓前行。小径仍在向前方起伏伸延，穿过池塘磨坊和几间小小农舍，又爬上了一座陡峭的小山包。小山顶上有一座小镇子，在黄昏的天光中，小镇子呈现出满目金黄来：从黄叶掩映下的果园旁耸立起高大逶迤的黄色墙壁，它的上方是一长串的建筑，形成一道椭圆的弧线，圆形的和锥形的塔顶高高耸立。这幅图卷既柔和又庄重：其曲线柔和而有力度，但绝无尖角亦无锋利的房檐，整个镇子透着柔和的金色，如城市之金色的肉体。

即使在我眺望它时，我仍然明白那是我出生的地方，是肮脏的红砖房组成的一座丑陋的矿区小镇。即便在儿时，每当我从莫格林水库往家返时，我都会抬头望这个城镇，我看到了方方正正的矿工住宅（是公司建的），它们耸立在山顶，在夕阳辉映下如同耶路撒冷城的墙壁一般；即使我年纪尚幼，每当看它时我都希望它是礼拜堂的圣歌中所唱的一座金碧辉煌的城市[1]。

现在这愿望实现了。这种圆梦之感，加之"眺望"时过于聚精会神，使得我体力大减，没了活力。我可怜巴巴地向与我同行的人求救。那蓝眼睛的人过来抓住我的胳膊并把它搭上他的肩，他的左臂环绕住我的腰，手放在我的臀部。

---

[1] 赞美诗中有这样的歌词："金色的耶路撒冷，遍地牛奶与蜂蜜的福地。"

就在这一刹那，他那轻柔而温暖的生命节奏再次在我身上散发开来，我对自我的记忆随之消沉睡去。我就像一道伤口，被他们轻轻一触，伤口便立即得以愈合。我们再次踏上了那条高处的小径前行。

三个人骑着马从后面缓缓赶上来了。在夕阳西下的时候，整个世界都踏上了回小镇的家的路。三个人并行时，他们都放慢了速度。这些男人穿着轻柔的无袖束腰外衣，也生着规规矩矩的埃及人的脸，连鬓胡子也像我的同行者一样修剪得很整齐。他们袒露着手臂和腿，骑马不用马镫子。可他们都戴着形状奇特的山毛榉叶做成的帽子。他们直愣愣地瞪着我们，我的伙伴则报之以敬礼。随后这几位骑马人继续缓缓前行，身上的金色长衫柔曼地飘舞着。没人说话。万籁俱寂，但有一种魔力让生命密切交织。

此时，路上挤满了人，这些人缓缓翻过这小山向城里走着。他们中大部分人都光着头，身着灰红相间的毛背心，腰系红腰带。不过另一些人面部修得很干净，身着灰色衬衫，还有一些人扛着工具，另外一些人背着饲料。人群中也有女人，她们身穿蓝色或淡紫色的罩袍；倒是一些男人穿着猩红色的罩袍。可人群中还有一些人像我的向导一样，几乎是赤身裸体。一些年轻女人边走边笑，罩袍团在头上顶着。她们那修长、晒黑了的身体几乎全然赤裸着，只有腰间束着细细的一条白的、绿的或紫的腰带，带子垂在臀部，随着她们的步子飘摆着。还有，她们脚上穿着软鞋。

她们瞟了我几眼，又冲我的伙伴问候几句，但没人问问题。那些赤裸的女人头上缠着衣服庄重地走着，可她们比男人爱笑。她们真像灌木丛上的莓子一样可爱。这也是所有这些人的品质：他们都有一种内在的安详与平静，就像树开花结果一样安详平静。每个人都像一只完整的果子，肉体、头脑和精神是完整的一体。这让我感到一种莫名其妙的悲伤与妒忌，因为我自己不那么完整。与此同时，我又感到十分振奋，一种力量又回到了我身上。我第一次感到我似乎要跃入生命的大海，虽然迟了点，可我仍然算先锋中的先锋。

我看见城市的巨大防护墙了，随后大路突然拐弯通向大门，人们蜂拥而入，分成两路人流进了狭窄的旁门。

门道很大，是用黄色石头砌成的，门内空间也很大，铺着白石头，旁边是黄色石头筑成的楼房，满目的金黄色。拱廊的支柱也是黄色的。我的向导拐进一间房中，那里有几个穿绿衣的男人把守着，另外有几位农夫候着。他们让开路，我被领到一个人面前，他靠在深黄色的沙发上，身上穿着黄罩衣。他生着金发碧眼，连鬓胡子修剪得整整齐齐，长长的头发剪成个圆形，样子很像佛罗伦萨的侍者。他尽管不健美，但他身上有一种内在的特质，教他看上去很美。但他的美是花的美而不是莓子的美。

我的向导向他行了礼并用我几乎听不懂的话向他简单地解释着。听了他们的话，那人平静而彬彬有礼地看着我。如果我是他的敌人，那目光会教我害怕的。他冲我说话，我猜他的意思是我乐不乐意留在他们的城市里。

"您是问我想不想留在这儿？"我回他的话道，"可你看，我甚至不知道我在何方。"

"你来到了纳斯拉普镇，"他缓缓地说，他的英语讲得很蹩脚，像外国人讲英语，"你要不要同我们在一起住些日子？"

"如果可以，那太谢谢了。"我说。连我自己都感到惊讶我何以说出这样的话来。

我们出来了，有个穿绿衣服的卫兵跟着我们。人们都拥到黄色房屋之间的小路上去。一些人在门廊下走着，另一些则走在露天的马路上。前面某个地方突然音乐声大作，很像有三支风笛在协奏。人群向前走着，来到防护墙边一处椭圆形的地方，面对着正西方。此时，太阳那红色的球体已近地平线。

我们转到一座大门口，顺楼梯走了上去。绿衣卫兵打开一扇门领我们进去。

"这些都归你了！"他说。

裸体的向导随我进了屋，屋子的门窗向那椭圆的场子和西方开启着。他从衣柜里取出一件亚麻衬衫和一件毛织束腰外衣，微笑着递给我。我明白，他这是在向我索回他的衬衫，便马上连衣带鞋一起交还给他。他匆匆握了一下我的手，然后穿上他的衣服和鞋走了。

我穿上他拿出来的衣服，一件蓝白相间的格子束腰外衣，白袜子和蓝布鞋，随后向窗口走去。西边，红红的太阳几乎已经触到远处的林木茂密的山顶，舍伍德森林[1]又变得莽莽苍苍。这是这世上我顶顶熟知的风景了，现在，凭其外貌，我仍然看得出那是它。

场子里静得出奇。我从窗口跨出去，来到平台上向下俯视，只见人群已经有序地排好，男人们站在左边，他们身着灰衣或灰红条子的衣服，有的干脆着纯粹猩红色的衣服；女人们则站在右侧，身着各种蓝色和深紫色的长衫。拱顶廊中聚着更多的人。太阳的红光照耀着一切，直至整个场子都映得一片红彤彤。

---

[1] 这片森林曾经覆盖诺丁汉郡五分之一的面积，据说是绿林好汉罗宾汉出没的地方。

当太阳那火球触到树梢时，风笛便一一作响，全场立时沸腾起来。男人们像公牛一样跺着脚，女人们则轻轻摇晃着身子，拍着手，那种奇怪的声音像沙沙的落叶声，而在拱廊下，椭圆场子的另一边，男人和女人们在对唱，男人的声音低沉浑厚，女人的声音尖细锐利，歌声的节拍也很奇特。

这些歌声还算轻柔。舞步则愈来愈急，歌声与舞步的协调一致真是教人不可思议。我不相信有什么外力在控制着他们的舞蹈。这一切都出自本能，就如同鱼群打旋或跃出水面，鸟儿在天空低回展翅。突然，所有的男人以一个惊人的动作唰地向空中举起了双臂，一只只手臂赤裸裸地在空中闪烁生辉。然后，随着一声轻柔的鸽子叫声，他们的手臂又缓缓落下，这些熠熠生辉的手臂缓缓搭在那些女人肩上，一片灰红交错；女人们身着深蓝色衣衫，火星般四散开来，如同白杨树般飒飒作响着，她们从男人们环抱着、下沉着的手臂下向各个方向散去，形成一束束细小的淡紫色人流，与那些结成一团的红灰色的男人的群体相映成趣，女人像是从男人这个灰红交错的瘤节上长出的枝子。

与此同时，太阳在缓缓下沉，投下一片阴影。人们的舞步开始变缓慢了，蓝衣女人们在西下的太阳辉映下旋转。人们跳着舞送太阳下山，他们就如同鸟儿盘旋、鱼儿聚群那样全然是受着某种奇特的本能所驱使，步调一致地跳着。这场景既惊人又壮丽，令我欲罢不能，我真想飞奔下去，加入他们的行列，成为那生命波浪中的一滴水。

太阳落下去了，人们转身向着城里的方向跳起来。男人们柔缓地踏着步点，女人们的衣裙窸窣，轻轻地拍着手，歌手们的歌声仍旧在风中萦回。随后，缓缓地，男人们的手臂齐刷刷地举向空中，似乎是在敬礼。当男人们的手臂沉下去后，女人们缓缓地举起了手臂，这构成了一幅美妙的图景，像是两排无数的翅膀在轻缓地舞动，似猫头鹰在缓缓地上下拍打着翅膀飞翔着。随后这动作戛然而止，人们默默地四散开去。

两个男人来到椭圆的场子中间，其中一人肩扛一根杆子，杆上挑着一盏盏明灯，另一人则在廊中迅速地挂起灯来照亮小镇。夜幕降临了。

有个人给了我们一盏灯就走了。夜晚，我独自一人住在一个小房间里，守着一张小床，地上的一盏灯和一只没有燃火的小壁炉，设施简单又自然。壁橱里挂着一件厚重的蓝大衣。还有几只大小不一的盘子，但是没有椅子，只有一块叠好的长长的黑毡子，可供人倚在上面。灯光从下向上照亮了奶油般光洁的墙面，像白亮的搪瓷一般。我独自一人，十分孤独，离我的出生地仅几百码远。

我害怕，怕的是我自己。这些人在我看来根本不是人。他们有着植物的安详与完整，你就看他们是如何以一种惊人的本能步调一致地聚集成一团的吧。

我坐在深蓝色的毡子上，身上披着蓝色斗篷。我很冷可又没有办法点燃壁炉中的火。有人敲门，进来的是一位绿衣卫兵。他像发现了我的人一样安详，有着水果一样的光泽，这种美的特质是内在的，以某种奇特的肉体形式表露出来。我喜欢这种气质，可它令我感到愤怒。因为在他们面前，我显得像一只没晒过太阳的青苹果，而他们似乎占尽了所有的阳光。

他带我出去，让我看过厕所和浴室，冲洗器下站着两个壮汉。然后，他又带我走下去，到了一间环形大厅里，大厅中间是高高的壁炉，炉中火势正旺，火与烟直冲上一个石头垒成的漂亮漏斗形烟囱。壁炉的底座很大，旁边有些人倚在叠起的毛毡上，面前铺着白布，他们正在用晚餐，吃的是稠稠的粥、牛奶、稀黄油、新鲜的莴苣，还有苹果。他们都脱光了衣服，任炉火中星星点点的火光映着他们健康如同水果般的身子，他们的皮肉微微泛着油光。环形墙下，筑有一个高台，上面也倚着一些人，他们或吃饭或歇息。一个男人不时地端着食物进来，又端着空盘子出去。

我的向导带我出来看一间蒸汽腾腾的房子，里面的男人们各自洗着自己的盘子和匙子，洗净后把它们挂在自己的小架子上。随后我的向导给我一块布、托盘和碟子。我们走进一间简朴的厨房，那里，文火上温着大碗大碗的粥，一只深锅里盛着化好的黄油，牛奶、莴苣和水果则摆在门附近。三位厨师在管着厨房，不过外面的人静静走进来，各取所需，再回到那间大屋子中或回自己的小屋子中去。每个角落都是那么洁净体面，那是本能使然。他们的每个动作都是那么体面，似乎人们最深处的本能得到了教化，使得他们变美了。那轻柔安详的美就像一个梦，人生一梦终于成真了。

尽管我不怎么想吃，还是盛了点粥。我感到身上鼓起了一股奇特的力量。可我在人群中又有点像个鬼影。我的向导问我是去大圆屋用餐还是回我自己的房间吃。我懂他的意思，就选择了大厅。于是我在曲廊里挂好自己的大衣，进了男人们的大厅。我靠在墙根下的毛毡上，观察着这些人，听他们说什么。

他们一感到热就把衣服脱了，似乎衣服是一种负担或一种小小的耻辱。他们歪着身子轻声交谈着，不时发出低低的笑声来，其中一些人在下跳棋和象棋，但大都安详沉静。屋子是靠吊灯照明的，里面没有一样家具。我独处一隅，可我羞于脱掉身上的白色无袖衫。我感到这些人没有权力如此这般地毫无羞耻、这样沉静自然。

绿衣卫士又进来问我是不是愿意去见一个人，那人的名字我没弄清是什么。于是我带上外罩，来到了圆柱门廊下灯火阑珊的街上。街上行人如织，一些人身着大衣，一些人只穿束腰外衣，女人们则迈着轻快的步子从街上走过。

我们向着城里的最高点走去，我觉得我一定是正从我出生的地方走过，因为这里就挨着美以美教会的礼拜堂[1]。可是，如今这里处处是灯光柔和、金灿灿的长廊了，人们身着绿衣、蓝衣或灰红相间的大衣从廊下走过。

我们到了山顶，走出来，来到一个环形的场子，这儿一定是公理会礼拜堂的旧址[2]。场子中间耸立着一座锥形塔，就像一座灯塔一样，塔身在灯光下呈现出玫瑰色。塔顶上的一根圆柱上，一只巨大的灯球光芒四射。

我们穿过环形场子，踏上了另一座建筑的台阶，又穿过人群熙攘的大厅来到走廊尽头的门边，那儿坐着一位绿衣卫兵。绿衣卫兵起身进去报告我们的到来。随后，我跟他穿过前厅进了室内，屋中间的壁炉里，木块正燃着，火苗十分清晰。

一个身着洋红色薄束腰外衣的男子上前来迎接我。他长着棕色的头发和粗硬的红连鬓胡子，浑身透着难以言表的光彩帅气。他不像埃及人那么沉静，也不像普通人那样如同水果一般冷漠，

---

[1] 劳伦斯的出生地十字路口西北处有一座美以美卫理公会的礼拜堂。

[2] 此处指的是小镇的中心街道诺丁汉街，该街横穿全镇最高的山脊。

更不像城门口的黄衣首领那般沉稳并鲜花一样粲然，这个人身上闪烁着一种震颤的光芒，就像穿过碧水的光线一样。他接过我的大衣，我立即感到他明白我的心思。

"或许，醒来是残酷的，"他一板一眼地用英语说，"即使在一个美好的时候。"

"告诉我这是在哪儿！"我说。

"我们管这地方叫纳斯拉普，不过它以前是不是叫纽托比？告诉我，你什么时候睡过去的？"

"今天下午，好像是一九二七年十月吧。"

"一九二七年十月！"他声调奇怪地笑着重复。

"我真睡过去了？又真的醒了吗？"

"你不是醒了嘛？"他笑道，"靠在靠垫上吧，要不就坐下。看！"他指着一张坚固的橡木椅子，那是一把现代仿古椅子，孤零零摆在屋子中间。那椅子年代已久，颜色发黑了，看上去都抽巴了。我浑身一激灵。

"那把椅子有年头了吧？"我问。

"也就一千来年吧！是专门保存下来的。"他说。

我顿时木然。我只能坐在地毯上痛哭一场。

那人正襟危坐了好一会儿，然后走过来，双手握住我的手。

"别哭！"他说，"别哭！当了这么久的孩子了，现在该做条汉子了。别哭了！这样不是更好受点？"

"现在是哪一年？"我问。

"哪一年？我们称之为橡子年。你的意思是用数字表示？那就叫它二九二七年吧。"

"这不可能。"我说。

"没错，正是。"

"那就是说我都一千零四十二岁了？"

"怎么，不对吗？"

"怎么会这样呢？"

"怎么会？你睡过去了，像一只蝶蛹，睡在地球的一个小小的蝶蛹子宫中，你的衣服早化成了尘土，只剩下了扣子，你一觉醒来，像一只蝴蝶那样醒了。为什么不呢？你为什么害怕像蝴蝶那样从黑暗中醒来？为什么怕自己变美了呢？变美吧，像一只白蝴蝶那样。脱掉你的衣服，让火光照在你身上，赐给你什么，就接受什么吧。"

"你觉得我还能活多久？"我问他。

"干吗老要掐算？生命又不是一只钟表。"

"没错，我就像一只蝴蝶，只能活一会儿，所以我不想吃东西——"

自画像一帧

人们问我："是否觉得活着挺不易、成功也不易？"我不得不承认，如果说我还算活着、还算成功的话，我并非觉得这有什么难的。

我从未住在亭子间里挨过饿，也没有苦等邮差送来编辑或出版商的回音，不曾殚精竭虑才写出沉甸甸的大作，也不曾一觉醒来发现自己成了名人。

我是个穷孩子。我本该在险恶的境遇中挣扎一番，再怀才不遇一阵子，才混成个进项微薄、声名可疑的作家。可我没挣扎，也没怀才不遇，不费吹灰之力就自然而然地成了作家。

这么说还真有点可惜了。因为我的的确确是出身劳动阶级的苦孩子，毫无前景可言。那么我现在算怎么一回事呢？

我生长于劳动阶级。我父亲是个挖煤工人，仅此而已，一点也不值得夸耀。他甚至不可敬，因为他常常酗酒，从不去教堂做祈祷，还总对井下的小上司耍脾气。

作为一个承包人[1]，他从来没分到过好挖的地段。因为他总犯

---

[1] 承包人一般是有经验的老工人，指挥一个采煤组的人干活，自己也亲自干活，负责给全组人平分收入，零头往往用来下酒馆一起喝酒。

傻，不说矿上管事的好话，把人家都得罪遍了，可以说是有意这么做的。这样的人怎么能指望别人待见他呢？人家不待见他，他又要抱怨，就这么个人。

我母亲估计要优越些。她是城里人，的确算得上是个小布尔乔亚。她说一口标准的英文，一点土音都没有，她一辈子也不学一句我父亲讲的方言，我们这些孩子在家也不说那种土话，只在外头才说呢。

她写一手漂亮的标准字体，高兴了就玩个花样儿，把字写得逗人发笑。上了年纪后她又开始读小说了，但十分不喜欢《十字路口上的黛安娜》[1]和《东林恩庄园》[2]。

可她只是个工人的妻子而已，寒酸的小黑帽子下是一张聪颖、光洁、"与众不同"的脸。父亲极不受尊重，可母亲却极受尊重。她生性敏感、聪慧，可能真的高人一等。可她却沦落到劳动阶级中，与比她穷困的矿工之妻们为伍。

我是个苍白赢弱的小东西，长着一只招人讨厌的鼻子，人们只拿我当成一般的脆弱男孩看待，对我挺和气。十二岁那年我得了一笔奖学金（每年十二镑）到诺丁汉上了中学。

中学毕业后我当了三个月的职员，然后就生了一场严重的肺炎。那年我仅十七岁，那场病让我终生不得健康。

一年后我当了小学教师。我苦教了三年矿工的孩子们，终于

---

[1] 《十字路口上的黛安娜》（*Diana of the Crossways*），英国作家乔治·梅瑞迪斯（George Meridith，1828—1909）的主要小说之一。
[2] 《东林恩庄园》（*East Lynne*），英国女作家亨利·伍德（Henry Wood）夫人的小说。

得以上诺丁汉大学，但读的是没学位的师范课程[1]。

正如我当年高高兴兴地脱离了教职一样，我离开大学也感到如释重负。上大学意味着的仅仅是失望，绝非人与人之间活生生的联系。离开大学，我去伦敦附近的克罗伊顿教小学，年薪是一百镑。

就是在克罗伊顿，我二十三岁那年，一个女孩子抄了我的一些诗，背着我寄给《英国评论》杂志，这些诗在主编福特·麦多克斯·胡佛手中获得了辉煌的再生。那女孩是我少年时代的密友，在我家乡的矿区当小学教师[2]。

胡佛实在太好了，他不仅发表了我的诗，还请我去见他。那女孩子就这样轻而易举地把我推上了文坛，就像一个公主为轮船剪了彩，船从此下海一样。

我苦写四年，才完成了小说《白孔雀》。小说很不成熟，全是凭着潜意识写成的。我想这小说中的大部分几乎是写了五六遍才算完的。不过我写写停停，从没把它当成什么神圣之作，也没有分娩的痛苦呻吟。

我会狠写一阵子，写完一点就给那女孩子看看。她总是表示羡慕。但我会觉得那不是我要的那个样子，于是又会再猛写一遍。在克罗伊顿我写得很有规律，是在放学后的晚上写。

总算写完了，四五年断断续续地写完的。一写完，胡佛就要

---

[1]　劳伦斯以优异的成绩考入诺丁汉大学，但放弃了读学位课程（也就是放弃了将来的学士学位），选择了两年制的师范课程。这意味着他毕业后只能到小学执教。

[2]　劳伦斯青梅竹马的女友杰茜·钱伯斯，他们合合分分近十年，终未结为秦晋。

看稿子。拿到稿子他马上就饶有兴致地读了。后来在伦敦的公共汽车上，他声调奇怪地冲我的耳朵叫道："英国小说的毛病都能在你这小说里找得到。"

那时，与法国小说比，英国小说毛病太多了，几乎难以生存了。"不过，"胡佛在车上又叫道，"你这人有天分。"

这话听起来挺可笑的，让我差点笑出声来。最初写小说时，他们都说我有天分，似乎是因为我比不上他们，他们反过来安慰我似的。

不过，胡佛的话里可没那种意思。我一直认为他自己是小有天分的。他看过我的手稿就把它交给了威廉·海纳曼，后者立即就接受了它，只让我改了四行字，现在谁看了那几行改过的都会讪笑[1]。当时说好出版后我能得五十镑。

与此同时，胡佛在《英国评论》上又发表了我更多的诗和小说，人们读后都说我有天分。这令我很难堪和气愤。我不想成为人们眼中的那种作者，因为我还是个教师。

二十五岁上，我母亲去世了。两个月后，《白孔雀》出版了，可这对我并不意味着什么。我又教了一年的书，然后再次犯了严重的肺炎。病好后我没再回校执教，从此开始靠微薄的稿酬过活。

放弃教职靠写作生活至今已有十七年了。我从未挨饿，甚至

---

[1]　劳伦斯的手稿原文：

天啊！我们是激情四射的一对儿，她让我进了她的卧室，把我画成希腊雕塑，她的克罗顿，她的赫拉克勒斯！我还从来没见过她的绘画呢。

这一段出版时被改成：

主啊！我们是相爱的一对儿，她用审美的眼光看我。在她眼里我就是希腊雕塑，克罗顿，赫拉克勒斯，我都说不上是什么！

没有感到受穷，尽管最初十年中收入低微甚至还不如留在学校当个小学教师强。

但是，一个生来就穷的人，有点小钱就够他花的了。如果说还有人认为我富有的话，那就是我父亲了。如果母亲活着，她也会认为我出息了，尽管我一点也不这么想。

但我总觉得哪儿出了毛病，我、这个世界，或者是我们双方。我到过很远的地方，结识过形形色色的人，什么处境中的都有，其中不少人很让我敬重爱戴。

人们几乎总是很友好，我说的不是批评家，他们是另一种动物。我真想与一些人友好相处，至少与我的同胞是这样吧。

但我在这方面从未做得成功。因此说，我在这世界上是否算活着都成了问题。但我肯定与这世界处得不好。所以我真的说不上我是否获得了世俗意义上的成功，但我隐约觉得，我的成功不能算人的成功。

我这样说的意思是，我感觉不到我与社会或我与他人之间存在很热切的或本质的接触。这中间有鸿沟。我是与某种非人的、无声的东西打着交道。

我曾认为，这是因为欧洲太老、太颓败的缘故。可到处走一遭后，我才知道不是这个原因。欧洲其实或许是所有大陆里最不颓败的一个，因为它最有生气，它生活在生命中。

是从美国回来后我才严肃地问起自己：为什么我与我认识的人之间那么缺少接触？为什么这样接触毫无生的意义？

我写下这样的问题并试图解答它，因为我感到这是个令许多人困惑的问题。

我认为答案与阶级二字有关。阶级是一道鸿沟，人与人最美好的交流全让它给阻断了。并不是中产阶级的胜利而是与中产阶级有关的东西的胜利使之夭折。

身为劳动阶级的一员，我感到，当我与中产阶级在一起时，我生命的震颤就被切断了。我承认他们是迷人、有教养的大好人，可他们硬是让我的某一部分停止转动了，某一部分必须切除不可。

那么，为什么我又无法与我本阶级的劳动者休戚与共呢？因为他们生命的震动在另一方面受到了局限。这么说吧，这些人狭隘，但仍不失感情深厚，不缺热情。而中产阶级倒是不狭隘，但他们浅薄，没有热情，太没热情了，他们至多是用慈爱来代替热情。对于中产阶级，慈爱就是顶伟大的感情了。

而劳动阶级呢？他们视野狭窄，偏见重，缺少智慧，亦属狴犴。一个人绝对不能成为任何阶级的一员。

可是在意大利这里，我却与在这座别墅附近耕作的农夫们进行着默默的接触。我与他们并不亲密，除了问声好以外几乎不怎么说话。他们并未为我劳动，我也不是他们的主子。

可他们就在我附近活动，是从他们那里向我流溢出人的情愫。我并不想与他们一起生活在他们的农舍里，那是一种监狱。可我希望他们就在附近，他们的生命和我的生命一起交织。

我绝不把他们理想化，那想法实在太蠢！那比让小学生理智地表达自己的思想更坏。我不期望他们在这块土地上创造一个太平盛世，现在或将来都不。但我想生活在他们身边，因为他们的生命在流溢着。

直到现在我才有点明白，为什么我甚至无法步巴里或威尔斯这样的人的后尘。他们出身于普通人家但都功成名就了。现在我知道为什么我无法在这世界上有点出息，甚至能有点小名气，人也阔绰一点。

这是因为，我无法从我自己的阶级摇身一变进入中产阶级。我无论如何也不能为了中产阶级浅薄虚伪的精神自负而抛弃我的热情，抛弃我与本阶级同胞之间、我与土地和生灵之间生就的血肉姻缘，中产阶级一旦在精神上势利起来，就只剩下了这种自负。

我为何不爱在伦敦生活[1]

　　你刚刚走下旋梯上岸，心儿就突然莫名其妙地一沉。不是因为恐惧，恰恰相反，似乎是因为生命的冲动消退了，心也就随之黯淡下来，沉了下去。你随人流穿过慈悲的警察和善良的护照官身边，穿过烦琐又有点愚蠢的海关——如果有人偷带进两双冒牌丝袜似乎算不得什么大罪过——然后上了慢吞吞的火车（它慢，但不伤害你），与懒散但不会伤害你的人坐在一起，从好心肠不害人的侍者手中接过一杯无害的茶水。我们坐着车穿过狭小、慵懒但淳朴无害的乡村，直到抵达庞大但毫无生气的维多利亚火车站，随后一个不坏的脚夫过来把我们送上一辆不坏的出租车[2]，车子穿过拥挤但出奇乏味的伦敦街市来到旅店，这旅店舒适但让人觉得慵懒、乏味得出奇。出国几年回到伦敦，这头半个钟头真叫过得难受，心头只觉得让一种难言的沉闷压抑着，几乎要被它压死。不过，很快这感觉就会过去，你会承认刚才的说法有点

_____

　　[1]　此文写于1928年，发表在《晚报》时编辑将标题改为"乏味的伦敦"，后一直以此标题收入各种选集，中文版亦然。现根据剑桥版劳伦斯散文集恢复劳伦斯最初的标题。
　　[2]　劳伦斯在此连用七个inoffensive表达不同但相近的意思，译文难以传神，只能分别翻译为"不伤害""不坏"和"无害"等聊以对应。

夸张。你又合上了伦敦的节拍并告诉自己伦敦一点也不乏味。可是，无论你睡着还是醒着，那可怕的感觉一直都挥之不去：乏味！无聊！这里的日子十分乏味！我没劲！我让它弄得没劲！我精神没劲！我的生命与伦敦的乏味一起乏味。

这就是初来伦敦几周内纠缠你的噩梦。自然，待长了，这感觉会消逝，你会发现伦敦与巴黎、罗马或纽约一样令人激动。可这里的天气我受不了，我在这儿待不长。离开伦敦的那个早上，我睁着酸痛的眼从出租车中好奇地往外看去，眼看着伦敦一阵阵乏味起来，死一样的乏味。只有当我坐上了赶班船的火车，才觉得生命与希望又还阳了，我听到一阵阵的"再见"声！感谢上帝，再见了。

对自己的故土生出这种感受来，真是可怕。我相信，我是个例外，或者说我的情况至少是个被夸大了的例子。可我看得出，大多数我的同胞都是一脸的痛苦和可怜，隐约透着这样的感受：没劲！压根儿就没劲！我的日子太乏味了！

当然了，英国是世界上顶安逸的国家了，安逸、闲适而美好。人们个个儿不错，个个儿好脾气。总的来说，英国人是世界上顶好的人，人人都为别人创造了方便，没有什么跟你过不去的。可就是这种方便与善良最终变成了噩梦。似乎空气中都弥漫着这样那样的麻药，它让一切都变得容易美好，祛了一切东西的锐气，无论好坏。你吸进这种安逸与美好之药，你的生命活力也随之下降——倒不是你的肉体生命，而是别的——你个性生命的熊熊火焰。英格兰本来是能自由起来，能个性起来的，可现在没有哪团个性的生命之火燃得猛烈而生动。这里的火只是温乎乎的，手指头伸过去都烧不痛。善良、安全、安逸，很理想。可在这一切安逸

145

之下埋伏着不安之痛，这情形正如吸毒者一样。

早先可不是这样。二十年前的伦敦[1]在我看来是个十分刺激的地方，特别刺激，是一切冒险的巨大喧嚣中心，它不仅是世界的心脏，而且是全世界冒险的心脏。斯特兰德大街、英格兰银行、查灵克罗斯[2]之夜、海德公园[3]的清晨！

不错，我现在是老了二十岁，可我并未失去冒险精神。我觉得伦敦与冒险无缘了。交通太拥挤！这里的车辆曾驶向某个冒险的场地。可现在，它们只是挤成一团向前涌着，没个方向，只是成群结队无聊地向前拱而已，前头半点冒险也没有。车辆陷入了一种乏味的惯性中，然后再乏味地重新起动。伦敦的交通车辆曾经与男人在生命的大海上冒险的神秘同咆哮，如同一只巨大的贝壳在喃言着，讲着一个激动人心但又含糊其辞的故事。这会子她发达了，倒像一门遥远但声音单调的大炮，乏味地轰炸着这个那个，粉碎了大地，毁灭了生命，把一切都炸死。

那么，在伦敦做点什么呢？我没个事由儿，就只剩下闲逛，为这里无尽的乏味百思不得其解。我也时而与朋友吃个午饭晚餐什么的，边吃边聊。现在我对伦敦感到最害怕的就是这种聊天了。我在国外的日子中，大多数时间里没什么话可说，偶尔说上几句

---

　　[1]　二十年前应该指的是1908年前后。那时劳伦斯正值弱冠之年，风华正茂，从诺丁汉大学毕业后到伦敦郊区的自治市镇克罗伊顿教小学，业余从事文学创作，迅速成为一个文学新星，发表了诗歌、小说并出版了长篇小说。

　　[2]　查灵克罗斯（Charing Cross），又译为查灵十字架，是伦敦市中心的一处地名的统称，其中有一条同名的街道，其与斯特兰德大街交会处是著名的特拉法加广场。该处被视为伦敦的中心，以其为起点计算与英国其他地方之间的距离。

　　[3]　这里因经常举行政治集会表达民意而成为政治自由的象征。

也就沉默了。而在伦敦，我感到像一只蜘蛛，我的蜘蛛丝让某个人给逮住了，被人给拉扯着没完没了地织网，织呀织，毫无目的。他甚至织的压根儿不是自己的网[1]。

因此，在伦敦的午餐晚餐或茶会上，我不想开口说话，无意说。可我的话被人无休止地拉扯了出来，别人也是没完没了地絮叨着。说不完的话，人人沉醉其间，这是我们这些不会演奏爵士乐或随爵士乐跳舞的人的唯一真正职业。简直是徒劳，这就像俄国人那样为谈话而谈话，没有半点儿行动。干坐着大聊特侃，这也是我眼里伦敦的一面。由此而生出的可怜徒劳感只能加深可悲的乏味感，摆脱它的唯一办法就是一走了之。

---

[1]　劳伦斯于1926年回国后在伦敦居住过一段时间，会见了很多旧雨新知，不断出席午餐和晚餐会，最高的纪录是同一个人一聊就是八个小时。他在国外多年，基本是沉默寡言，猛一回故国，既渴望接触朋友又难以适应这种无尽的闲聊。

新墨西哥[1]

　　表面上看这世界变小了，人们都认识世界了。可怜的小地球，旅行者们匆匆围你而转，轻而易举就如同逛巴黎的布洛涅森林或纽约的中央公园。什么都不神秘了，我们去过了，看过了，什么都了解了。我们弄懂了地球，地球不过如此而已。

　　表面上看，这千真万确。表面上、横向而论，我们走遍了世界，能做的事都做了，什么都明白了。可是我们表面上懂得越多，我们越是难有纵向的深入。在海洋上蜻蜓点水而过自然不错，也可以说你就此了解了海洋。可是海的纵深地带我们却毫无体验。

　　陆地旅行情形亦然。我们走马观花，看过，见识过，可我们从来没有深入到铁路、轮船、汽车和旅馆在整个世界上铺下的那层奇怪的薄膜。在这一点上，北京和纽约差不多，就那么点不同的东西可以看看，也就是更有中国特色而已，等等。我们这些可怜人，渴求经历阅历，可我们就像苍蝇在透明的黏膜上爬行，世界被精心地包裹着像糖果包了一层奶油，我们怎么也接触不到它，尽管我们在上面来来去去并能看到它，表面上有所接触，实

---

　　[1]　这篇随笔是劳伦斯结束了美洲羁旅三年后（1928年）在意大利为美国的杂志所写。

则它远如月亮。

　　其实我们的祖辈尽管没走多远的路，却比见识过一切的我们更了解世界。他们在村办学校课堂里看着幻灯听讲时，他们确实是在未知世界前凝神屏息。而我们在锡兰[1]坐着黄包车招摇过市，对自己说：跟我们期待的一样，我们确实全面了解了这里。

　　我们错了。这种无所不知的心态就是在包裹文明的透明黏膜上爬行造成的结果。那下面的东西我们并不懂，而且还怕懂。

　　这一点在我去了新墨西哥受了震惊后才明白。新墨西哥是美国众多州里的一州，是美国的一部分。新墨西哥是风光如画的保留地，是东部各州的游乐场，十分浪漫之地，古老的西班牙风情，红种印第安人，沙漠中的平顶山，印第安人村落，牛仔，悔罪苦修的人，电影告诉我们所有这一切了。不错，大西南，戴上一顶宽檐帽，颈上系一块红手帕，到那自由的地方去吧。

　　那就是被绝对健康闪光的黏膜包裹的新墨西哥，是老生常谈的文明黏膜。那就是大部分美国人了解的新墨西哥，他们认为自己完全了解这个地方。可是撕去这层闪亮的消毒后的黏膜，真正触摸这个地方，你就再也不会这样认为了。

　　我觉得新墨西哥让我获得了对外部世界最了不起的体验。它彻底改变了我。这话听似奇怪，但新墨西哥确实把我从目前的文明时代中拯救了出来，从这个物质与机械发展的伟大时代里拯救了出来。在锡兰的康提[2]那个世界南部佛教圣地我逗留了数月，但那段日子并没有触动控制着我心灵的物质主义和唯智主义。我还

---

　　[1]　今斯里兰卡。
　　[2]　康提是斯里兰卡一座古城和古都，据称藏有一颗佛舍利。所谓南佛教指的是小乘派佛教，在斯里兰卡、缅甸、泰国、柬埔寨和越南盛行。

在美丽绝伦的西西里生活过，在至今尚存的古希腊异教氛围中生活过数年，可那些日子并没有动摇造就我性格的基督教基本的教义。澳大利亚对我来说是某种恍惚的梦幻，如同受到迷幻一样，可迷幻过去后，我的自我仍未改变。塔希提我仅仅是对它投去一瞥，便令我生厌；在加利福尼亚度过几周后也感到厌恶[1]。美国西海岸的精神中似乎让人感到有某种奇特的野蛮，于是我对自己说：哦，快离开！

可是在我看到圣菲沙漠上空明媚骄傲的霞光，我灵魂中有什么耸立了起来，我开始聚精会神。空中景色很是壮丽，颇有一种威严的皇家气度，全然不同于同样清纯、原始、美丽的澳大利亚的清晨，那里的清晨过于柔和清纯，空中飞翔的绿色鹦鹉说明了一切。可在澳大利亚可爱的早晨人却容易做梦。而在壮丽、动人的新墨西哥早上，你会全然清醒，灵魂中会有新的东西猛然觉醒，于是乎旧世界让位给了新世界。

感谢上帝，让世界上的美千姿百态，而丑陋则大致一样。西西里多么可爱，卡拉布里亚横亘海上如同一块蛋白石，远处高耸的埃特纳火山上白雪皑皑！托斯卡纳多美，小小的红色郁金香在麦田里到处怒放，黄昏时分绽放着铃兰花的英国是多么美，还有澳大利亚，在柔和纯净的蓝天下，青灰色的枝叶衬托着纯黄色的金合欢花开得云蒸霞蔚！但是说到壮美，除了新墨西哥，在别处我还没有体验过。那些早晨我扛着锄头沿着牧场的水渠到峡谷中去[2]，我在落基山下粗犷而豪放的沉寂中，在山脚下眺望沙漠尽

---

[1] 劳伦斯从悉尼赴美国途中在塔希提岛逗留三天。以后在加州的圣莫尼卡和洛杉矶各逗留二周。

[2] 劳伦斯夫妇在乔瓦牧场生活，通过水渠从峡谷中引水到牧场。

头亚利桑那蓝如玉髓的青山[1]，覆盖着灌木蒿丛的沙漠呈现出蓝灰色，沙漠上点缀着水晶般的小房屋，这里看似一处广阔的竞技场。这片高贵无畏的大沙漠浩浩荡荡地铺展开去，东到巍巍的桑格里·德·克里斯托山脉，与落基山下长满松树的小山融为一体！这是怎样的壮美！只有黄褐色的雄鹰才能真正在这片壮美的风景中翱翔。列奥·斯坦因[2]在给我的信中曾说过："那是我所见过的最富审美意味的风景。"但我觉得远不止如此。这风景壮美沉寂的惊骇感和壮阔的雄奇感远非审美能及。没有哪里的光比那里的光更纯、更傲慢地照耀着空旷起伏的坡地，王气十足，几近残酷。令人奇怪的是，那片产生了最高水准的现代政治民主的土地竟然令人感到最甚的傲慢与无情，十分可怕。可是这景色又是那么美丽，上帝啊，那么美丽！那些在那里独自度过一个又一个早晨的人，在骄傲的大沙漠世界上方的松林间放眼这一切，懂得这里是多么美，美得几乎令人难以自持。这里白天的天光那么清澈无瑕，白天本身就无比美妙。于是就不难理解阿兹台克人用人心祭太阳的做法。因为太阳并非仅仅是热或炙热，不是。它有着如此灿烂无敌的纯净与高傲的沉静，教人把心都能献给它。哦，是的，在新墨西哥，心是献给太阳的，人自己则没了心，却有着坚定的宗教信仰。

这是我要说的第二点。我在全世界寻找能让我感受到是宗教的东西。某些英国人纯朴的虔诚，意大利南部某些天主教徒半异教式的神秘，某些巴伐利亚农民的强烈情感，佛教徒式的狂热，

---

[1] 从乔瓦牧场向北看到的是亚利桑那东北和新墨西哥西北连绵的高山。

[2] 列奥·斯坦因是著名的巴黎文学沙龙女主人格特鲁德·斯坦因的兄长，后印象派艺术的收藏家。

这些似乎都算宗教信仰了，就与之相关的几类人来说确是如此，但并不包括我在内。我是在他们的外部观察他们的宗教信仰的。因为感受信仰比热爱信仰更为困难。

在锡兰的康提，我看到当地人在佛牙节上为威尔士亲王[1]表演时跳的一种所谓的魔舞，我感到那似乎暗示着一种狂野的信仰。那是一群来自遥远的丛林里的村民赤身跳的群舞。半夜里在火把照耀下跳，他们黝黑的身上汗水淋漓，闪烁着光泽，如同镀了金。这些赤裸的男人跳舞时如此神情专注，双膝完全分开跳着，那一刻我突然受到感染，觉到了一种宗教感。宗教是一种体验，一种难以控制的体验，是比爱更富肉感的体验：我用肉感这个词指的是感官深处，无法解释，不可思议。

但那种体验在佛牙节奇特的混乱中稍纵即逝。我获得了难以磨灭的宗教感是我来到新墨西哥以后的事，因为我在那里深深地进入了人类种族经验中了。奇怪的是，世界上这么多地方，一个欧洲人在接触了古老的地中海和东方后，最终是在美国获得了真的宗教体验。奇怪的是，我居然是从红种印第安人那里获得了活生生的宗教感，却没能从印度教徒、西西里天主教徒或僧伽罗人那里获得。

我要有所保留的是，我并不赞赏红种印第安人与白人文明打交道时的表现。从那个角度说，我不得不承认印第安人全然令我反感。甚至我个人的小小经验都能让我明白这一点。但我也懂得，他们在与白人的交往中或许十分友善。这是个个人问题，在

---

[1] 即后来的爱德华八世国王和退位后的温莎公爵。他在1922年以威尔士亲王身份访问锡兰时碰巧劳伦斯也在锡兰，劳伦斯得以远距离地见到了他，但对他评价不高。

双方都如此。

但在本文中，我不想站在那层黏膜外谈论新墨西哥的日常或表层方面。我必须深入到表层之下去。因此，对美国的印第安人作为一个美国公民的举止我真的不关心。我关心他本质上是谁，或者说在我看来他似乎是谁，也就是他古老的种族自我和宗教的自我如何。

我觉得红种印第安人比希腊人、印度人或任何欧洲人都古老得多，甚至比埃及人都古老。红种印第安人作为文明的和真正宗教的人，其文明程度远超禁忌和图腾，其宗教或许是最古老和最本真的宗教。这就是说，他们是最有宗教信仰的种族活的传人。我的感觉就是如此。

不过我要再次为自己辩解。在阿尔伯克基火车站上卖给你篮子或在陶斯集市上鬼鬼祟祟转悠的印第安人或许是个十足的废人和难以形容的低下之人，他或许比纽约的扒手还没有宗教信仰。他或许已经与自己的部落断绝了联系或者其部落已经彻底丧失了信仰并且已经事实上不存在了。那他只适合尽快被白人文明所吸收，白人文明一定会让他人尽其才。

可是如果一个部落保存了自己的宗教并保持宗教活动，而且任何成员都参与其间，那么其部落的完整性与活的传统就可追溯到耶稣诞生前，早于金字塔和摩西。在新墨西哥有一个巨大的古老宗教，它曾经撼动过世界，因为没有中断活动，它现在仍然在那里徘徊，比世界上任何宗教都早。它只比澳大利亚土著人的禁忌和图腾晚，不过那些禁忌和图腾还算不得是宗教。

你可以感受，在印第安村落周围感受这种氛围。当然不是在充斥着观光者和汽车的时候，而是在某个美妙的落雪的早晨去陶斯印第安人村，看屋顶上的白衣人；或在某个月黑风高之际，骑马走过夜色下的村落，看沉默的女人，她们的黑裙摆在大白靴子上飘舞，你会感到那古老悠远的人类意识之根仍然在向纵深处扎下去，对此我们一无所知不算，还经常怀着嫉妒。似乎用不了多久，这些印第安人村落会被连根拔起了。

可我永远不会忘记看到的那些舞者，在圣杰罗米诺狂欢节上男人们摇摆着臀上的狐皮排成纵队跳舞，女人们则舞动着种子盒尾随着男人。男人都留着油光闪亮的黑色长发。甚至在古代的克里特，长发都是男人的神圣之物，而现在的印第安男人仍然这样。我永远不会忘记他们跳舞时如此全神贯注，那么安静，那么平稳，节奏看似永恒，在沉静中不停地踏着地面，这种舞姿与酒神式的或基督教式的狂喜截然相反。我永远不会忘记男人们在鼓的周围发出的深沉歌声，歌声起伏跌宕，是我一生中听到过的最深沉的歌声，比雷声还低沉，比太平洋的浪涛还浑厚，比瀑布的吼叫还雄浑，那是人们向着无尽的深处发出的美妙的低沉吼声。

我永远不会忘记在一个明媚的春天早晨我来到圣菲利佩的印第安村庄。出乎意料的是那美丽的小村子里所有的树都开着花，这景象比古代西西里田园诗人的诗所描述的更古老、更宁静、更富诗情画意。在村里还看到了人们随意地跳着舞，那舞姿虽然并非令人目眩，但在我看来却是十分感人，仅仅因为那舞姿里透着真正骇人的宗教般的专注。

我永远不会忘记陶斯的圣诞舞：黄昏，白雪，夜幕降临到寒冷的大山上，孤独的村子。突然间，似乎是黑暗在召唤黑暗，人们围着鼓开始发出低沉的合唱，歌声狂野而可怕，猛然间唤醒了夜晚，跳舞的队伍启程了。然后是篝火熊熊，忽然间烈焰腾起，一根根火柱为跳舞的队伍搭成了一条通道。

我永远不会忘记亚利桑那州阿帕奇人的村庄里桦树搭起的大地穴，印第安人的锥形帐篷及点点闪烁的篝火，夜里马在黑暗中嘶鸣，村民们穿着软皮平底鞋悄然来到户外。在大地穴里，一小堆篝火边上，那老人在朗诵着，说的是少有人懂的阿帕奇语。他那野性奇特的印第安人的声音在回响，从大洪水之前的岁月回荡到如今。很明显他是在朗诵这个部落的传统和传奇，他的声音持续不断。被称作"印第安武士"的年轻人溜达进来，听上一会儿，又溜达出去，他们被那个纯粹的古老部落之声的力量和庄严所震慑，可又因为他们半依附于现代文明，两者兼而有之让他们感到不自在。其中一人的脸出现在我的帽檐下，夜色下他晶莹的眼睛凝视着我。如果他敢的话，他能就地把我处死的。不过他不敢，我知道，他也明白。

我永远不会忘记印第安人的赛跑[1]，年轻男子，甚至小男孩都光着身体跑，身上抹着白泥土，上面粘着鹰的绒毛，表示天空中飞快的速度，老人们用鹰的羽毛刷他们的身体借此给他们以力量。他们像原始人一样拼命奔跑，样子很奇特，是向前奔，而不是有意加速。另外，赛跑不是为了拼胜负，那不是比赛，没有争夺，只是在积蓄力量。这一天，这个部落增添了男性的力量并且尽了最大的努力，为什么呢？是为了获得力量，获得膂力，通过男人身体力量的纯粹积蓄和努力与宇宙间活力的源泉取得接触，从那里获得力量、膂力和精力，保证一个丰收年景。

这是一个巨大的古老宗教，比我们所知道的任何事物都伟

---

[1] 印第安人在五月开始播种和九月谷物生长结束时都在村子里赛跑。

大，一个更加黑暗赤裸的宗教。没有上帝，从来没有神的概念，但一切都是神。可又不是我们习以为常的泛神论所说的那样："神无处不在，无时不有。"在最古老的宗教中，任何事物都是活生生的，不是超自然的，而是自然的。只会有更深的生命之水流，生命的振幅愈来愈广。所以说石头是活的，而一座山则比一块石头更有活力。因此一个人若让自己的精神或自己的活力与山的生命相触从而从中获取力量如同从一口挺立的生命大井中抽取力量那样，要比与一块石头接触难得多，因为他要付出更大的宗教信仰的努力才行。一个人全部的生命所要努力达到的，就是让自己的生命与宇宙的、山峦的、云朵的、雷电的、空气的、地球的和太阳的强大生命相接触。这种接触就是直接的、有感知的接触，因此能从中获得活力、力量和某种黑暗的欢乐。这种纯粹赤裸的接触不需要介质和传导体，才是宗教的真正意义。在那些神圣的赛跑中，那些赛跑的人拼命向前奔着，积累着力量，穿过空气，最终赤裸地与空气的生命相触，那即是云和雨的生命。

那是一种宏大而纯粹的宗教，没有偶像或象征物，甚至没有虚幻的偶像和象征。它是最古老的宗教，是所有人的宇宙宗教，没有分裂成具体的神、救世主或体系。这是在神的概念产生前的宗教，因此比任何神的宗教都大、都深邃。

在新墨西哥这感觉是短暂的，但在我心中却长久地徘徊，成了一种启示。印第安人偶尔会令人反感，但他们身上仍然有着这种宗教的奇特美和哀婉，正是这种宗教将他们推向辉煌而现今又令他们归于湮没。当那个印第安小男孩特立尼达和我在牧场上种玉米时，我的魂都会停下来观察他的手轻柔地扒拉着土盖上种子，那是一种纯粹的仪式。他又回到了他宗教的自我状态，古老的时光就此凝固。十来分钟后他又笨拙地对付起马群来。马从来都不是印第安生活的一部分，永远不会。他对马一点感情都没有，而对熊等动物却感情不一般。所以，马也不喜欢印第安人。

可就在那里，最新式的民主驱赶走了最古老的宗教！一旦最古老的宗教被放逐，你就会感到这种民主及其附属会陷落的，而那从人的前战争时代一路走来的最古老的宗教会重新开始。那些摩天大厦会像绒花一样在风中碎落，而真正的美国即新墨西哥的美国会重新上路。现在是一个过渡期。

女丈夫与雌男儿 [1]

　　在我看来有两种女人，一种娴静，另一种无畏。男人们喜欢娴静的那一类，至少在小说中是这样的。这种女人总是回应：行，随你，好心的先生！娴静的姑娘，贤淑的伴侣，贤惠的母亲——现在仍然是男人们的理想。有些姑娘、媳妇和母亲是娴静淑女，有些是装的，可大多数则不是，也不装。我们并不希望车技娴熟的女孩是个贤惠女人，我们希望她无所畏惧。议会里娴静如少女般的议员有什么好？只会说行，随你，好心的先生！当然，也有的男性议员属于那号人。娴静的女接线员？甚至娴静的速记员呢？娴静，是女性的外在标志，就像鬈发一样。不过娴静需与内在的无畏并行才好。一个女子要想在生活中闯荡，就得无所畏惧，如果她除此之外再有一副俏丽娴静的外表，她就是个幸运的女子了。她能一箭双雕。

　　这两种女性特质必带来两种自信。一种是公鸡般男性的自信，一种是母鸡般女性的自信。真正现代的女人应有一种公鸡般男性的自信，从无疑虑和不安。这是现代类型的人。可旧式的娴

---

　　[1]　此文本为英国的《晚新闻报》约稿，却未能发表，1929年转而在美国的《论坛》发表并获得了一百美金的稿酬。

静女人则像母鸡般自信，就是说对其自信一无所知。她自顾默默地忙于下蛋，焦躁地、梦幻般地给小鸡喂食，那样子不乏自信，但绝非理智的自信。她的自信是一种肉体状态，很宁静，但她极易于受惊吓而失态。

观察鸡的这两种自信是很有趣的。公鸡自然有雄性的自信。他打鸣儿，那是因为他相信天亮了。这时，母鸡才从翅膀里朝外窥视。他大步走到母鸡窝门口，昂起头宣布：嘿，天亮了，我说亮就亮了。他威武地走下阶梯，踏上大地，深知，母鸡会小心翼翼地随他而行，因为她们为他的信心所吸引。果然，母鸡亦步亦趋地随他来了。于是他再次打鸣儿：咯咯，我们来了！毫无疑问，母鸡全然认可了他。他大步走到屋前，屋里会有人出来撒玉米粒。那人为什么不出来？公鸡有办法，他有雄性的自信。他在门道里大叫，人就得出来。母鸡们很明白，但马上会全神贯注去啄地上的玉米，而公鸡则跑来跑去忙着照看大家，自信自己该负点什么责任。

日子就这么过。公鸡发现点什么好东西就会高叫着招来母鸡，母鸡们晃晃悠悠地过来吞吃一气。可当她们自己发现点汤水佳肴时，她们会默默地吞吃，毫不犹豫。当然，如果周围有小雏鸡，她们会焦急地招呼那些小雏鸡的。但母鸡凭着莫名的本能要比公鸡自信得多。她信步去下蛋，先是固执地保护着自己的窝儿，下了蛋之后又会神气活现地走出来，发出最为自信的声音，那是雌鸟的声音，宣布她下蛋了。而从来不如下蛋的母鸡自信的公鸡此时也会像母鸡一样叫起来。他是想像母鸡那样自信起来，因为母鸡比他自信多了。

无论如何，雄鸡的自信是起主导作用的。当捕食雏鸡的鹰出现在天空时，公鸡会高叫着发出警号。随后母鸡在廊檐下跑动，公鸡会扑棱着翅膀警惕起来。母鸡吓得麻木了，她们说，我们不行了，像公鸡那么勇敢该多好！她们会麻木地缩成一团。可她们的麻木也属于母鸡的自信。

公鸡咯咯叫，好像他们也会下蛋。母鸡也会打鸣儿，她也多少能装出公鸡式的自信来。可是这样装出公鸡样的自信则令她很不安。她尽可以像公鸡一样自信，可她很不安。母鸡的自信虽让她打战，可她自在。

在我看来人也一样。只是今日，公鸡们才咯咯叫着假装下了蛋而母鸡们则打鸣儿假装叫着天明。如果说今日的女人都是男人般刚强，男人则女人般阴柔。男人懦弱、胆小、优柔寡断，像女人一样嘀咕但自在。他们只想让人温和地对他说话，可女人却一步上前，冲他们发出喔喔的吼叫！

阳刚之气的女人之悲剧在于，她们阳刚自信得胜过了男人。她们从未意识到，雄鸡在清晨高声鸣叫以后，他会凝神谛听是否有别的公鸡敢于叫出声以示挑衅。对公鸡来说，晴空中总孕育着挑衅、挑战、危险和死亡，或者说有这些可能。

可是，当母鸡高叫时，她并不谛听是否有挑衅和挑战。她的喔喔叫声是无法回应的。雄鸡总是警觉地谛听回声，但母鸡知道她的叫声得不到回应，喔喔，我叫了，你爱听不听！

正是这种女人的坚定，太危险，太灾难性了。它真的是没有章法，与别的东西没什么联系。所以这样的女人才会上演悲剧，她们常会发现，她们生出的不是蛋，而是选票、空墨水瓶或别的什么毫无意义的东西，这些东西是孵不出鸡来的。

这就是现代女性的悲剧。她像男人一样坚强，把全部的激情、能量和多年的生命都用在某种努力或固执己见上，从来不倾听否定的声音，其实她应该考虑这些。她像男人般自信，可她们毕竟是女人。她惧怕自己母鸡似的自我，就疯狂地投入选票、福利、体育或买卖中去，干得很漂亮，超过了男人。可这些压根儿与她无关。这不过是一种姿态，某一天里这种姿态会成为一种奇怪的束缚，一段痛楚，然后它会崩溃。崩溃之后，她会看到自己生出的蛋：选票，几里长的打字稿，多年的买卖实效，突然，这一切都会因为她是个女人而成为虚无。这一切会突然与她母鸡般的自我无关，她会发现她失去了自己的生活。那可爱的母鸡般的自信本是每个女性的幸福所在，却与她无缘，她不曾有过。她的生命是伴随着坚韧与刚强度过的，因此她全然失落了自己的生活。虚无！

英国还是男人的国家吗

　　人们，也就是男人们，英国的男人们，拍案而起发问：英国还是不是男人的国家？唯一的答案是，只要有男人在这个国家里，它就是。那么，你想象中男人的国家是由什么构成的？是由风景、酒馆的数量、工资高低还是靴子的尺码大小？是因为女人说："听你的，我的主人"吗？如果男人们觉得英国不再是男人的国家了——很明显它不久以前还是——那它就不是。如果它不是一个男人的国家了，它到底是什么呢？

　　男人会说，这是女人的国家。女人会马上反驳：我不这么认为！如此一来，它谁的国家都不是了。可怜的英国！男人说它不再是男人的国家，因为它已经落入女人之手。女人蔑视地大叫：压根儿不是！还说，如果它成了女人的国家，英国就完全变样了。相信我，那就全然不同了。在男人和女人之间，老英国揉揉眼说：我在哪儿？我是谁？我是我吗？简而言之，我存在吗？没有一个男人或女人费心去回答，他们忙于相互责怪呢。

　　如果英国不是男人的国家，那它也不是女人的国家。这是不争的事实。女人没有创造英国。而今天，女人也没有管理英国，尽管电话中十之八九的声音是女声。今天的女人，不管哪儿，都有她们的身影，都尖着嗓子说话。她们的声音无处不响，她们的身影无处不在。这一点不可否认。这些似乎令男人心绪不宁。十分地不宁！可那并不说明女人拥有了英国并管着英国。她们没有这样。她们占据的是，总的来说，低等的工作岗位。她们身着花花绿绿的巴里纱和人造丝袜，装腔作势一番，给这些岗位很是增色不少。她们还爱向男人讨烟抽呢。还有什么？她们是不是一群鱼鹰，在吱吱叫着扑食鲱鱼的海鸥般的男人眼皮子底下将英国彻底吞噬？男人们嫉妒女人们这些低贱的工作吗？抑或是他们嫉妒那装点了那些岗位的花巴里纱和丝袜？还是妒忌她们的气度和优雅或舍不得给她们香烟？因此就说英国不是男人的国家了！

"我的父母抛弃了我，但主会收留我。"我想这就是可怜的英国今日的感受。男人肯定是抛弃英国了。他们佯装女人越权拥有了这个国家，所以男人没必要再为此努力了。这对男人来说是件舒服事。十分惬意、滋润、舒坦。这就是今日男人之所求。不要负责任。

惬意、滋润、舒坦！轻松的工作、贤惠的老婆、舒服的家——似乎这就是今日英国了。可是如果你暗示，要建设一个真正的英国或许要做得更多，英国的男人们会十分地吃上一惊。英国还能更怎么样，他们说，除了惬意、滋润、舒坦？随之，他们会责怪女人生硬、不善、不可人，她们越权拥有了英国。

英国，我们被告知，一直是一个战斗的国家，尽管从来都不尚武。这话已陈刍狗，但似乎是真的。英国男人不甘为奴受欺侮，因此不愿当陆军或海军，因为当了兵，他就得受制为奴。一旦他感到什么东西或什么人来奴役他或欺侮他，他会奋起给那奴役人、欺侮人的人的眼上砸上一拳头。这是真汉子的精神，只有这种精神才能使一个国家成为一个男人的国家。

可现在，天呢，全变了。英国的男人就知道要惬意、滋润、舒坦，而不要负任何责任，甚至不为他自己的自由和独立负责。他已经获得了自己能够应付的全部政治自由，所以对此毫不关心了。他甚至不在乎是否会被再次剥夺这种自由，才不管他的祖先是如何为此艰苦奋斗的呢。他已经获得了政治自由，所以他不再关心它，怎么说这也够卑鄙的。

他获得了政治的自由，可他并没有获得经济上的自由。这是问题的关键。现代人感到这样不对。他觉得他应该有一笔收入。一个人的父母应该给他留下一笔足够他独立支配的钱财，如果没有，他就因此一辈子埋怨他们。更为雪上加霜的是，他得找个活儿干。

现在，这成了每个英国男人的灾难——他得找个活儿干。一天天，日复一日，一辈子，他被判做一份工，无法逃避之。很少有人能继承一笔财富或通过婚姻获得一笔财富。一份工！现在的男人们暗自默默地仇恨这份工。他们将它推给了女人们。然后他们高声地公然咒骂她们接过了它。他们问：英国是男人的国家吗？抑或这只是堕落的女人在演戏？

答案是明显的。一个男人想要树上的李子时，他就爬上去摘。可是，如果他不愿爬树而是张着嘴站在树下等李子掉进嘴里呢？如果他站着等时，一个女人捡了他连捡都捡不到的李子呢？如果他这时开始大叫说女人从可怜的男人那里抢走了所有的李子呢？我们该如何看这男人？

如果男人发现他们获得了政治自由却灾难性地成了经济上的奴隶，他们就该对此采取措施了。蔑视他们的政治自由是荒谬的，因为政治自由是个崇高可贵的东西。谴责女人也于事无补。

女人，可怜的人儿，同男人一样要生活。发出英国不再是男人的国家的悲鸣也毫无益处。

一个国家里一有男人它就成了男人的国家。男人一旦解决了自身难以战胜的困难他就是男人。那难以战胜和难以解决的困难和难题之所以如此，是因为他们没有决心对付它们。现代人难以战胜的困难就是经济的束缚。奴役！不错，历史就是一串绵长的叙述，讲的是如何废除永远废除不了的各式各样的奴役，哪一种奴役我们都不想让它再回到我们身上。现在我们又有了一种新的奴役形式。如果每个感到其重负的男人决心最终废除它，以其全部的智慧和力量，不以任何现成的方案，那么，英国就是男人的国家了，这毫无疑问。

性　感[1]

　　真可惜，性竟成了一个丑陋的字眼儿，一个小小的丑陋字眼儿，甚至教人无法理解的字眼儿。性到底是什么？我们越想越不得其解。

　　科学说，它是一种本能。可本能又是什么？很明显，本能，就是某种古而又古的习惯变得根深蒂固后成了一种习性。一种习惯，即使再老，也是有个开头的。可性却没有开端。有生命的地方就有它。所以说性绝非是从"习惯"而来。

　　人们又把性说成欲望，像饥饿一样。欲望，什么欲望？繁殖的欲望吗？真叫荒唐。他们说，雄孔雀竖起他全部漂亮的羽毛来，令雌孔雀眩惑，从而雌孔雀会让他满足一下繁殖的欲望。可为什么雌孔雀不这样表现一下去眩惑雄孔雀从而也满足她的繁殖欲？她肯定同他一样对蛋和幼雀充满欲望。我们无法相信，她的性冲动太弱，竟需要雄孔雀来展示那蓝色羽毛的奇景，以此激起自己的欲望。绝不是。

　　反正我从没见过哪个雌孔雀注意过她的丈夫展示其黄蓝相间

---

　　[1]　本文的标题一直按照《劳伦斯杂文集》翻译为《性与美》。现根据剑桥版的劳伦斯文集恢复作者最初的标题《性感》。

的光彩。我不信她注意过这个。我一点也不信她能辨别黄、蓝、褐或绿这几种颜色。

如果我见过雌孔雀凝神注意过她男人的花花风采，我会相信雄孔雀竖起羽毛是为了"吸引"她。可她从来不看他。只是当他扑棱一下用他的羽毛碰到了她，就像风暴穿过树丛那样，她才似乎有了点生气，这才瞟他一眼。

这类性理论真叫人吃惊。雄孔雀竖起羽毛风光一番却原来是为雌孔雀，可雌孔雀的眼睛却从不看他。你就想象一个科学家有多么幼稚吧，他甚至赋予雌孔雀一双深邃灵活的目光去欣赏雄孔雀的色彩与造型。哦，多么会审美的雌孔雀啊！

还有一说是，雄夜莺歌唱是为了吸引雌夜莺。可让人好奇的是，求偶期和蜜月都过了，雌夜莺也不再对雄夜莺感兴趣，而只顾起幼莺来。这时那雄的还唱得那么欢是为什么呢？看来他唱歌不是为了吸引雌的，而是要分她的心，逗正在抱窝的她一乐。

理论是多么令人高兴又是多么幼稚！可这些理论背后隐藏着一种意愿。所有性理论背后都藏有一个不可饶恕的意愿，那就是否定并要抹杀美的神秘。

因为美就是一种神秘。你既不能吃又不能用它来做法兰绒。于是，科学说，追求女性并引诱她繁殖，这是一种美的诡计。好不幼稚！好像女性需要勾引。她甚至可以在黑暗中繁殖。那么，哪里有美之诡计呢？

科学对美怀有一种神秘的仇恨，因为美无法适应科学的因果之链。社会对性怀有一种神秘的仇恨，因为它永远有悖于社会的人（social man）之美妙的赚钱计划。于是这两者联手把性与美说成仅仅是繁殖的欲望。

其实，性与美是同一的，就如同火焰与火一样。如果你恨性，你就是恨美。如果你爱活生生的美，那么你就会对性报以尊重。当然你尽可以喜欢陈旧、死气沉沉的美并仇视性。但是，只要你爱活生生的美，你必然敬重性。

性与美是不可分的，正如同生命与意识。与性和美同在，源于性和美的智慧就是直觉。我们文明造成的一大灾难，就是仇恨性。举个例子说，还有什么比弗洛伊德的精神分析法更恶毒地仇视性？它同样极端恐惧美，活的美。它使我们的直觉官能萎缩，使我们的直觉自我萎缩。

现代男女之心理顽症就是直觉官能萎缩症。本来有一个完整的生命世界是可以靠直觉去认知、去享受的，而且只能靠直觉。可我们丢了这直觉，因为我们否定了性与美——这直觉生命与悠然生命的源泉，它在自由的动物与植物身上显得十分可爱。

性是根，根之上，直觉是叶子，美是花朵。为什么女人在二十来岁时显得可爱？因为此时性正悄然爬上她的脸，正如一朵玫瑰正爬上枝头一样。

它用美来吸引人们。我们竭尽全力否定它，我们尽可能试图让这美变得浅薄、变成废品。可说到底，性的吸引就是美的吸引。

美这东西，咱们受的美育太浅，几乎谈不出个所以然。我们试图装懂，把它说成某种固定的安排：高鼻、大眼儿什么的。我们认为一个可爱的女人一定要长得像莉莲·基什[1]；英俊的男人必定

---

[1]　莉莲·基什（Iillian Gish，1896—1993），美国早期女影星。

168

要像鲁道夫·瓦伦蒂诺[1]，我们就是这么想的。

可在实际生活中我们却不这样。我们会说："她挺美，可我不拿她当一回事儿。"这说明我们用错了美（beautiful）这个字眼儿。我们应该这样说才对："她有美的固定特征，可在我眼中她并不美。"

美是一种体验，而不是别的。它不是某种一成不变的特征与模式，它是某种被感受到的东西，是一道闪光或通过美感的传导获得的感受。我们的毛病在于我们的美感受了挫伤，变迟钝了，我们错过了一切最好的东西。

就说电影吧，查理·卓别林那张怪模怪样的脸上透着比瓦伦蒂诺多得多的美。卓别林的眉毛和眼睛里有一种真切的美，一种纯洁的光芒。

可是，我们的美感大受挫伤，迟钝至极，以至于我们看不到这美，看到了也不懂。我们只能看到那些明显的东西，如所谓的鲁道夫·瓦伦蒂诺的美，它令人愉快因为它满足了某种固有的关于英俊的看法。

可是那些最普通的人也可以看上去是美的，可以是美的。只需性之火微微上升，就可以使一张丑脸变得可爱。那才是真正的性吸引力：美感的传导。

相反，再也没有比一个真正标致的女人更令人生厌的了。这是因为，既然美是体验而非具体的形式，那么，一个最标致的女人肯定是十分丑陋的了。当性之光芒在她身上失去以后，她以一种丑恶

---

[1]　鲁道夫·瓦伦蒂诺（Rudolph Valentino, 1895—1926），美籍意大利电影明星，20世纪20年代的"伟大情人"偶像。

的冷漠相出现，那模样该多么可恶。外表的标致只能使她更丑。

性是什么，我们并不知道。但它一定是某种火，因为它总传导一种热情与光芒。当这光芒变成一种纯粹的光彩，我们就感到了美。

没有什么比一个性火熄灭了的人更丑的了。人人都想躲避这样一个讨厌的泥人。

可当我们勃勃有生气的时候，性之火就在我们体内文燃或烈燃。年轻时，这火星星点点，光焰四射。上了年纪，这火燃得柔和了、平缓了，但它仍然存在。我们可以控制它，但只能是部分地控制，因此社会仇恨它。

性火是美之源泉，也是怒之源泉，它在我们体内燃烧着，我们的智力是无法理解它的，正像真火一样，当它燃烧时，我们的手指不小心碰上它就会被灼痛，正因此，那些只想"安全"的社会人仇恨性之火。

幸运的是，并非太多的人能成功地仅仅做一个社会人。老亚当之火在文燃。这火的一个特点是它会点燃别的火。这里的性之火会引燃那里的性之火。它会使文火变成微火，它会点亮一星耀眼的火花或引燃一团火焰，火焰与火焰相遇就会引燃一场大火。

无论何时这性之火燃起，它都会得到这样那样的回应。它唤醒的只能是热情与乐观。当你说："我喜欢那姑娘，她真是个好样儿的。"此时性之火会燃起一团火焰让这世界看上去更友善，让人感觉生活更好。于是你就会说："她是个迷人的女人，我喜欢她。"

或许她会用自己的火焰先燃亮自己的脸庞，然后去点燃宇宙。那时你会说："她是个可爱的女人，我觉得她美。"

能真正激起别人美感的女性并不多见。一个女人绝不是天生就美。我们说女人的美是天生的，这样说是为了掩饰我们对美的理解有多么可怜，不承认我们的美感受到了挫伤，变迟钝了。曾有成千上万个女人像戴安娜·德·普瓦捷[1]或兰特里夫人[2]这样的名女人一样容貌姣好。今天又有成千上万容颜闭月羞花的女人，可是，唉，美的女人却太少了。

为什么？因为她们没有性的吸引力。一个美貌女子，只有当性之火在她体内纯洁而美好地燃烧并透过她的面庞点燃我体内的火时，她才算得上一个美人。

她在我眼中成为一个美女，是因为她是个活生生的血肉之躯，而不是一张照片。一个美的女人是多么可爱！可是这样的人又是那么难觅！这世上太少非凡美丽的女性了，这真叫人伤感！

漂亮，姣好，但不可爱，不美。漂亮和姣好的女子有着好看的面容和好看的头发。可是，美的女人只能是一种体验，她意味着火之传导，意味着性的吸引。我们现代人的词汇太贫乏，只能用这个词儿了。性的吸引这个词适用于戴安娜·德·普瓦捷。甚至适用于每个人的老婆最美的时候，——哦，这么说倒像是在诽谤和侮辱了。可如今，爱之火没了，取而代之的是性吸引力，这两者可能是一回事，但层次却差得远了。

商人的女秘书标致而忠心耿耿，她的价值主要取决于她的性的吸引力。这样说一点也不含有"不道德关系"的意思。

甚至今日，一个有点慷慨的女子总愿意感到她是在帮助一个

---

[1] 戴安娜·德·普瓦捷（Diane de Poitiers, 1499—1566），法国佛兰西斯一世和亨利二世的情妇。

[2] 兰特里夫人（Mrs Langtry, 1853—1929），英国著名佳丽和演员，爱德华七世的情妇。

男人（如果这男人接受她的帮助）。希望他接受她的帮助，这愿望本身就是她的性的吸引力。这是一团真正的火，即便热量极小。

但它有助于使"买卖"活跃。或许，若没有女秘书进入商人的办公室，商人早就全然垮了。是女秘书唤起体内的圣火并将之传达给她的老板，老板感到浑身能量倍增，感到更为乐观，于是生意兴隆。

当然了，性的吸引力亦有其另一面，它对被吸引者也可以是一种毁灭力量。当一个女人开始利用自己的性吸引力捞好处时，此时就有某个可怜的男人倒霉了。性吸引力这一面最近已经用滥了，已经不止像以往那样危险了。

巴尔扎克笔下那些毁了许多男人的性感交际花现在会发现干这行没那么容易了。男人现在变狡猾了，他们会躲避动了情的妓女。事实上，现在的男人一感到女性的性吸引力就认为这里面有问题。

真可惜，性吸引力成了生命火焰的肮脏代名词了。任何男人，只有当某个女人在他的血管中燃起一团火时他才能工作有成。任何女人，除非她在恋爱着，否则她就无法真正快活地干家务——一个女人可以默默地爱着，一爱就是五十年甚至还不曾意识到自己是在爱。

真希望我们的文明教会我们如何使性吸引力适度微妙地释放，如何令性之火燃得纯洁而勃发，以不同程度的力量和不同的传导方式溅起火花，闪着光芒，熊熊燃烧，那样的话我们每个人或许都可以一生在恋爱中度过。这意味着我们应该被这火点燃，浑身充满热情，对一切报以热情……

可在眼前的生活中，却是满眼的死灰。

女人会改变吗？

人们在谈论未来要发生的事——试管婴儿，所有爱的胡言乱语全没了，女人与男人别无二致。可我觉得那是胡说八道。我们特别喜欢把自己想象成地球上十分新奇的东西，其实我觉得这是在自我夸耀而已。汽车和飞机什么的是新奇的东西，可里面的人不过还是人，没什么太大长进，比起那些坐轿子坐马车的人或摩西时代靠双脚从埃及走到约旦的人没长进多少。人类似乎有一种保持原样的巨大能力，这就是人。

当然，做人有多种方式，但我想任何一种方式在今天都很时兴。今天，就像数不清的昨天一样，有小克莉奥帕特拉[1]、小泽诺比垭[2]、小塞米勒米斯[3]、小朱迪斯[4]、小路得，甚至小夏娃妈妈。时势使她们成了小克莉奥帕特拉和小塞米勒米斯，而不是"大"的，那是因为我们的时代只重数量不顾质量的缘故。但是复杂的民族总归是复杂的民族，无论是埃及还是亚特兰蒂斯[5]。复杂的民

---

[1] 克莉奥帕特拉（Cleopatra，前68—前30），古埃及艳丽女王。

[2] 泽诺比垭（Zenobia，267—272在位），古叙利亚女王。

[3] 塞米勒米斯（Semiramis），神话中亚述女王，以美貌、智慧和淫荡著名。

[4] 朱迪斯（Judith），《圣经》中一救民女英雄。

[5] 亚特兰蒂斯（Atlandis），大西洋中的一神秘岛屿。

族是十分相似的。不同的是，"现代"人与非现代人，复杂的与不复杂的人比例不同。如今有不少复杂的人，他们与其他文明条件下复杂的人并无多大区别，毕竟人还是人。

而女人也只是这种人类现象的一部分罢了，她们并非另类。她们并不像罗甘莓[1]或人造丝那样是地球上的新东西。女人尽管像男人一样复杂，可她们也还是女人，也只是女人，不管她们认为自己是什么。人们说现代女人是一种新型的人，是吗？我想，我相信，过去有不少与现在一样的女人，假如你同她们结婚，你会发现她们与你现在的老婆没什么两样。女人就是女人，她们只是所处的阶段不同。在二三千年前的罗马、锡拉库萨[2]、雅典和底比斯[3]有着与今日女人一样卷了发、化了妆、喷了香水的小姐、太太，她们就像今天的小姐太太一样激起男人的感情。

我在德国报纸上读到一则笑话——一现代男性和一现代女性夜晚在旅馆的阳台上凭栏眺望大海。男人说："你看星星正向黑色咆哮的大海坠落！"她说："住嘴！我的房间号是三十二！"

那似乎就是最现代的女性了，很现代。但我相信，卡普里岛上在提比略皇帝统治下的女人也会冲她们的罗马和卡帕尼亚（Campania）情人如此这般地说"住嘴"的。亚历山大和克莉奥帕特拉时期的女人也一样。随历史的车轮转动，女人会变得"现代"，然后又会不现代。后罗马帝国时期的女人绝对"现代"，托

---

[1] 这种果实由美国园艺师罗甘（1841—1928）培育出，故用他的名字命名之。

[2] 锡拉库萨（Syracuse），公元前734年迦太基人在西西里岛上建的一座古城。

[3] 底比斯（Thebes），希腊时期一古城。

勒密（Ptolematic）时代的埃及女人也一样，都是能喊"住嘴"的女人，只是旅馆变了样子罢了。

现代性或现代绝非我们刚刚发明的什么东西。它是每个文明末日时的东西。正像树叶在秋天泛黄，每个文明末日时的女人（罗马、希腊和埃及等）都曾现代过。她们精明而漂亮，她们会说"住嘴"，可以随心所欲。

那么，"现代"能走多远？女人又能有多现代？你花钱让她得到满足；如果你不给她钱，她就自己拿钱去花。一个女人的现代性就在于她说让你住嘴你就住嘴，别说什么星星大海的废话，我的房号是三十二！说真格儿的吧！

说到这要紧的一点，它是一个极小的点，小得可怜，不过像个句号一样。所以现代女子一次又一次粗暴地抓住这要紧的一点，发现她的生活是一连串的小句号，然后是一线串着的小点。住嘴吧，小子！……当她为1.000这个数字打点时，她会对点感到厌烦，这个点太简单、太明显了，甚至没有什么要领。一串串的点之后就是空白，绝对空白。没有什么可删除的了。什么念想都没了！

于是彻头彻尾的现代女子会呻吟：哦，小伙子，再往空白里加上点什么吧！可那彻头彻尾现代的小伙子早就把一切都摒弃了，无法弥补，只能说：宝贝，我一无所有，只有爱[1]！于是彻底现代了的女子会喜滋滋地接受它。她知道这不过是感伤的过去的回音。可是当你把一切都清除干净让一切都无法成长时，你甚至会对感伤的过去的回声感恩戴德。

---

[1] 这是当时一首流行歌曲的歌名。

于是这把戏又开始了。当清除了一切，触到实际生活的琐碎细节时，你会发现这些细节是你最不喜欢面对的。哦，小伙子，能采取点什么措施？小伙子没了什么灵感，只能围着这些细节打转，直到自己成了维多利亚时代时髦家具上的钉子。于是他们就成了两个十分现代的人。

不，女人不会改变。她们只是走过一个个常规的阶段，先是奴隶，再是贤妻，再是尊敬的伴侣，高贵的主妇，杰出的女人和公民，独立的女性，最后是现代女性，会喊："住嘴吧，小子！"小伙子住了嘴，可上帝的磨还在转[1]。没什么可磨时，就磨那些"住嘴"女性，可能是让她们回转到奴隶阶段，让这循环再重新开始，循环往复，千百年后，再变成"现代"女性。住嘴吧，小子！

一支铅笔有一个头（point），一个论题有一个论点（point），评语应该是切中肯綮（pointed），一个想向你借五镑钱的人只有到紧要关头（come to the piont）才来借。很多事都有一个要点（point），特别是武器都有尖（point）。可生活的关键（point）是什么？什么才是爱的真谛（point）？说到关键点，一束紫罗兰的真谛何在？没有什么真谛（point）。生活和爱就是生活和爱，一束紫罗兰就是一束紫罗兰，硬要问个究竟（point）只能把一切都毁了。自己活也让别人活，自己爱也让别人爱，花开花败，都随其自然而去，哪有什么要领可言（point）。

女人曾比男人更懂这个。男人由于酷爱武器（武器都有一个尖 [point]），坚持让生活和爱有个意义（point）。可女人就不

---

[1] 见亨利·朗费罗（1807—1882）《报应》："上帝之磨转得慢，但磨得细。"（译自17世纪德国讽刺诗人罗高的《警句》。）

这么认为。她们曾经明白生活是一条流水，曲缓流折，同流、分流、再同流——在悠长微妙的流动中绝无句号，没什么意义，尽管有流得不欢畅的地方。女人惯于把自己看成是一条缓缓流动的小溪，充满着吸引、欲望和美，是能量和宁静的舒缓流水。可这观念突然就变了。她们现在把自己看成孤立的东西，看成是独立的女性，是工具——爱的工具、劳动的工具、政治的工具、享乐的工具，这工具那工具。作为工具，她们也变得有目标了（pointed），她们由此要求一切，甚至儿童和爱都有个意义。当女人开始得到意义时，她们就不再犹豫。她们摘一朵雏菊，也会说：这雏菊一定有个意义，我要得到它。于是就开始剥掉它的花瓣，剥得一干二净，再拔掉黄黄的花蕊，剩下的只是一点点绿底盘，仍然找不到其意义，随后厌恶地撕掉那绿色的花底盘，说：我称它蠢花，竟没个意义！

　　生活绝非是个意义的问题，而是个流淌的问题。关键在于流淌。如果你想想，你会发现，雏菊也像一条流动的小河，一刻也不会停止流动。从叶丛中拱出第一个小小的花蕾，花梗渐渐长起，花蕾渐渐饱胀，白白的花瓣露出尖角，怒放出快乐的白花和金黄花，几经早晨和晚间的开闭，它都稳稳地停在花梗顶端，随后花儿就默默地萎缩，神秘地消失了。这个过程中没有停留和犹疑，它是一个永恒欢乐生命流动的过程，小小的生命灿烂至极后悄然平淡，就像一口小泉眼，不住地喷涌，最终喷入某个隐秘的地方，即便如此它也没有停止。

　　生命亦如此，爱尤其如此。没什么真谛。你没有什么可剔除的，除非虚假——那既非爱也非生活。但爱本身是一种流溢，是两股感情之流，一股来自女人，另一股来自男人，永不止息地流淌，时而与星星一起闪烁，时而拍岸，但仍向前流着，交汇。如果它们激起雏菊样的浪花，那也是这流动的一部分；他们迟早会平息下来的，那仍是这流动的一部分。一种关系或许会开出各种花来，就像一株雏菊开出颜色各异的花一样。随着夏日逝去，它们都会死去，但那绿色的植物本身却不会死。不枯萎的花儿那就不是花。但枯萎的花儿是有根的，在根部，那流溢在继续、继续。问题的关键是这流溢。自己活也让别人活，自己爱也让别人爱。爱和生活都没什么真谛。

为文明所奴役

男人们还没有学会的一件事就是坚守自身本能的感觉，反对教化他们的东西。麻烦在于，我们从小就给桎梏住了。小男孩儿们在五岁上就被连滚带爬地哄到学校去了，于是这场游戏就开始了，这是一场奴役小孩子们的游戏。他被交到了女教师手上，年轻的、中年的，还有上岁数的，都扑将上来。她们对自己度德量力，绝对自信，自视优越，开始"塑造"这些小东西了。没有谁稍微地质疑一下这些女人何德何能塑造一个小孩子的生命。耶稣会的人说：孩子一到七岁就交给我吧，我来负责他以后的日子。当然，学校的女教师们可比不上耶稣会的人聪明，当然也不清楚她们到底要干什么，可这并不妨碍她们耍这把戏。她们把小男孩弄成了小大人儿，就是现在的男人这样儿。

那我问你，你真的认为学校女教师有资格塑造男人的根基吗？她们几乎都算得上出众的女人，有着最善的动机。她们也都通过了这样那样的小考试。但是她们到底凭什么成为男人的塑造者？她们都是处女，少的、中年的或老的[1]。她们没谁对男人有所了解。她们所知道的肯定都是道听途说。她们肯定对男子气一无

---

[1]　当年的公办学校里不雇佣已婚女教师。

所知。男子气，在这些学校女教师特别是上岁数的女教师心目中是某种可有可无的东西，甚至是让人不愉快的东西。男人，学校女教师们善意的看法是，大多是大男孩儿。难道孩子不都得经过女人之手？男人们不是几乎个个儿都一样吗？

嗯，也许是这样！或许今日的男人都是些大男孩儿。如果是，那是因为这些可怜的小东西在最为脆弱的时候就受制于女人：先是母亲，然后是学校女教师。不过母亲很快就让位给学校女教师了。一般女人对小学里优秀的老处女教师是那么敬重，这着实令人惊诧。老师说的话就是《福音书》。神权下的国王就不是国王了，但王后就是王后，教师就是教师，她们的权力直接来自神。这真叫惊人。这是拜物教，这个物就是善。

"噢，老师小姐实在是太好了，好得不行，"赞成的母亲如此肉麻地说，"乔尼，老师小姐说的话你一定要上心，她知道什么东西对你最好。你得事儿事儿听她的！"

可怜的乔尼，可怜的小东西！第一天是："听着，亲爱的乔尼，你的坐姿得像个好小孩儿，像其他好小孩儿一样。"如果他受不了这个，那话就成了："噢，乔尼，亲爱的，如果我是你，我就不哭。看看其他的好小孩儿，他们不是没哭吗，对不对，亲爱的？好好儿着，老师会给你玩儿玩具熊。乔尼想玩儿玩具熊吗？行了，别哭了！看看别的好小孩儿。他们正学写字呢，写——字！乔尼想不想当个好孩子，也写字？"

事实上，乔尼不想。他心里压根儿不想当个好男孩儿，不想学写字儿。可是她强迫他这样做。亲爱的老师，她将他推上了一条路，让他不走也得走，可怜的小奴隶。一旦上了路，他就一路顺风地走下来，像其他好小孩儿一样当上了好孩子。学校是个编排精密的铁路系统，好小孩儿被教会在好的路线上跑，直到十五六岁上驶入生活。到了那个岁数，沿着既定路线跑已成习惯了。好样的大男孩儿只是从一组线路跳到另一组线路上。在铁路上跑实在是太容易了，他从来没有意识到他是这条铁路的奴隶了。好孩子！

可笑的是，谁都不，甚至最有爱心的父亲也不质疑这些学校女士的绝对权力。这都是为了宝贝乔尼好。而这些学校女士绝对知道怎么才能让乔尼好。办法就是让他像其他好孩子一样做个好孩子。

但是要像其他好孩子一样做个好孩子，最终会成为一个奴隶，至少是架机器，在轮子上不由自主地转。这就意味着，宝贝乔尼要剔除自己全部的自我男子气，每次它刚一崭露头角就悉心地将其剔除。当一个成长中的男孩儿身上刚刚发出几棵稚嫩的男子气幼苗，就让一个老处女给掐掉，从而让孩子长成一个不男不女的好小孩儿，没有比这种聪明的老处女手指头更残酷了。这是一种一点点断肢式的爱，可母亲们竟然绝对相信它。"哦，我就是想让他成为一个好孩子！"可她忘了跟她那个好孩子式的丈夫在一起是多么枯燥无聊了。好孩子对母亲和学校女老师来说是好事。可他们长成男人后会把一个国家给弄得毫无希望。

当然，没有谁希望乔尼当个坏孩子。我们只是希望他成为一个男孩，不需要加形容词。可那不可能。在最好的学校里，也是最有"自由"的地方，对善的强制是最为厉害的，是默默无声中悄然进行的。孩子们被悄然地、渐渐地、无情地强制变成好孩子。他们长成了好孩子，但从此就没用了。

那么，善到底意味着什么呢？它意味着最终同其他人一样，没有一个可以称之为是自己的灵魂。当然，你不必有称之为是自己的感觉。你必须善，必须按照别人期望的那样去感知，而那正是别人的感觉。这就意味着，最终你什么也感觉不到，你全部的感觉都给消灭了。剩下的只有那虚假的陈腐情绪，在读着晨报时才感觉得到。

我觉得我属于被驯服的第一代英国男人。我父亲那一辈儿人，至少是我生长于斯的那些矿工们还是蛮有野性的。那时，我父亲进过的最为严厉的地方就是一家老女人管理的读写学堂，那位学监叫高女士，一直没能将他塑造成一个好孩子。她只是凑合着教会了他写自己的名字。至于他的感情，她全然没能控制，同样他母亲也管不了他感情上的事。那时的乡村还是开阔的。他从女人那里逃之夭夭，跟他的同伙打得火热。在他的人生之末，他对生活的认识就是逃脱美德的藩篱，喝啤酒，或偶尔偷猎一只兔子。

可我们这辈男孩子被抓了个正着。我们在开始懂事的五岁上被送进公立学校、英国公学和国立学校，尽管没那么多宝贝乔尼的故事，也没有玩具熊什么的，但我们还是被迫屈服了。我们被迫上了轨道。我上了公立学校，几乎所有的同学都是矿工的儿子。这其中绝大多数注定是要当矿工的。我们都恨学校。

我永远也忘不了上学的第一天，我痛苦地哭了。我被抓了起来，被圈了起来。其他的孩子也有同感。他们仇视学校，因为他们感到自己成了俘虏。他们仇视老师，觉得老师们是狱卒。他们甚至仇视学习读和写。他们不断重复的是这句话："一下井，看我怎么算账。"他们等待的就是这个：下井，逃避，去做一个男子汉。逃到拥挤不堪的井下，但觉得那儿宽敞，逃离的是学校的紧箍咒。

校长是个白胡子老头儿，人挺棒，但就是脾气暴躁。我母亲对他最为敬重。我还记得他那次大发雷霆，因为我不想自己的第一个名字叫大卫。"大卫！大卫！"他狂叫着，"大卫是一个伟大善良的男人的名字阿！你不喜欢大卫这个名字？你竟然不喜欢大卫这个名字！"他气得脸都紫了。可不知为什么我就是不喜欢大卫这个名字，现在还这样，他怎么也不能强迫我喜欢。不过他想强迫我来着。

明摆着的，大卫是一个伟大善良的男人的名字，于是就得强迫我喜欢这个名字。如果我的第一个名字是阿纳尼亚斯[1]或亚哈[2]，我就该被判死刑了。可是，大卫！不！我父亲并不知道大卫和达维安全汽油灯[3]有什么区别。

可是那学校老校长渐渐地把我们制服了。有时他会用鞭子狠抽我们一顿。但真正的手腕儿不是抽鞭子，而是没完没了地向你施加压力：忠诚体面的孩子要像我这样，没别的做法。他让孩子们服了。这是因为他绝对相信自己是对的，而且孩子的父母们全都认为他是对的。他就这样，在六七年负责管教孩子们的时间里，他颇有成效地把粗野的矿工子弟们驯服了。他们是真正被驯服的第一代。

结果呢？他们下井了。可即便是这井下也不再是令人愉快的开阔地带了。井下，一切也都给弄得循规蹈矩，循的是新的规矩，最新的规矩。男人变得空前地不像男人了，更像机器。他们结婚了，成了我母亲这一辈的女人总为他们祈祷的那样子，成了好丈

---

[1] 阿纳尼亚斯（Ananias），耶路撒冷一基督徒，因撒谎和悔价而丧生。

[2] 亚哈（Ahab），以色列北部王国的一个邪恶国王，因作恶而丧生。

[3] 大卫—David，古以色列国王；达维安全汽油灯—Davy。

夫。可这些男人一旦成为好丈夫，女人们就变成了厌倦、难缠、心怀不满的老娘们儿，你就等着瞧吧！他们冥冥中怀念起逝去的野性来，从而感到窝火。

我最后一次回到中原时，遇上了那场煤矿工人大罢工。那些跟我同年的男人们，刚过不惑之年，脸色煞白地默默伫立着，一言不发，无所事事，麻木不仁。一群天知道来自何方的可恶警察，一群一伙，准备维持秩序。天，根本没这个必要。我这辈男人已经不中用了，他们会待在队列里直至生锈拉倒。对于他们的老婆们、学校教师们和雇主们来说，或许这些男人们垮了倒是好事。但是对一个国家，对英国来说，这是一场灾难。

妇道模式

女人真正叫人头疼的一点是，她们非要使自己适应男人的女人观不可，她们一直这样。当一个女人全然是她自己时，那正是男人想要她成为的那种女人。她发疯，是因为她不大知道该成为什么样的人，追随一种什么样的模式，要符合男人对她怎样的想象。

当然了，既然世上有各式各样的男人，那就会有各种各样的男人之女人观。可男人要的是类型而非个别人。正是类型而非个性，才产生了他们的女性观或"理想"的女性。那些十足贪婪的罗马绅士就创造了一种女管家的理论或理想，这正符合罗马人的财产欲。"恺撒的妻子应该是无可置疑的。"[1]于是他妻子就一直不容置疑下去，不管恺撒本人如何值得怀疑。后来，像尼禄[2]这样的绅士创造出一种"放荡"的女人观，于是后来的淑女们在人们眼里都显得很放荡。但丁带来了一个贞洁无瑕的贝雅特丽齐[3]，从此贞洁无瑕的贝雅特丽齐们大摇大摆地招摇过市达几个世纪。文艺复兴发现了有学问的才女，于是才女们便叽叽喳喳地混入诗歌散文中了。狄更斯发明了少女型的妻子，从此这号妻子就泛滥

---

[1] 恺撒与妻子离婚，其理由是："因为我要让妻子的贞洁不容置疑。"

[2] 尼禄（Nero，37—68），古罗马暴君。

[3] 贝雅特丽齐（Beatrice），见但丁《神曲》。

起来。他也弄出个他自己的贞洁的贝雅特丽齐,这就是贞洁并可与之结为秦晋之好的阿格妮斯[1]。乔治·爱略特模仿这一模式并使之确立下来。高贵的女人、纯洁的配偶和爱心拳拳的母亲占据了女人这一领域,被写得无以复加了。我们可怜的母亲那辈人就是这样的女人。我们这辈男人因为有点怕我们高贵的母亲,就转而去娶那种少女型老婆。我们这样做并算不上什么大发明,唯一新鲜点儿的是这种少女型老婆要有点男孩子样才好,因为年轻男子绝对是惧怕真正的女性的。真正的女性是一群太危险的人,她们像大卫的朵拉一样邋遢。算了,还是让她有点儿男孩子气吧,那样保险点。

当然了,还有别的类型的女人。有本事的男人会造就有本事的女人模式。医生造就了能力强的护士,商人造就了能干的女秘书。依此类推,就有了不同模式的女人。如果你乐意,你可以教女人生出男人才有的荣誉感来。

男人心中还有一种永恒的女人模式——妓女。不少女人正符合那个标准,因为男人想要她们那样。

就这样,可怜的女人让命运给毁了。这并非因为她缺少头脑,她本是有头脑的。男人有的她都有。唯一的不同之处是,她要求一个模式。给我个样子让我学吧!女人总这么叫喊。除非她在很年少的时候就选好了自己的模式,她才能宣称她是她自己,任何男人对女人的看法都影响不了她。

真正的悲剧不在于女人要求或必须要求得到一个女性的模

---

[1] 阿格妮斯(Agnes Wickfield),忠诚而谦卑,在大卫·科波菲尔那位漂亮但蠢笨的妻子朵拉死后,成为其继任妻子。见狄更斯小说《大卫·科波菲尔》。

式。这不是悲剧的根本。悲剧的甚至不是男人给予她们那么多可怕的模式：少女型妻子，男童脸型的姑娘，完美的女秘书，高尚的配偶，自我牺牲型的母亲，处女般生儿育女的圣洁母亲，低三下四取悦于男人的妓女。这些可怕的模式都是男人加给女人的，这些模式没一个代表真正完整的人。男人乐意把女人等同于什么，如穿裙子的男人、天使、魔鬼、孩儿脸、机器、工具、胸脯、子宫、一双腿、一个用人、一部百科全书、一种样板，或某种淫秽的东西，独独不把她看成是一个人，一个女人。

另一方面，女人当然喜欢使自己符合一些奇怪的模式，怪诞的模式，越不可思议越好。还有什么比现在这种模式更神妙的？女孩子个个儿剪了短发，肤色如花似玉但透着假气，纯属怪模怪样。女人就喜欢这个样子，还有什么比这种男童脸的模式更可怕的？可女孩子们就是贪求这个样。

即便如此，这还不是悲剧的真正根源。像但丁－贝雅特丽齐这种荒诞不经、毫无人味的模式，也算不上最悲剧（但丁的模式规定，贝雅特丽齐一辈子都得保持贞洁，而他却在家中藏娇生子）。最悲惨的是，一旦女人照男人的模式做了，男人就会因此而厌恶她。男孩子们就极讨厌那种像伊顿公学里男童的女孩子，可这种模式的的确确是男人们制造出来的。不错，女孩子以这副模样出现了，可"制造"了她们的年轻男人却私下里厌恶这种模样，甚至对此感到恐怖。

一到结婚，这模式就全然土崩瓦解了。若一男子娶了个伊顿男童式的女子，他会立即恨之入骨。随之他会疯狂地想念别的类型的女人，如高贵的阿格妮斯们，贞洁的贝雅特丽齐们，小鸟依人的朵拉们和快活的妓女们。他心无定准，不管可怜的女人变成哪种模式了，他都会马上想到另一种。这就是现代婚姻的境况。

现代女人并不是真傻。可男人是真傻无疑。这似乎是唯一明白的说法了。现代男人已够傻的了，而现代年轻男人则是大傻瓜。他比任何时候都更把握不住女人。因为他绝不知道他想让她变成什么样。我们会看到女人的模式走马灯似的变幻无穷，因为年轻的男人根本不知道他们想要什么样的。两年后女人可能会穿上有衬架的裙子，或像中非裸体女人那样给私处盖上珠子帘。没准儿她们会穿上铜甲或像保镖一样穿制服。她们不定变成什么样呢，全因为男人失了理智，根本不知道他们想要什么。

女人并不笨，可她们非得比照着什么模式活着不可。她们知道男人是傻瓜，也并非尊重男人给定的模式，可她们离了模式就无法存在。

女人并不笨。他们有自己的逻辑，尽管与男人的不尽相同。女人有的是感情的逻辑，而男人有的则是理性的逻辑。这两者是相反的，但也相互补充。女人的感情逻辑绝不比男人的理性逻辑更少真实性，它只是与后者运作起来不同。

女人从未真正失去这逻辑。她可以花许多年时间去做得符合男人的模式。但神奇而可怕的感情逻辑却会因为得不到满足而最终粉碎这种模式。这可以部分地说明女人为何会有惊人的变化。她们许多年中可以是贞洁的贝雅特丽齐或少女型妻子。可突然，这贞洁的贝雅特丽齐会变成一头咆哮的母狮！因为，这模式并不能在感情上满足她。

男人才是蠢货。他们的根是理性逻辑，可他们在行为上，特别是在对待女人的行为上，却表现得还不如缺少理性的女人。他们花上许多年"培养"小男童脸的女孩模式，直到教这模式完美。可一到结了婚，他们就开始想另外一种类型的女人。年轻的女人们，你们可要警惕那些追你们的年轻男人哟！一旦他们得了手，他们就会幻想与你截然不同的女人。他们一旦娶了小男童脸的女人，他们就会马上想要高贵的阿格妮斯，她纯洁而庄重，或有着宽大胸怀的母亲，或完美的女商人，或躺在黑绸子上俗艳的妓女。最傻的是，他们会想念这些类型的混合体。这就是理性逻辑！一到女人问题上，现代男人就犯傻。他们不知道他们想要什么，所以他们永远也不要他们已经得到的。他们想要一份奶油蛋糕，同时又想让它成为火腿、煎蛋和粥。他们是一群傻子。但愿女人不要命中注定去逢迎他们！

可生活事实是，女人非逢迎男人们定好的模式不可。只有当男人给女人一个满意的模式供她去逢迎时，女人才能把自己最宝贵的东西给予男人。可如今，能提供给女人去逢迎的只是些呆傻、陈旧的模式，在这种情况下，女人除了奉献其感情糟糕的一面外还能奉献什么？对一个只想要男童脸女子的男人来说，女人还能给他别的吗？除了给他一个口淌涎水的痴呆模样还能怎么样？女人并不蠢，也不会一次上当受骗得太久，因此让她用自己的利爪给男人挠上几下让他去哭爹喊娘吧！一爪下去就会马上让他换个模式。

男人是蠢人。如果他们想从女人那里得到什么，就该给她们一个有关妇道的体面而满意的观念，而不是玩点儿过了时的呆傻模式。

恐惧状态

　　英国人这是怎么了？他们什么都怕，瞧他们那样子，就像某人脚踩地板时一群惊恐万状的老鼠。他们怕金钱，怕金融，怕轮船，怕战争，怕工作，怕工党，怕布尔什维克。最好笑的是，他们惧怕印刷的文字，怕到发呆的程度。对一个一贯英勇无畏的民族来说，这是一种奇怪而屈辱的心态。对这个国家来说，这是一种十分危险的心态。当一个民族陷入一种恐惧状态中时，那只能请上帝帮忙了。大众的恐惧早晚会导致大众的惶恐，那就只能重复说：上帝助我。

　　当然，这恐惧是有某种借口的。我们面临着一个变革的时代，我们必须改变。我们正在变，非变不可，无法不变，正像秋叶无法不黄、无法不稀疏，正像春天里植物的球茎那小小的绿尖尖不可阻挡地钻出地面一样。我们在变，在变化的痛苦之中，这变化将是巨大的，凭本能我们感到了这变化；凭直觉，我们知道它。可我们怕了，因为变化是令人痛苦的。还因为，在严峻的过渡期，什么东西都不确定，活生生的东西最易受伤害。

　　那又如何？尽管痛苦、危险、变幻无常，但没有理由陷入恐惧之中。仔细想想，每个孩子都是一颗生就的变化之种子，对其母来说都是一种危险——出生时承受巨大的痛苦，出生后又承担起新

190

的责任，那是一种新的变化。若是我们惧怕它，那干脆别养育孩子算了。若是惧怕，最好一个孩子不生。可究竟为什么要怕呢？

为什么不像男人和女人那样看待问题？一个要分娩的女人会对自己说：是的，我不舒服，有时感到很可怜，等待我的是痛苦和危险。可是我很可能熬过来，特别是，如果我聪明的话，我可以给世界带来一个新生命。我总觉得挺有希望，甚至幸福。所以，我必须甘苦俱尝。世上哪有不疼就能生孩子的？

男人应该用同样的姿态对待新的情况、新的观念和新的情绪。遗憾的是，当代大多数男人并不如此。他们陷入了恐惧。我们都知道，前头是巨大的社会变革和巨大的社会调整。有些人敢于直面之并试图弄明白何为最佳。可我们没人知道何为最佳。绝无现成的答案，现成的答案几乎是最危险的东西。一种变化是一股缓流，一点一滴地发生。但它非发生不可。你无法像控制蒸汽机一样控制它。可你总可以对它保持警觉，智慧地对待之，盯准下一步，注意主流的方向。耐心、警觉、智慧、良好的人类意愿和无畏精神，这是变化的时代里你必须具备的。绝不是恐惧。

现在英国正处在巨大的变革边缘上，这是急剧的变革。在今后五十年中，我们社会生活的整个框架都会发生变化，会产生巨大的变更。我们祖父辈的旧世界会融雪般地消失，很可能酿成一场洪水。五十年后我们子孙的世界将是个什么样，我们不知道。但它的社会形式肯定与我们现在的世界大不相同。我们必须改变。我们有力量进行变革，我们有能力明智地适应新的条件，我们做好了准备，接受和满足新的需求，表达新的欲望和新的感情。我们的希望和健康都寄托在这一切之上。勇气，是个了不起的词。恐惧只是灾难的咒语。

巨大的变革正在来临，注定要到来。整个金钱的秩序会变的，变成什么样我不知道。整个工业制度都要变，工作与薪水会与现在不同。财产的占有方式会有所不同。阶级会是另一种样子，人与人的关系会变，或许会变得简单。如果我们有智慧、机智、不屈，那么生活会变得更好、更慷慨、更自然、更有活力、更少点低劣的物质主义味道。可是，如果我们恐惧、无能、困惑，事情就会比现在更糟。这取决于我们，我们男人应该有男人气才行。只要男人敢于并愿意改变，就不会发生什么可怕的事。可一旦男人陷于恐惧并不可避免地欺压别人，那只会有坏事发生了。坚定是一回事，欺压是另一回事。无论以什么方式进行欺压，结果只能是灾难。而当大众陷入恐惧，就会有大规模的欺弱现象，那就离灾难不远了。

整个社会制度的变化是不可避免的，这不仅仅因为境况在变（尽管部分地归于这个原因），而是因为人们在变。我们在变，你和我，我们随着岁月的前进在发生着重大变化。我们有了新的感受，旧的价值在贬值，新的价值在产生。那些我们曾经万分渴求过的东西，现在我们发现根本不把它放在心上了。我们的生命曾经赖以生存的基础正在坍塌、消失，这过程真叫人痛苦。但这绝非悲剧。在水中欢欢喜喜摇尾巴的蝌蚪，一旦开始失去尾巴并开始长出小腿儿来，它会十分难受。那尾巴曾经是它最宝贵、最欢快、最有活力的部分，它全部的小命儿都在这尾巴上。可现在这尾巴必须离它而去，这对蝌蚪来说很有点残酷，可代之而生的是草丛中的小青蛙，它是一件新的珍宝。

身为小说家，我感到，个人内在的变化才是我所真正关心的事。巨大的社会变革教我感兴趣也教我困惑，可那不是我的领地。我知道一种变革正在来临，我也知道我们必须有一个更为宽容大度、更为符合人性的制度，但它不是建立在金钱价值上而是建立在生命价值上。我只知道这一点。可我不知道采取什么措施。别人比我懂这个。

我要做的是了解一个人内在的感情并揭示新的感情。真正折磨文明人的是，他们有着充分的感情，可他们却对此一无所知。他们无法发现它，无法满足它，更无法亲身感知。他们因此而备受折磨。这正如同你有力气却使不上一样，它只能毁灭你。感情就是一种巨大的能量。

我相信今天的大多数人都有善良和慷慨的感情，可他们永远也弄不清、永远也体验不了这些感情，因为他们恐惧，他们受着压抑。我就不信，如果人们从法律的约束下解放出来后，他们会成为恶棍、偷儿、杀人犯和性犯罪者。正相反，大多数人会更慷慨、善良、体面，只要他们想这样。我相信，人们想比我们这个金钱和掠夺的社会制度所允许的更体面、更善良。我们全被迫卷入了金钱的竞争，这种竞争伤害了我们善良的天性，其伤害程度超出了我们的忍耐能力。我相信对大多数人来说这是真情。

对我们的性之感觉来说亦是如此，而且只能更糟。我们从一开始就全错了。在意识层面上说，人就没有性这东西。我们尽可能不谈它，不提及它，只要可能，连想都不想它。它招人心乱，总让人觉得有那么点不对头。

性之麻烦在于，我们不敢自自然然谈论它，自自然然地想它。我们并非偷偷摸摸的性恶棍，偷偷摸摸的性堕落分子。我们只是些有着活生生的性之人。若不是因为这说不清道不明的对性之灾难性的恐惧，我们本来什么毛病也没有。我还记得我十八岁那年，清早醒来时，总为头天夜里产生的性想法和性欲感到羞耻和恼火。羞耻、恼火、恐惧，生怕别人会知道。我实在恨那个昨夜里的自己。

大多数男孩子都这样，当然这是不对的。那个有着兴奋的性思想和感觉的孩子就是活生生、热情而激情的我。那个清早醒来就满怀恐惧、羞耻和恼怒回忆起昨夜感觉的孩子正是社会的和精神的我——有点古板，当然是一脑子的害怕。这两者是分裂敌对的。一个男孩子自我分裂，一个女孩子自我分裂，一个民族也自我分裂，这是一种灾难性的境况。

很久以后我才能够对自己说：我再也不会为自己的性想法和欲望感到羞耻了，那正是我自己，是我生命的一部分。我会像在精神上和理性上接受我自己那样在性方面也接受我自己。我知道我此时是这样，彼时是那样，可我永远是我自己。我的性即是我，正如我的头脑是我一样，没有谁能让我为此感到羞耻。

我下这样的决心已有好久了。可我仍记得下了这决心后我感到多么自由，我对别人热心多了，更有同情心了，我再也用不着向他们隐瞒什么，再也用不着为什么而恐惧了。用不着怕他们发现什么了。我的性即是我，正如同我的头脑和我的精神是我。别个男人的性即是他，正如同他的头脑和精神是他一样。女人也是一样。一旦承认了这一点，人就更富有同情心，其同情就流露得更真切。承认这一点，无论对男人还是女人来说都是那么不容易——自然地默认它从而让同情的热血自然流动，没有任何压抑和抑制。

我还记得我年轻的时候，和一个女人在一起时，一想到她的性，我就十分恼怒。我只想知道到她的性格、她的思想和精神。

性应该全然排除在外，对女人自然的同情不得不排除、斩断一部分，这样的关系总算有点残缺不全。

现在，面对社会的敌视，我仍然比以前懂得多了。我现在知道，女人也是她自己性的自我，我可以感受到对她所怀有的正常的性之同情。这种默默的同情与欲望和什么狂热惊艳截然不同。如果我能真正同情性的女人，那同情只是一种热心和怜悯，是世上最自然的生命之流。她可以是位七十五岁的老妪，也可以是个两岁的小囡，对我来说都一样。可是，我们这染上恐怖、压抑和霸道病的文明几乎毁掉了男人与男人以及男人与女人之间同情心的自然流露。

而这正是我要还给生活的——正是这种男人与男人及男人与女人之间温暖的同情心之自然流露。当然了，有不少人仇视这个。不少男人仇视它，因为人们不拿他们当成单单是社会和精神的人，还是性的和肉体的人。不少女人也因此仇恨它。还有些人更糟，干脆陷入了极端恐惧中。有些报纸把我说成是"耸人听闻的""满脑子脏货的家伙"。有位女士，很明显既有钱又有教养，唐突地写信给我说："你是类人猿到人之间的过渡动物与黑猩猩的杂种。"她还告诉我说，男人们对我的名字嗤之以鼻。她是个女士，倒该说女人们嗤之以鼻才对。这些人认为自己教养良好，绝对"正确"。他们抱着习俗不放，认为我们是无性动物，只是社会的人，冷漠、霸道、蛮横，缩在习俗中苟安。

我是最不耸人听闻的凡夫俗子，才不怕被人比作黑猩猩呢。若说我不喜欢什么，那就是性贱卖和性乱交。若说我要坚持什么，那就是性是件脆弱、易损但重要的东西，万万不可拿它当儿戏。若说我为什么哀叹，那就是没心没肺的性。性，一定要是一

195

股同情的水流，慷慨而温暖的同情水流，不是花招儿，不是一时的激动，也不是欺凌。

如果我要写一本男女之间性关系的书，那并不是因为我想要所有的男人和女人没完没了地乱找情人，干风流韵事，这种乱作一团的风流韵事和卖淫不过是恐惧的一部分，是虚张声势，是做作。这种行为正如压抑一样令人厌恶、有害，不过是一种暗自恐惧的标志。

你要做的是摆脱这种恐惧，性恐惧。为此，你必须变得十分大方，你还得在思想上全然接受性。在思想上接受性并恢复正常的肉体意识，让肉体意识回到你和别人之间来。这其实就是默认每个男人、女人、儿童和动物的性存在。除非那男人或女人是个暴徒，请满怀同情地意识到他们这一点吧。这种微妙的肉体意识现在来说是顶顶重要的东西了。在人们面临脆弱、僵硬、几近死亡的危险时刻，这种肉体意识能教我们温柔、生机勃勃。

承认你自己性的和肉体的存在吧，也承认别的生物性和肉体的存在。别惧怕它，别惧怕肉体的功能。别惧怕所谓的淫词秽语，那些字词本身没有什么错。令其成为坏东西的是你的恐惧，无尽的恐惧。你的恐惧从肉体上斩断了你与最近最亲的人的关系，当男人和女人在肉体上的联系被一刀两断后，他们会变得霸道、残酷、十分危险。战胜性的恐怖，让自然的水流回归吧。甚至重新起用所谓的淫词，那本是自然水流的一部分。如果你不这样，不把一点点古老的温暖还于生命，那么前头等待你的将是野蛮和灾难。

色情与淫秽[1]

············

任何人对任何一个字眼儿产生的反应不外乎有两种：或是群体的或是纯个人的。这该由他扪心自问：我的反应是自己个人的呢还是出自群体意识？

当说到淫词秽语时，我相信，几乎没有哪个人的反应不代表着众人的态度。头一个反应总是群体的反应，群体的愤恨和群体的谴责。芸芸众生们不过如此罢了。可真正有个性的人会三思：我真感到震惊了吗？我是真感到受伤害、感到愤怒了吗？其答案肯定是：不，我不震惊，没觉得受伤害，不生气。我懂这个词儿，它就是那个意思，我不会为一个字就小题大做，犯不着。

如果几个所谓的淫秽词儿就能震动世上的男女，让他们脱离群众习惯而产生个性，那倒挺不错。假正经就是普遍的群体习性，我们现在该受受震惊，从这习性中震将出来。

我们谈论的还只是淫秽，而色情的问题可就更严重了。当一个人因震惊而独自思考，他内心深处或许仍旧弄不懂，拉伯雷[2]的

---

[1]　此文为节选，略去了开始与结尾处几个段落，英国的选本均如此。

[2]　弗兰西斯·拉伯雷（1495—1553），法国人文主义作家，著有《巨人传》。他反对禁欲，提倡反权威。

作品是否属于色情之类？而面对阿雷蒂诺[1]甚至薄伽丘[2]他或许会百思不得其解，会被他们的作品弄得如坠五里云雾。

我记得有一篇谈色情的文章说，色情艺术旨在刻意撩拨人的情欲，让人产生性激动。这文章强调说，作品色情与否取决于作者是否有意撩拨人的性感觉。关于"有意"的问题自古以来就争论个不休，到如今再争，就显得过于无聊了，因为我们知道潜意识的意图在于我们是何等强大、何等重要。我不知道，既然每个人的无意识的意图多于有意识的，那为什么人们就要为自己有意识的想法感到有罪而为无意识的想法感到清白？我就是我本来的样子，而不是我认为的那个样子。

那也没用！我们认为色情是某种低下、让人讨厌的东西。简言之，我们不喜欢这玩意儿。为甚？是因为它撩拨性感觉吗？

我不以为然。不管我们如何装假，我们大多数人还是挺喜欢让人小小撩拨一下我们的性欲的。它让我们感到挺温暖，如同阴天里的阳光令我们激动。过了一二百年的清教时期，大多数人的确是如是感觉的，可是芸芸大众都习惯于责骂性的任何表现形式，这群体习俗太强大了，它让我们不敢发自内心地承认我们的感觉。当然也有不少人是真的厌恶最简单和最自然的性感冲动的。这是些个变态的人，他们仇视自己的同类。这是些个受了挫折、大失所望、欲壑难填的人。天啊，我们的文明社会里这号人太多了。可他们却背地里享受着某些并不简单和并不自然的性兴奋。

---

[1]　皮埃特罗·阿雷蒂诺（1492—1556），意大利情爱诗人。

[2]　薄伽丘（1313—1375），《十日谈》的作者，人文主义者。

甚至很先进的艺术批评家也试图让我们相信，任何"性感"的书和图画都是坏的。这可真叫虚伪。世上有一半伟大的诗篇、绘画、音乐和小说之所以被称为杰作，是因了它们的性感美。提香或雷诺阿，《所罗门之歌》或《简·爱》，莫扎特或《安妮·劳莉》[1]，这些艺术家和作家名作的美都是与性的感召和性的刺激（不管你称之为何物）交织在一起的。甚至那位十分厌恶性的米开朗基罗也情不自禁地在象征丰饶的羊角中填满具有阳物象征的橡子[2]。性是人生之强大、有益和必需的刺激物，每当我们感到它像阳光一样温暖而自然地流遍全身，我们会很感激它的。

　　所以，我们可以否定所谓艺术中的性之感召是色情一说。或许对阴郁的清教徒来说这是色情，可那是一些个病人啊，他们的灵与肉全病了，我们何必因为他们的胡思乱想而自扰？当然了，性的感召也是各有不同。类型不同，程度各异。或许可以说，轻度的性感召算不上色情，而渲染重的就算了。这是一种荒谬之说。如果说色情，薄伽丘的作品最热闹的地方也赶不上《帕梅拉》《克拉丽莎》[3]《简·爱》以及甚至当代未受查禁的不少书和电影。还有，瓦格纳的《特里斯坦与伊索尔德》倒更接近色情，甚至不少很著名的基督教颂歌也很色情呢。

　　这是怎么回事？这不仅仅是性感召的问题，甚至也不是作者有意撩拨人们的性激动的问题。拉伯雷有时是有意为之，薄伽

---

[1]　查尔斯·马克福森（1870—1927）所作的爱情歌曲，流传甚广。

[2]　传说中长角的女神哺育了天神宙斯，她的角在艺术中被当成丰饶的象征，画家们在她的角中画满果实和鲜花。

[3]　英国作家塞缪尔·理查逊（1689—1761）的两部作品。头一部讲的是女仆人与主人的婚姻；第二部讲的是一位良家女受坏人引诱的故事。

丘以另一种形式这样做了。不过我相信，可怜的夏洛蒂·勃朗特或《族长》[1]的女作者是无意刺激读者的性感觉的。可我却发现《简·爱》很接近色情而薄伽丘的作品倒似永远清新、健康。

前任英国内政大臣自诩为一个异常诚挚的清教徒，每一根神经都是阴郁的。他有一次对有失体统的书大为光火道："有两个十分纯洁的年轻人，看了这样的书就搞起性交来！"那是他们的事！我们只能如此回答。可这个阴郁的英国卫道士却似乎觉得如果他们相互杀戮或厮打个稀烂倒更好。阴郁病！

那什么才是色情呢？绝不是艺术中的性感或性刺激。甚至艺术家有意唤起性感觉也算不得色情。只要他们坦诚，不隐晦，不耍花腔，他们的性感觉就没什么错。正确的性刺激对于人的日常生活是很宝贵的。没有它，这世界就是灰色的了。我很乐意让每一位都读一读文艺复兴时期的快乐小说，它们可以帮我们祛除不少现代文明病，即阴郁的自以为是病。

当然我也会依理查禁真正的色情作品。这其实不难。首先，真正的色情作品总是在见不得人的地方偷传，绝不会公开的。其次，你仅凭它一贯对性和人类精神的污辱就可断定它是色情作品。

所谓色情就是试图玷污性，这是不可饶恕的。举个最下流的例子吧，下流社会中传卖的绘画明信片，不少城市里都有出售。那种丑陋，简直令人发指。那真是对人体的污辱，是对活生生人际关系的污辱！他们把人的裸体弄得很丑陋、很下贱，把性活动搞得看上去丑陋、低下、令人作呕。

他们在下流社会中出售的书也是如此。这些书要么令人作

---

[1] 1919年伊迪斯·哈尔所著的畅销书。

呕，要么愚昧至极，让你无法想象除了智力低下的货色读、写这种书以外还有别的什么人会这样。

那些人们茶余饭后传诵的打油诗或从吸烟室里的出公差的人那儿听来的肮脏故事亦是如此。偶尔也会有一个确实好玩的故事可以替他们挣回点面子来，但一般情况下这些脏故事只能是丑陋、令人恶心的，那故事中的所谓"幽默"不过是玷污性爱的一种花招儿罢了。

现代人的裸体变得丑陋而下贱，现代人之间的性行为也是如此的丑陋和下贱了。这一点都不值得骄傲。这是我们文明的灾难。我相信，再也没有别的哪种文明（甚至罗马时期）把人的裸体贬到如此可鄙、如此下贱，把性玷污到如此可怕的程度。这是因为以前的文明并未把性驱赶入下层社会，把裸体画驱入厕所。

谢天谢地，聪明的年轻人似乎决心在这两方面改一改。他们正把自己年轻的裸体从老一辈郁闷和色情的下层角落中拯救出来，他们拒绝偷偷摸摸地谈论性关系。面对这种变化，阴郁的老一代当然是很悲哀的，这实在是一大改变，一次真正的革命。

可是，普通的庸人们却拼命要玷污性，那股子劲头儿之足实在令人瞠目结舌。小时候，我很爱想象，火车车厢里、旅馆或封闭车厢的吸烟室里那些个看上去体格健康的人们一定在情感上也很健康，他们对待性持一种健康、粗粝、自然的态度。全错了！全错！经验告诉我，这号儿普通人对待性的态度十分恶心，别有用心地意欲玷污它。如果这种男人与女人性交了，他会很得意，感到自己玷污了她，现在这女人贱了，比以前低下了。

只有这类人才讲些个淫秽故事，携带不干不净的绘画明信片，去看脏书。这些世俗男女构成一个庞大的色情阶级。他们像最厉害的清教徒一样仇视性，一旦有谁呼吁，他们总是充当安琪儿的角色。他们坚持说电影上的女明星应该是中性人，清白如洗。他们还坚持认为真正的性感总是由男女恶棍们表现出来的，是低级的欲望。他们发现提香或雷诺阿的画实属不净，他们也不愿自己的老婆和女儿看上一看这样的画。

为甚？因为他们害了性仇视的阴郁病，还并发了肮脏欲望的黄色病。人体的性器官和排泄器官相依是太近了些，可它们全然是两回子事。性是一种创造性的流溢，而排泄则是通向消亡，不是创造——如果我们可以这样说的话。对真正健康的人来说，凭本能就可懂得两者的区别，我们最深刻的本能或许就是区分这两者的本能了。

可那些堕落的人，深刻的本能早就死了。在于他们，这两种流溢是一样的。这是真正庸俗和色情的人的秘密：他们以为性的流溢和排泄的流溢是一样的。只有当心灵腐坏，具有控制力的本能崩溃时才会发生这种事。于是性就是肮脏，肮脏就是性；性兴奋变成了肮脏的游戏；一个女人的任何性标志都成了自身肮脏污点的展示。这就是普通庸人的现状，他们的名字叫"群众"。他们扯着嗓门儿叫唤道："群众的声音就是上帝的声音。"[1]这就是所有色情的源泉。

从这个角度说，我们必须承认《简·爱》或瓦格纳的《特里斯坦与伊索尔德》比薄伽丘的作品更接近色情。瓦格纳和夏洛蒂·勃朗特都处在强烈的本能崩溃的状态中，对他们来说性变成

---

[1] 这是英国禅学家、国王顾问阿尔昆（735—804）给查理大帝信中的一句名言，原文是拉丁文。

了某种有点淫味的东西，既看它不起，自己又沉迷于它。罗切斯特先生的性激情只是到他被烧瞎了眼睛、形体走了样儿、孤立无助时才显得"可敬"。这样如此谦卑、受尽屈辱，人们也就承认他可敬了，而以前的刺激都有点不纯洁，如同在《帕梅拉》《弗洛斯河上的磨坊》以及《安娜·卡列宁娜》中那样。只要性激动是出自对性的蔑视，欲辱没之，色情的因素就开始渗入了。

从这个角度说，几乎全部十九世纪的文学中都有色情的成分，而且不少所谓纯洁的人都有不干净的一面，人们的色情胃口从来没像今天这样大。这说明国家出了毛病。但是，对付这种病的办法就是对性和性刺激持一种开明的态度。真正的色情者是不喜欢薄伽丘的，因为这位意大利小说家的健康与自然让这些现代色情小人感到自己是脏虫。今天，无论老少，人人都该读读薄伽丘。现如今我们陷入了秘密或半秘密的色情中不能自拔，只有把性公开才能挽救自己。或许文艺复兴时期的小说家薄伽丘和拉斯卡[1]等人的作品是我们所能找到的最好的良药，而越来越多的清教主义药膏则是最有害的东西。

全部色情问题在我看来是个保密的问题。没了秘密就没了色情。秘密和羞涩是两种完全不同的东西。秘密总带有恐惧的成分，时常接近仇视。羞涩则是文雅而含蓄的。今天，羞涩已随风而去，甚至在那些阴郁的卫道士面前抛掉了。可人们仍然藏掖着秘密——它被当成了罪恶。那些卫道士的阴郁态度是：亲爱的年轻女士，只要你藏掖着你那肮脏的小秘密，你完全可以抛弃你的羞涩。

---

[1] 即安东·弗朗西斯科·格拉齐尼（1503—1584），佛罗伦萨讽刺作家。

这"肮脏的小秘密"对今日的芸芸众生来说变得十分珍贵了。它就像某种隐伤或炎症，每搔一下就会让人觉得极舒服。于是这肮脏的小秘密总被人触动，直到它隐隐地发炎，炎症愈来愈厉害，人的神经和心理健康随之受到伤害。你可以轻而易举地说，今日有一半的爱情小说和爱情故事片全靠隐隐地搔动这肮脏的小秘密才得以成功。你尽可以称之为性兴奋，不过这可是一种隐隐的、偷偷摸摸的兴奋，有点"各色"。薄伽丘小说中那开诚布公、健康、质朴的性兴奋是绝不可拿来同现代畅销书靠搔动肮脏的小秘密引起的偷偷摸摸的性激动混为一谈的。偷偷地、狡诈地搔动人的想象中的炎症是当代色情的一个绝招儿，这最下流、最阴险了。就因为它诡秘而狡诈，所以你无法轻易地揭穿它。于是现代的通俗言情小说和电影泛滥了起来，甚至那些卫道士们都对此大加赞赏，就因为你让那纯洁的漂亮内衣里偷偷地漾起了激动，而人家却可不动声色，你根本不知他内心的动静。

没了秘密就没了色情。可如果说色情是隐秘的结果，那色情的后果又该是何物呢？色情对人们会产生何种影响呢？

其影响是多方面的，但总是有害的。有一种影响则是永不可避免的——今日的色情，不管是橡胶色情商品店里的还是通俗小说、电影和戏剧中的色情，都肯定会导致自虐，即手淫。现代的色情作品会直接引诱男女老少进行手淫，只能是手淫，不会是别的。当那些阴郁的卫道士哀叹青年男女们外出性交时他们其实是哀叹他们没有分开各自搞各自的手淫。性一定要有出路，对年轻人尤其如此。因此，在我们这光辉的文明时代，它的出路就是手淫。而我们大多数的通俗文学和文娱形式偏偏要撩拨人去手淫。手淫是人的一大秘密作为，甚至比排泄更秘密。这是性神秘造成的后果，它是被我们引以为自豪的小小的色情文学撩拨起来的，它专在你毫不警觉时搔动你心中的肮脏小秘密。

我已听说男人们——教师和牧师们通过手淫来解决无法解决的性问题。这至少是诚实的。性问题的确存在，是不以人的意志为转移的。在父母、教师、朋友和仇人所设置的秘密和禁忌的压力下，性欲终于找到了自己的出路，即手淫。

可这种解决问题的出路如何呢？我们是否接受它？世上的阴郁卫道士们是否接受它？如果接受，他们现在就该公开接受。我们当中任何人面对男女老幼的手淫问题都不该再继续视而不见了。卫道士们既然准备禁止一切公开、质朴的性描述，那他们就该宣布：我们只鼓励人们手淫。如果这种意愿公开宣布了，那么就是说眼下的审查制度是正确的。如果卫道士们赞同人们手淫，那就是说他们现在的表现是正确的，通俗的娱乐形式也是应该如此的。如果说性交是大逆不道的罪恶而手淫则是相对纯洁和无害的，那就什么问题都解决了。那就让一切照旧吧。

难道手淫真的无害么？真的相对纯洁么？我反正不这样以为。对于年轻人，适当的手淫是不可避免的，但这并非说它是自然的行为。我想没有哪个男孩或女孩在手淫时不感觉到羞耻、愤怒或空虚。兴奋过后随之而来的是羞耻、愤怒、辱没和空虚感。随着岁月的增长，这种空虚感和耻辱感愈来愈深，会因无望解脱而变成压抑的愤怒。无法解脱的事情之一就是业已形成习惯的手淫。这习惯一直延续到老年，不管你是否结婚、与人相爱。伴随着手淫的永远是空虚、羞耻，空虚、羞耻。或许，这就是我们文明的最危险的癌症。手淫不仅不是纯洁无害的东西，从长远计议，它是最危险的性罪恶。或许它还算干净，可是何以说它无害呢！！！

手淫最大的危害在于它只是一种消耗。性交是一种给予和接受的行为。随着自身刺激物的分裂，一种新的刺激物加入了进来。原有的负荷转移了，一种新鲜的东西加入了进来。只要是两个人合作的性交，哪怕是同性恋，都会是这样。可手淫只会让你损失，没有交流这一说。只是消耗掉某种力量而没有回归。在某种意义上说，自虐之后，肉体就成了一具活尸。没有变化，只有死亡。我们称之为导致死亡的损失。而在两个人的性交中就不会这样。两个人在性交中可能会一损俱损，但绝不像手淫这般产生虚无感。

手淫的唯一积极之处在于它似乎释放了某些人的精神能量。精神能量总是这样表现为一种恶性循环：会分析但无力批判或者是虚假廉价的同情与感伤。我们大多数现代文学中的感伤主义和细腻的分析（时常是自我分析）就是自虐的一种标志。这就是手淫的表现，是由手淫刺激而生出的有意识的行为，无论男女，皆是如此。这种意识的明显标志就是没有真正的客体，只有主体。在小说或科学著作中情况亦是如此。书的作者永远也不能摆脱自己，他一直在自我的恶性循环圈子中踏步。几乎没有哪一个作家或画家能摆脱自我这个恶性循环圈子。于是他们的作品就缺少创造性，只是一大堆产品罢了。这是自我手淫的结果，是向人们公开一种自恋。

当然，其过程是一种消耗。英国人真正的手淫始于维多利亚时期。它一直延续至今，带来的是真正活力的日益空乏和人的生命萎缩，现如今人们只剩下空壳子了。人的大部分反应能力已死，大部分意识已死，几乎全部的创造性行动已停顿，剩下的只是空壳子样的躯体，他们只注重自己，既不能给予也不能接受，已经半空了。他们活生生的自我没能力给予和接受。这就是手淫的后果。人的自我包围在恶性循环圈中，与外界没有生命的接触，愈来愈空虚，直至空荡。

尽管如此空虚，人们还是抓住肮脏的小秘密不放，一定要搔动它，让它发炎不可。恶性循环，永远如此这般。这东西可是有一个怪诞盲目的意志。

一位最同情我的批评家写道："如果采取了劳伦斯先生对待性的态度，有两样东西就会消失：爱情抒情诗和吸烟室里的故事。"我觉得这话倒是不假。可不知道他说的是哪种爱情抒情诗。如果是"谁是西尔维娅，她是何许人也？"[1]那就让它消失好了。所有那些纯洁、高尚、上天保佑的东西只不过是吸烟室里故事的翻版。"你是一朵鲜花，那么纯美！"[2]是的，的确是。你可以看到那位老绅士用手抚着纯洁少女的头，请求上帝保佑她永远纯洁、永远美丽，他可太好了！简直就是色情！眼睛向上翻着祈求上帝保佑，手却搔动人的肮脏小秘密！他十分清楚，如果上帝令这少女再纯洁和美丽几年（这是他庸俗的纯洁观），她就会成为一个不幸的老处女，因此也就不纯也不美了，只剩下一股朽味和悲哀气。感伤这东西毫无疑问是一种色情的标志。为什么人家少女纯洁美丽反会让这老绅士感到"悲哀撞击着心头"？除了手淫者以外，任何人都会高兴地想：真是个可爱的人儿，哪个男人娶了她算是有福气！但那些自我封闭的色情手淫者们是不会这样想的。悲哀就该撞击他那颗兽心！远离这些爱情抒情诗吧，这东西

---

[1]　莎士比亚的《维洛那二绅士》中的一首歌。

[2]　德国浪漫主义诗人海里因希·海涅（1799—1856）所作的一首歌。

里有太多的色情毒药，一边向上翻着眼睛祈祷上帝一边搔动人们心中肮脏的小秘密。

但是如果是健康的情歌如《我的情人像一朵鲜红的玫瑰》[1]，那就是另一回事了。只有当我的情人不是一朵纯纯的百合花时她才像一朵鲜红的玫瑰。可现如今，大多数纯纯的百合都烂了。远离那些抒情诗吧。让这些纯纯的百合花抒情诗和吸烟室的故事一块儿滚开吧，它们是一路货色，全是色情。"你是一朵鲜花，那么纯美"就如同一个肮脏的故事一样色情——都是一边翻着眼睛祈祷上帝一边搔动人们心中肮脏的小秘密。可是，哦，如果彭斯的本来意义被人所接受了，那样，爱还会像一朵鲜红的玫瑰。

恶性循环，恶性循环！手淫的恶性循环！自我意识的恶性循环，可它从来不是完整的自我意识，从来不是彻底开放的意识，倒是一直缠在肮脏的小秘密上。秘密的恶性循环——从父母到老师到朋友，人人都有肮脏的小秘密。特别值得一提的是家庭的恶性循环。出版物制造了流毒甚广的秘密之阴谋，没完没了地搔动人们心中的肮脏小秘密。一边是无益的手淫，一边又没完没了地大谈纯洁！没完没了的手淫和没完没了的纯洁。恶性循环！

如何冲破这个恶性循环圈子呢？只有一条路，那就是抛弃秘密！不要再有秘密！唯一能够制止这可怕的意淫的办法就是让性极其简单自然地走向公开。这样做是万般困难的，因为秘密就像螃蟹一样狡猾。但总得有个开头才行。一个男人对气恼的女儿说："我的孩子，我平生最大的快乐就是把你造了出来。"这句

---

[1] 这是苏格兰诗人罗伯特·彭斯（1759—1796）写的一首民歌。劳伦斯仰慕彭斯，曾有一度下笔写一部以彭斯为原型的小说。

话本身就在很大的程度上把他自己和女儿从肮脏的小秘密中解脱了出来。

怎样才能摆脱这肮脏的小秘密啊！事实上，对我们惯于遮遮掩掩的现代人来说这是件太难办的事。对这事儿你不能像玛丽·斯托普斯[1]那样理智、科学态度十足。当然，理智与科学态度比那些卫道士的虚伪要好得多。可是，理智与科学的严肃认真态度只能给肮脏的小秘密消毒灭菌。这样的结果，不是用太多的严肃和理智扼杀了性就是使它变成痛苦的无毒秘密。不少人倒是心里没了那肮脏的小秘密，他们用科学的语言给它消了毒，可他们那不幸的"自由与纯洁"的爱较之庸俗的肮脏小秘密式的爱则可悲了许多。危险的是，在扼杀肮脏的小秘密的同时，你也扼杀了生机勃勃的性本身，剩下的只是科学蓄意激情的手段了。

这种事发生在不少人身上，他们在性问题上着实"自由"，既自由又"纯"。他们使之理性化，于是它变成了一种理性的数量，其实一无是处。其结果就是灾难，每每如此。

在更多的放浪形骸的人中更是如此。今天的许多年轻人都很放荡。他们是"性自由"的人。对他们来说，肮脏的小秘密已不再成其为秘密了。说实在的，这对他们已经是百分之百的公开了。没有他们说不出口的，该公开的全公开了。他们可以为所欲为了。

那会怎么样呢？很明显，他们在扼杀了肮脏小秘密的同时也扼杀了一切，或许有些脏东西仍然挥之不去；性依旧是肮脏的。可是秘密带来的激动却没了。于是，现代放荡艺术家们感到无

---

[1] 玛丽·斯托普斯（1880—1958），早期节育临床医师，早期性手册的作者。

聊、压抑得可怕，今日不少年轻人也感到内心空虚无聊。他们以为他们杀死了肮脏的小秘密。由秘密带来的激动也荡然无存了。可有些肮脏之物还依旧。再有的就是压抑和惰性，没有生气可言。性本是我们勃勃生命的源泉，可现在这泉水停止了喷涌。

为什么？原因有二。玛丽·斯托普斯之类的理性主义者与今日的青年放荡者们在内心里扼杀了那肮脏的小秘密。可他们作为社会的人仍受制于它。在社会上，出版物、文学、电影、戏剧和无线电广播等等，处处都为清教和肮脏的小秘密所把持。在家中的餐桌上也依然。你走到哪里情况都是如此。人们心照不宣地以为年轻的姑娘和女人们是处女，是没有性力的。"你是一朵鲜花，那么纯美。"可怜的她实在明白，即便是百合花这样的花儿也有抖动的黄色花药和黏状的柱头，那就是性，滚动着的性。可在普通人看来，花是没有性力的东西，如果说一个女孩儿像一朵花，那就是说她没有性力，她本该没有性。可她自个儿心里明白她并不是无性，她并非仅仅是像一朵花儿而已。可她怎能承受巨大的社会压力呢？她无法承受！她只得屈从，于是肮脏的小秘密胜利了。她失去了对性的兴趣，至少在男人看来是这样。可是手淫和自我意识的恶性循环圈封闭了她，把她愈封愈紧。

这就是今日年轻生命的灾难之一。不少人，或许是大多数年轻人都对性采取公开的态度了，他们对肮脏的小秘密更感兴趣。这是件好事。可在社会生活中，年轻人却完全受着老一辈阴郁卫道士的制约。那些老阴沉们属于上个世纪——太监的时代。在那个时代里，人们转弯抹角地扯谎，试图毁灭人类。这就是十九世纪。那些老阴沉们正是那个世纪的遗老遗少们。可他们却统治着我们。他们用来统治我们的，正是那个伟大世纪的谎言。谢天谢地，我们正在摆脱那些谎言。可他们却仍旧以谎言的名义用谎言统治我们，为的是保住谎言。这些老阴沉们人数太多了，力量也太大了。不管这统治是什么样的，他们都是上个世纪剩下的老阴沉。那是巧舌如簧的扯谎时代，是清教和肮脏小秘密的时代。

所以说，造成年轻人压抑的原因之一就是谎言、清教和肮脏小秘密对公众的统治，尽管年轻人自己私下里已抛弃了这些东西。虽然他们在私生活中扼杀了不少谎言，可他们仍然被老阴沉们造成的巨大社会谎言所禁锢。于是现代年轻人中出现了放浪、歇斯底里，随之而来的是虚弱，可怜的现代青年啊。他们身处某种囹圄中，这囹圄正是由大谎言和老骗子们的社会所组成。或许这就是年轻人性的流溢——真正活力渐渐灭亡的原因之一。他们被一个谎言包围，于是性不再流溢。一个完整的谎言是无法延续三代人以上的，而这批年轻人则是十九世纪谎言的第四代传人。

性之流溢的死亡还有第二个原因，这就是，虽然年轻人很解放了，但他们仍逃脱不出意淫般手淫的恶性循环。每当他们试图逃避时，他们都被清教和肮脏小秘密这巨大的公众谎言击回。那些把性当吹牛内容的最解放的放荡者们其实是最不自然的人，他们受制于自恋般的手淫而不能自拔。他们没准儿比那些老阴沉们还缺乏性力呢。他们的头脑全被这谎言占据，根本没有肮脏小秘密活动的余地。性在于他们是比算术还理性的东西；他们根本不是活生生的肉体存在，如果说他们还存在的话，那他们就连鬼魂都不如。现代的放荡者们的确是一些鬼魂，他们甚至连水仙花都不是，只是映在水边观花者脸上的花影（这里的水仙花意指希腊神话中的自恋者纳西索斯，即水仙花的同音词，他因爱恋自己在水中的倒影而死，变成一朵水仙）。那肮脏的小秘密是最难扼杀掉的。你尽可以在社会上千百次地把它置于死地，可它又会像螃蟹一样在人性的暗石下潜出，据说法兰西人在性问题上顶开放了，可他们肯定是最不愿杀死肮脏小秘密的。或许他们压根不想这样。反正不管怎么说，光靠社会宣传是不行的。

你尽可以四处展示性，可你无法杀死那肮脏的小秘密。你尽可以读遍马塞尔·普鲁斯特全部的小说[1]，领略详尽的一切。可你杀不死那肮脏的小秘密。没准儿你反会使它变得更狡诈。你甚至可以造成性冷漠和性呆滞，可还是杀不死那肮脏的小秘密。或许你是那位顶纤弱、顶招人爱的现代小唐璜，可你的精神核心仍旧只是肮脏的小秘密。这就是说，你仍旧陷在自恋的手淫恶习中不能自拔。因为，只要肮脏的小秘密还存在，它就是手淫和自我封闭的中心内容。反之，只要你身陷手淫和自我封闭中，你的精神中心就是这肮脏的小秘密。今天最狂热的性解放青年或许正是自我封闭在手淫中最没救、最紧张的人。他们也并不想挣脱出来，因为挣脱出来也是徒劳。

可的确有些人想摆脱这可怕的自我封闭。今天，其实每个人都很不自然，都陷在这做作的牢狱中。这是肮脏的小秘密造成的后果，它肯定为此称快。大多数人绝不想冲出自作自受的囹圄：他们已经没有多少冲出来的能耐了。可的确有人要冲破这自我封闭的厄运——也是我们文明的厄运。的确也有一群骄傲的少数派想要永远摆脱这肮脏的小秘密。

出路有二。第一，与你心中的和外部世界的肮脏小秘密和

---

[1] 劳伦斯认为普鲁斯特的小说"过于做作"，还把他列入"最变态者"之列。

清教的伤感谎言做斗争。与渗透了我们的性力和血骨的十九世纪的大谎言做斗争。这就意味着竭尽全力去斗争，因为谎言无处不在。

第二，在自我意识的冒险中，人总会达到自身的极限并会意识到某种自身难以掌控的东西。一个人一定要变得十分具有自我意识才会了解自己的局限并认识到自己不能掌控的是什么。我无法掌控的正是我体内生命的冲动本身。这生命催促着我忘却自己，服从那半原始的冲动去击碎世上的巨大谎言并建立一个新的世界。如果我的生命只是在自我封闭和手淫的自我恶性循环中打转转，那就毫无意义了。如果我的个体生命被封闭在今日社会巨大的陈腐谎言中——清白和肮脏的小秘密，那它就没什么价值了。自由是很伟大的。可它首先意味着摆脱谎言。首先，它意味着我能脱离我自己，脱离我自身的谎言，脱离我自以为是的谎言，甚至摆脱自欺；这是一种摆脱自以为是、自我封闭的手淫者——我——的自由。再者，自由意味着摆脱了社会巨大的谎言，即清白和肮脏的小秘密。其余所有可怕的谎言都隐藏在这一大谎言的外衣下。可怕的金钱谎言也潜藏在清白的外衣下。杀死清白之谎言，金钱的谎言就不攻自破了。

我们一定要十分清醒，十分自觉，才能认清自己的局限，同时也认清自己心中的和超越自身的巨大动力。那样，我们就不会对自身太专注了。我们会学着忘却自我，不再做作：不再做作感情，也不再做作性。平息了心中的谎言，然后我们就可以猛烈攻击外界的谎言了。那才是自由和为自由进行的斗争。

　　…………

诺丁汉矿乡杂记

　　大约四十四年前我出生在伊斯特伍德，那是一座矿乡，住着三千来口人。它距诺丁汉有八英里光景，一英里外的埃利沃斯小溪是诺丁汉郡和达比郡的分界线。这片山乡往西十六英里开外是克里奇和麦特洛克，东部和东北部是曼斯菲尔德和舍伍德林区。在我眼中，它过去是、现在依然是美丽至极的山乡：一边是遍地红砂岩和橡树的诺丁汉，另一边是以冷峻的石灰石、桉树和石墙著称的达比郡。儿时和青年时代的故乡，仍然是森林密布、良田万顷的旧英格兰，没有汽车，矿井不过是偶然点缀其间，罗宾汉和他乐观的伙伴们离我们并不遥远。

　　B.W.公司[1]在我出生前六十年就在这里开煤矿了。有了矿才有了伊斯特伍德镇。在十九世纪初，它一定是个小村落，散落着一些村舍和一排排四间一户的联体矿工住家楼。十八世纪的老矿工们就住这样的房子。他们在露天小煤窑里干活。有的矿是在山的一侧开洞，矿工们钻进去干活，还有的是靠驴拉卷扬机，把矿工装在车斗里一个个送上地面。我父亲年轻时，那种卷扬机还在

---

　　[1]　B.W.公司（Barber Walker & Company）从1840年左右开始在伊斯特伍德地区开矿采煤。

用着。我小的时候，还能看到卷扬机的轴架。

一八二〇年左右，公司的卷扬机轴架肯定是塌了，尽管掉得不太深，但从此装上了机器，矿井成了真正的工业化矿井了。就在那时，我祖父来了。他学会了裁缝，从英国南部漂泊到此地，在布林斯里矿上找到了一份裁缝工作。那时矿上给工人们发法兰绒衬衣或背心，那种奇大的老式缝纫机缝着成堆的裤子。可在我还很小的时候，矿上就不再给工人们发工作服了。

我祖父就在老布林斯里矿的小溪旁，找了一间采石场边上的老农舍住了下来。那是近一百年前的事了。现在看来伊斯特伍德是在山上占了一个可爱的位置。一边是向着达比郡的陡峭山坡，另一边是通向诺丁汉的长长山坡。人们建起了一座新教堂，它尽管样子不怎么样，却占了居高临下的位置，隔着难看的埃利沃斯谷地与黑诺的教堂遥遥相望，那座教堂也同样占据了远处的一座山头。良机难遇，良机难遇！这些煤镇子完全可以像意大利的小山镇一样别致迷人。可事实又怎么样呢？

大部分老式矿工的一排排小房子都给拆了，代替它们的是诺丁汉街上沿街开的小店铺，单调无味。而在这条街北面的下坡上，公司建起了所谓的新建筑，也可以称之为方块广场。这些建筑围出了两方广场，建在粗鄙的斜坡上。这些一户四间的联体楼，正面对着阴郁空旷的街道，背面带一个矮砖墙四方小院子，里面有一间厕所和一个炉灰坑，外面是沙漠似的广场。陡斜的广场地面坚硬、坑坑洼洼、黑魆魆的，四周全是这些小后院，院角上开着门。广场很大，实在只能叫沙漠，不同的是上面戳着晾衣杆子，人们从中穿行，孩子们在硬地上玩耍。这种建筑四面封闭，像兵营，样子十分古怪。

即使在五十年前，这种广场也不那么招人喜欢。住在这种地方算"粗俗"的一类了。不那么俗的则住在另一处叫布里契的地方，那是有六个街区的一个住宅区，是公司在谷地里建起的一批稍微像样的住房。一边三排房子，中间是条小路。最粗俗掉价的地方是达金斯罗那一片儿，那是两排十分破旧、黑乎乎的四间一户联体楼，就在离方块广场不远的山上。

这地方就是这么发展起来的。就在陡峭的街那边，在广场中间的斯卡吉尔街上建起了美以美会教堂，我就出生在教堂上方小街角的店铺里。在广场另一边，矿工们建起了一座高大如谷仓的原始卫理公会教堂。诺丁汉街就从山顶上穿过，街旁是丑陋的维多利亚中期样式的商店。倒是镇边上的小集市样子挺好看，集市那边就是达比郡了。集市的一边是太阳客栈，对面是药店，摆着金色的杵和臼，街角上是另一家商店，那正是阿尔弗里顿街与诺丁汉街相交的街角。

就在那新旧英国混乱交替的时代，我开始懂事了。我还记得，一些本地区的小投机商们早已开始乱建成排的房子，总是成排地建，在田野上建起单调讨厌的红砖青石板顶的排房，外立面是平的。外飘窗式的房子在我童年时已经出现了，但乡间没盖这样的房。

广场周围和街上一定有三四百座公司的房子，围起来就像兵营的大墙。布里契那边大约有六十到八十座公司的房子。而破旧的达金斯罗地区则有三四十座小房子。再加上有园子的旧农舍和排子房遍布胡同和诺丁汉大街，人们有足够的房子住了，不必再建新房了。我小时候已经不怎么看得到人们建房子了。

我家住在布里契街角上的房子里，一条山楂树篱掩映的土路一直伸延到我家门口。另一边是那条溪水，小溪上架着一座牧羊桥，直通草场。溪边上的山楂树篱长得老高，像大树一样。我们爱下溪里去洗澡，就在磨坊水坝附近，流水在那里形成了一个瀑布，人们就在那里给羊洗药澡[1]。我小时候，磨坊里不再磨面了。我父亲一直在布林斯里矿上干活，总是在早晨四五点钟起床，黎明时分就出门穿过田野去康尼·格雷上班，一路上在草丛中采些蘑菇或捕一只怯懦的野兔，晚上下班时揣在工作服里带回家来。

我们的生活处在一个奇特的交叉点上：介于工业时代和莎士比亚、弥尔顿、菲尔丁和乔治·爱略特的农业英国。那地方的人讲一口浓重的达比郡方言，总把你 (you) 说成thee和thou。那儿的人几乎全然本能地活着。我父亲同辈的人根本不识字。矿井并未把他们变成机器，相反，在采煤承包制下，井下的工人像一家人一样干活儿，他们之间赤诚相见、亲密无间。井下的黑暗和矿坑的遥远以及不断的危险使他们之间肉体上、本能上和直觉上的接触十分密切，几乎如同身贴身一样，其感触真实而强烈。这种肉体上的意识和亲密无间在井下最为强烈。当他们回到井上的光线中，眨眨眼，他们会改变他们之间的交流方式。但他们仍然把井下那黑暗中亲密的、近乎赤裸的接触带到井上来。每每回想起童年，都觉得似乎总有一种内在的黑暗闪光，如同煤的乌亮光泽，我们就在那种黑暗的光泽里穿行并获得了自己真正的生命[2]。我父亲喜爱矿井，他不止一次受了重伤，可他绝不逃脱矿井。他喜欢那种接触和亲昵，正如同战争黑暗的日子里强烈的男性情谊。他

---

[1] 在剪羊毛前要用杀虫药给羊洗澡。

[2] 见《圣经·使徒行传》第17章，第28节："我们活在主的身体里，在那里穿行并获得自己的生命。"

们失去这情谊后仍然不知道失去了什么。今日的年轻矿工想必也是这样。

现在的矿工也有审美的本能，但他们的妻子却没有。矿工们本能地生机勃勃，但在白日里他们却毫无雄心、毫无智慧。他们其实是在躲避理性生活，愿意本能地、直觉地活着。他们甚至并不怎么在乎钱，反倒是他们的老婆为这类琐事唠叨个没完没了，这倒也自然。我小时候，矿工和他们的老婆之间很不平等。矿工们只能见到几个钟头的日光，而冬天几乎一点也见不到。他们在井下时，他们的老婆则享有整个白天。

最大的谬误是可怜这些男人。他们从没想到可怜自己，可那些鼓动家和感伤主义者却教会了他们可怜自己。其实他们本来是幸福的，甚至不只是幸福，他们十分满足。可以说他们是感到满足却难以言表。矿工们下酒馆喝酒是为了继续伙伴间的亲情。他们无休止地聊，但聊的多是奇闻奇事甚至政治，而非现实里的真事儿。他们离家下酒馆儿、下井，要逃避的是沉重的现实——老婆、钱和有关家庭必需品的唠叨。

矿工能逃出来就逃，他们要逃离女人唠唠叨叨的物质主义。跟女人在一起，总是诸如这个断了快修补上或我们要这要那，钱从哪儿来？矿工对此一无所知，也不怎么在乎，他的生活跟这不搭界。所以他要逃。他喜欢乡下，带着他的狗在乡间游荡，打兔子、掏鸟蛋、采蘑菇，什么都干。他喜爱乡下，不由分说地喜欢。或者他就喜欢那么蹲着，看什么或什么都不看。他并不爱动脑筋，生活对他来说不是这事那事，而是一种流动。他爱他的园子，真心爱花草。对矿工的这种爱我实在是太了解了。

爱花容易引起误解。大多数女人爱花儿，但是把花当成自己的所有和装饰品。她们不会看花儿，不会对花畅想一番。如果她们被一朵花迷上，她们就会马上摘下来。占有！占为己有！我又有什么东西了！现在大多数人所说的爱花儿，不过就是这种伸出手去占有，是一种利己主义——我有了什么东西，它把我打扮得漂亮了。可我看到许多矿工站在他们家后院低头采花的那种奇特而渺远的沉思状，那表明他们真的感受到了花的美丽，那表情甚至不是仰慕，不是欢欣鼓舞，不，不是常见的那种占有欲的表情。那是一种沉思，表明他们是萌动中的艺术家。

依我看，英国真正的悲剧是丑陋。乡村是那么可爱，而人造的英国却是那么丑陋不堪。从小我就知道，那些普通的矿工怀有一种奇特的美感，这美感来自于他们的直觉和本能，是在井下被唤醒的。可是他们上井来到白天的光线中看到的尽是冷酷和丑陋，面对的是赤裸裸的物质主义。特别是当他们回到方块建筑地带和布里契居住区，回到他们自己的餐桌前，他们内心里就有什么被扼杀了，在某种意义上说他们作为人是被毁了。家里的女人几乎总是在唠唠叨叨说些物质方面的事儿。女人是被教会去这样说的，被鼓励去这样做的。做母亲的责任就是盯着儿子"有出息"，男人的责任就是挣钱。我父亲那一辈男人，他们背负着野性的旧英国，也没受什么教育，所以他们还算没给撂倒。可到了我这一辈儿，当年一块儿上学的男孩子们（现在做矿工了）全给撂倒了，是让铃声叮咚的寄宿学校、图书、电影院和牧师给撂倒的，整个民族的和人类的思想都把物质繁荣当成天下头等大事来孜孜以求。

男人算是被撂倒了。一时间出现了繁荣，但是以他们的失败为代价的，接踵而来的就是灾难。所有的灾难之根就是颓丧。男人颓丧了，英国男人，特别是矿工们颓丧了。他们被出卖了，被打趴下了。

现在或许没人知道，十九世纪出卖男人之精神的是丑陋。兴旺的维多利亚时代里，有钱阶级和工业家们作下的一大孽，就是让工人沦落到丑陋的境地，丑陋，丑陋，卑贱，没人样儿。丑陋的环境，丑陋的理想，丑陋的宗教，丑陋的希望，丑陋的爱情，丑陋的服装，丑陋的家具，丑陋的房屋，丑陋的劳资关系。人的灵魂更需要实在的美，甚至胜于需要面包。中产阶级的人嘲笑矿工买钢琴，可钢琴是什么物件儿？其实他们往往买的不是什么钢琴，买琴是一种对美的盲目追求。对女人来说它是一件财产，一种家具，是一件足以让她感到优越的东西。可是看看那些老大不小的矿工学钢琴的样子吧，看看他们怎样神情专注地听女儿弹奏《少女的祈祷》[1]，你会发现一种对美的盲目、永不满足的渴求。男人的这种渴求比女人来得更强烈。女人只想炫耀，而男人想要的是美。

山顶那边是个不错的去处，如果公司不是在那儿建起肮脏丑陋的方块儿建筑，而是在小小的集市中央竖起一根高高的柱子，在这可爱的地方建起三圈拱廊供人们散步、坐憩，身后是漂亮的房子，那该多好！如果他们建起宽大实用的住房，五六间一套的公寓，有漂亮的门该多好。最重要的是，如果他们鼓励人们唱歌跳舞（矿工们仍然爱唱爱跳）并为此提供漂亮的场地该多好。如果他们倡导衣装美、家居美——家具和装饰美，该多好。如果他

---

[1] 著名钢琴曲，曲作者是波兰作曲家巴拉诺夫斯卡（Tekla Bądarzewska-Baranowska，1838—1861）。

们能奖励人们做出最漂亮的桌椅、织最可爱的披巾、造最迷人的房屋，那该多好！工业化的问题在于卑鄙地强使人们的精力用于仅仅为获得而进行竞争。

你可能会说，工人们不会接受这样的生活，因为他们把英国人的家看成是自己的城堡——"我的小家"。可是，如果你能听到隔壁人家说话，那就不叫城堡了，如果你能看到人们在方块儿广场里出没，看到他们去上厕所，那成什么了？你的愿望会不会就是逃出这"城堡"和你"自己的小家"？！算了，别说这些了。只有女人才把"她自己的小家"给偶像化。女人总是最差劲、最贪婪、最有占有欲，也最下作。"小家"之类真没什么好说的，那是胡乱涂抹在大地上丑陋的小东西。

其实，直至一八〇〇年，英国人还是绝对过着乡间生活的人，很有点泥土气。几个世纪以来，英国一直有城镇，可那绝不是真正的城镇，不过是村路串成的一片村落而已，从来就不是真正的城镇。英国人性格中从未表现出人城市性的一面，即市民的一面。意大利的锡耶纳是个小地方，但它算得上是个真正的城市，市民与城市生活密切相关。诺丁汉是个大地方，正向百十来万人口发展，可它只是乱糟糟一团。诺丁汉与锡耶纳绝不可同日而语。英国人很难变成市民，部分应归咎于他们维护"小家"的雕虫小技，部分应归咎于他们不可救药地认可了环境的小气。在罗马人的标准下，美国的新兴城市倒比伦敦和曼彻斯特更算得上城市，甚至爱丁堡都比任何英格兰的城市更像真正的城市。

这种"英国人的家就是他的城"和"我的小家"之傻气的个人主义早就过时了。那是一八〇〇年前的事了，那会儿英国人只是村民老乡。工业制度一下子就让这些变了个样。尽管英国人仍爱把自己当成"老乡",爱想点儿什么"我的家,我的园子",可这已经显得孩子气了。今天,甚至农场劳工都觉得自己是只城市鸟儿。英国人被彻底工业化了,因此不可救药地变成了彻头彻尾的城市鸟儿。可他们不知道如何建设一座城,不知怎么设想一座城,不知怎么住在一座城里头。他们都是些市郊人、半农村人,没一个懂得怎么变得有城市气——一直到第一次世界大战。他们都不知道怎么变成罗马市民、雅典市民甚至巴黎市民。

这是因为,我们一直压抑着自己的群休本能,它可以使我们团结一致,以市民的姿态表现出骄傲和尊严,而非村民。伟大的城市意味着美、尊严和某种辉煌。英国人的这一面一直被压抑着并被惊人地放弃了。英格兰是一片零零落落的小破房子,这等卑贱东西被称之为"家"。我相信,英国人打心眼里恨他们自己的小家,但女人除外。我们要的,是一种更高的姿态,更宽广的视野,某种辉煌,某种壮丽和美,一种恢宏的美。在这方面,美国人比我们干得漂亮多了。

一百年前,工业家们敢于在我的家乡干下那些丑事。而今更恶魔般的工业家们则在英国大地上胡乱建起绵延数英里的红砖"住家",像一块块可怕的疥癣。这些小捕鼠笼子中的男人们越来越无助,越来越像被夹住的老鼠那样不满,因为他们受的屈辱日甚一日。只有那些下贱的女人才仍然喜欢她们男人眼里鼠笼一样的小家。

抛弃这一切吧。不管付出什么代价,开始改变。别再管它什么工资和工业争吵吧,把注意力转向别的什么事。把我的故乡拆个精光吧,计划一个核心,固定一个焦点,让美好的东西从中放射而出。然后建起高楼大厦来,美丽的大厦,由此扩展成一个城

222

市中心，把它们装饰得美丽无比。先有一个绝对洁净的开始，一个地方一个地方地收拾过去，建设一个新的英国。去它的小家吧！去它的散落在大地上的小破屋子。看看大地，在这上面建设起高尚来。英国人尽管心智发达，可在辉煌的城市里他们却比兔子还卑贱。他们像下作、小心眼儿的家庭妇女，整天吵吵吵，吵吵吵，原来为的竟是什么政见和工资这类事儿。

唇齿相依论男女[1]

男人和女人相互需要。我们还是承认这一点为好。我们曾拼命否认这一点，对此厌烦、气恼，可归根结底还得认输，还得对此认可才是。咱们这些个人主义者、利己主义者，无论什么时候，都十分信仰自由。我们都想成为绝对完美的自我。在这种情况下，如果说我们其实还需要另外一个人，岂不是对自尊心的一个巨大打击？我们自由自在地在女人中进行挑选——同样女人也如此这般地挑选男人，这都不在话下。可是，一旦让我们承认那个讨厌、如鲠在喉的事实：上帝，离了我那任性的女人我就没法儿活！——这对我们那孤傲的心是多么大的污辱！

当我说"没有我那女人"时，绝不意味着法语中与"情妇"的性关系。我指的是我同这女人自身的关系。一个活生生的男人如果不与某个特定的女人有一种关系他就很难快活地存在，除非他让另外一个男人扮演女人的角色。女人也是如此。世上的女人若同某个男人没有亲昵之情几乎难以快活地存在，除非她让另一个女人扮演男人的角色。

---

[1] 本文原题目为《我们相互需要》，它与《实质》和《无人爱我》是劳伦斯生前一次性投出的最后三篇散文随笔，他获知它们即将在美国发表的消息后就去世了，文章均在几个月后面世，成为劳伦斯的三篇散文绝笔。

就这样，三千年来，男男女女们一直在对抗这一事实。在佛教中尤其如此。如果一个男人的眼睛中有女人的影子，他就永远达不到那尽善尽美的涅槃境界。"我孤独而至！"这是达到涅槃境界的男人骄傲的声明。"我孤独而至！"灵魂得到拯救的基督教徒亦这样说。这是自高自大的个人主义宗教，由此产生了对我们有害的现代个人利己主义。神圣无比的婚姻终为死亡的判决而解散。在天上并没有给予和索取的婚姻。天堂上的人是绝对个性化的，除却与上帝之间的关系，相互间不再有什么关系可言。在天上，没有婚姻，没有爱，没有友谊，没有父母、兄弟姐妹，更没有什么表亲了。只有"我"，绝对孤独，单单同上帝有关。

　　我们说的天堂，其实是我们极想在人间获得的。天堂的环境正是我们眼下企盼、争取得到的。

　　如果我对某男或某女说："你愿意摆脱一切人际关系吗——不要什么父母、兄弟姐妹、丈夫、情人、朋友和孩子？摆脱一切人际的纠缠，只剩下你纯粹的自己，单单与上苍发生联系。"答案是什么？请问，你将如何诚恳地回答我？

　　我期待着一个肯定的"愿意"。过去，有不少男人这样回答。而女人则回答"不"。可如今，我以为不少男人会犹豫再三，反之，几乎所有的女人都会毫不犹豫地回答："愿意。"

　　现代的男人，达到了近乎涅槃样的境界，没有任何人的关系了，他们甚至开始揣测：他们是什么物件，身在何方。请问，当你获得了巨大的自由，砍断一切纽带或"束缚"，变成了一个"纯粹的"个体时，你算个什么？你算个什么？

　　你可以想象你是个很了不起的人，因为压根儿没几个人能接近这种独立境界而又不会落入死一般的利己主义、自鸣得意和空虚之中。真正的危险是，你形单影只，与一切活生生的人断绝关系。危险的是你孑然一身，几近一无所有。无论是男是女，若只剩下其自然要素，那看看他们都还是些什么吧。极其渺小！把拿破仑单独困到一座孤岛上，且看他如何？全然一个乖戾的小傻瓜。把玛丽·斯图亚特关入龌龊的石头城堡监狱中，她就变成了一个狡诈的小东西。当然，拿破仑并不是一个乖戾的小傻瓜，即使被关在与世隔绝的圣赫勒拿岛上后他变成了这样。可是苏格兰的玛丽女王独囚在福瑟临黑之类的地方后就变成一个狡诈的小人了。这种大肆的孤立隔绝把我们变得只剩下自身，这是世间最大的诡计。这就如同拔光孔雀的毛令其露出"真鸟"的面目。当你拔光全部的毛以后，你得到的是什么呢？绝不是孔雀，而不过是一具秃鸟的肉体罢了。

对于我们和我们的个人主义来说，情况亦然。若让我们只成为我们原本的样子，我们会是何种情形？拿破仑成了一个乖戾的小傻瓜，苏格兰的玛丽女王变成了狡诈小人，圣·西蒙斯达立特斯住在柱子上[1]变成了自高自大的神经病，而我们这些了不起的人则成为自鸣得意的现代利己主义者，真是一文不值。如今的世上，净是些个傻里傻气却又傲慢无礼的利己主义者，他们断绝了一切美好的人际关系，依仗着自身的故步自封和虚张声势假充高高在上的姿态。可空虚早晚会露馅儿。这种空城计只能一时唱唱，偶尔骗骗人罢了。

其实，如果你封闭孤立一个人，只剩下他纯粹和美好的个性，等于没有这个人一样，因为只剩下了他的一星半点。把拿破

---

[1]　公元5世纪时的一位苦修者住在柱子上修行长达三十九年直至去世。

仑孤困起来，他就一文不值了。把康德孤困起来，他那些伟大的思想就只能在他自己心中嘀嘀嗒嗒转悠——他如果不把他的思想写下来予以传播，这些思想就只能像一根无生命的表针。甚至就是如来佛他自己，如果把他孤困在一个空寂的地方，令其盘腿坐在菩提树下，没有人见到他，也没人听他讲什么涅槃，我看他就不会津津乐道于涅槃之说，他不过只是个怪物而已。一个绝对孤独的人，没有多大价值，那灵魂甚至都不值得去拯救，或者说不配存在。"我呢，如果我升天，我会把所有的人都引到我身边。"[1]可如果压根儿就没别人，你的表演就不过是一场惨剧。

　　所以我说，一切，每一个人都需要自身与他人的联系。"没有我，上帝就做不成事。"一位十八世纪的法兰西人说。他这话的意思是，如果世上没有人，那么，那个人的上帝就毫无意义了。这话真对。如果世上没有男人和女人，基督就没了其意义。同理，圣赫勒拿岛上的拿破仑与他的军队和民族没有关系，他就没了意义，法兰西民族也就失去其一大半意义了。一股巨大的力量从拿破仑身上流出，而又有一股相应的力量从法国人民那里回流向拿破仑，他和他们的伟大就在于此，就在于这关系之中。只有当这种循环完成以后，这光环才会闪光。如果只是半个圈，它是不会闪光的。每一个光环都是一个完整的圈子。每个生命亦然，如果它要成为生命的话。

　　是在与他人它物的关系中，我们获得自己的个性，让我们承认这一重要事实，吞下这颗刺人的果子吧。如果不是因了与他人的关系，我们就只能是一些个体，是微不足道的。我们只有在与

---

[1]　见《约翰福音》第12章，第32节。

他人、其他生命和其他现象活生生的接触中才能行动，才能获得自身的存在。除去我们的人际关系和我们与活生生的地球和太阳的接触，我们就只能是一个个空气泡。我们的个性就毫无意义。一座孤岛上的孤云雀不会发出歌声，它毫无意义，它的个性也就如同一只草丛中的老鼠一样逃之夭夭。可是如果有一只母雀与它同在，它就会发出高入云霄的歌声，从而恢复自己真正的个性。

男人和女人均如此。他们真正的个性和鲜明的生命存在于与各自的关系中：在接触之中而不是脱离接触。可以说，这就是性了。这和照耀着草地的阳光一样，就是性。这是一种活生生的接触——给予与获得，是男人和女人之间伟大而微妙的关系。通过性关系，我们才成为真正的个人；没有它，没有这真正的接触，我们就不成其为实体。

当然，应该使这种接触保持活跃，而不是使之凝固。不能说与一个女人结了婚这接触就完结，这种做法太愚蠢，只能使人避免接触，扼杀接触。人们有许多扼杀真正接触的可能性的诡计：如把一个女人当成偶像崇拜（或相反，对她不屑一顾）；或让她成为一个"模范"家庭妇女、一个"模范"母亲或一个"模范"内助。这些做法只能使你远离她。一个女人绝不是这个"模范"那个"模范"，她甚至不是一个鲜明固定的个人。我们该摒弃这些一成不变的观念了。一个女人就是一束喷泉，泉水轻柔地喷洒着靠近她的一切。一个女人是空中一道振颤的波，它的振动不为人知也不为己知，寻找着另一道振波的回应。或者可以说她是一道不协调、刺耳而令人痛苦的振波，它一味振颤着，伤害着振幅之内的每一个人。男人也是这样。他生活，行动，有着自己的生命存在，他是一束生命振颤的喷泉，颤抖着向某个人奔流，这人能够接受他的流溢并报之以回流，于是有了一个完整的循环，从而就有了和平。否则他就会成为恼怒的源泉，不和谐，痛苦，会伤害他附近的每个人。

但是，只要我们是健康、乐观的人，我们就会不懈地寻求与他人结成真正的人际关系。当然，这种关系一定要发生得自然而然才好。我们绝不可勉为其难地寻求一种人际关系，那样只能毁灭它。毁灭它倒是不难。从好的方面说，我们至多能做的是关注它发生，不应强迫或横加干涉。

我们是照一种虚假的自我概念在做事。几个世纪以来，男人一直是征服者，是英雄，女人则只是他弓箭上的弦，只是他装备上的一部分。而后女人被允许有自己独立的灵魂，于是有了对自由和独立的呼唤。如今，这种自由和独立都有些过火了，走向了虚无，走向死亡的感情和荒芜的幻想。

所谓征服者英雄[1]已像兴登堡元帅[2]一样陈旧过时了。这个世界似乎试图再兴起此种花招来，但归根结底会证明这些人是愚蠢的。男人已不再是征服者，不再是英雄好汉。他也不是宇宙间敢于直面死亡的永恒世界中未知物的孤胆超灵。这种把戏也不再让人信服了。当然今日还有不少可怜的年轻人还坚持这么认为，尤其是在最近一次大战（指第一次世界大战）中大受其苦并沉溺其中自怜自艾的可怜的小伙子们。

可这两种骗术都玩儿完了——无论是征服一切的英雄还是故作沧桑状，一袭孤魂直面死亡的悲情英雄，全都玩儿完了。第二

---

[1]　据说"征服者英雄"这个词来自亨德尔的咏叹调《约书亚》。
[2]　第一次世界大战中德国陆军元帅。

种骗术在今日更年轻的人中似更时兴，但这种自怜自艾更危险。这是一种僵死的骗术，没戏了。

今天的男人们要做的，就是承认，这些一成不变的观念归根结底是无益的。作为一个固定的客体，甚至作为一个个人，人，无论男女，都没什么了不起。所谓了不起的大写"吾者"[1]对人类来说不算什么，人类可以置之不理。一旦一个人，无论男女变成了了不起的大写"吾者"，他就一钱不值了。男人和女人，各自都是一个流动的生命。无论少了哪一方，我们都无法流淌，就如同没有岸的河不是河流一样。我生命之河的一条岸是女人，另一条岸是世界。没了这两条河岸，我的生命就会是一片沼泽。是我与女人及同胞的关系使我自身成为一条生命之河。

这种关系甚至赋予我以灵魂。一个从未与别人结成生命关系的人是不会真正拥有灵魂的。我们无法以为康德有灵魂。所谓灵魂是指我与我所爱、所恨或真正相知的人在生命的接触中形成并自我满足的一种东西。我自身具有通往我灵魂的线索。我必须获得我灵魂的完整性。我说的灵魂就是我的完整性。我们今日缺的正是自身的完整感，有了完整感人才会宁静。而今天我们还有我们的青年们所缺的正是自我的完整感，他们深感自身支离破碎，因此他们无法获得宁静。所谓宁静并非凝滞，而是生命的奔流，像一条河那样。

我们缺少宁静，那是因为我们不完整的缘故。我们不完整，因为我们只了解生命关系的一星半点，其实我们或许会获得更

---

[1] 《出埃及记》中，上帝不肯道出自己的姓名，便让摩西指称上苍为"吾者"，英文为大写的I AM。

多。我们生活在一个对剥离这种关系深信不疑的时代。人们要像剥葱头那样剥离生命关系，直至你变得纯而又纯或变得无比虚无。空虚。大多数人的境况正是如此：意识到了自身彻底的空虚。他们太渴望成为"自己"反倒变得空空荡荡或者说差不多空空荡荡。

"差不多空空荡荡"绝非乐事。可生活本应是快乐的，应该是顶快乐的事。"过得好"并不是为了"远离自我"。真正的乐事是成为自己。人类有两大关系，可能就是男人与女人及男人和男人的关系。眼下，这两种关系我们都弄得很乱，很让人失望。

当然，男女关系是实际人生的中心点，其次才是男人与男人的关系，再远，才谈得上其他各种关系：如父母姐妹兄弟朋友等等。

前些日子有个年轻人很嘲弄地对我说："恐怕我无法相信性可以使英国复活。"我说："我肯定你无法有这等信念。"他其实是教训我，说他对性这样的脏东西和女人这样的寻常玩意儿不屑一顾。他这人没什么生命力，是个空虚而又自私的年轻人。他只顾自己，就像个木乃伊一样萎缩成小小的自我，作茧自缚，一旦拆除包装他就碎了。

那么归根结底什么是性呢？它只是男女关系的象征吗？其实男女关系像所有生命关系一样意义很广泛。它存在于两种生命之间决然不同的生命流动中，不同，甚至是相反的生命流。贞洁，亦如肉欲一样，是这种生命流的一部分。除此之外，还有我们无法得知的无止境的微妙交流。我敢说，任何一对体面地结了婚的人，他们之间的关系每隔几年就大有改观，时常他们对此竟毫无意识。每次变化都带来痛苦，即使它也带来乐趣。漫长的婚姻生活就是永久变化的漫长过程，在这当中，男人和女人相互培育他们的灵魂和完整的自我。这就如同河水不断流动，流过一个个新的国家，这些国家都是未知数。

可我们却被有限的观念所掣肘，变得很愚蠢。有个爷们儿说："我再也不爱我老婆了，再也不想与她同床共枕。"我倒要问问他为何总想到与她同床共枕呢？他可知道，当他不想与她同房时是否还有别的微妙的生命交流在他俩之间进行，它可以使他们变得完整。还有她，她本可以不抱怨，不说一切都结束了，她非要跟他离婚，再投奔另一个男人不可，她为什么不能三思去倾听自己灵魂中新的旋律并在她男人身上寻找新的动向？每发生一次变化，就会有一新的生命和节奏应运而生；我们随着年龄的增长而更新我们的生命从而获得一种真正的宁静。那么，为什么我们非要人人都像一张菜谱那样一成不变？

我们真该多一点理智。可我们却受制于几个固定的观念如性、金钱或人"应该"如何等等，从而我们失落了生命的整体。性这东西是变化的，一会儿生机勃勃，一会儿平和，一会儿恼怒，一会儿又会随风飘去，飘去。可普通人却经受不了这些变化。他们要的是粗暴的性欲，他们总要这样，一旦不这样，那就算了！全结束。离婚！离婚！

人们说我想让人类回到野蛮状态中去，这话真让我讨厌至极。好像一到了男女这事上，现代的城市人与最粗野的猴子有什么两样似的。我看到的是我们这些自诩文明的男女们相互在感情上和肉体上摧残，我所做的就是请他们三思。

在我看来，性意味着男女关系的全部。其实这种关系比我们所理解的要深刻得多。我们懂的不外乎这么几类毛皮——情人、妻子、母亲和恋人。在我们眼里女人就像一种偶像或一个提线木偶，总得扮演个什么角色：恋人、情人、妻子或母亲。我们真该破除这种一成不变的观念，从而认识到真正女人之难以捕捉的特质：女人是一条流淌着的生命之河，与男人的生命之河很是不同。每一条河都得循着自己的方向流动，并不冲破界限；男女之间的关系就是两条河并行，有时甚至会交汇，随后又会分流，自行其径。这种关系是一生的变化和一生的旅程。这就是性。在某些时候，性欲则全然离去，但整个关系仍旧向前发展，这就是活生生的性的流动，是男女间的关系，它持续终生。性欲只是这种关系的一种表现，但是生动的、极生动的表现。

无人爱我

去年，我在瑞士的山上租了一小间房子避暑。一位五十来岁的女性朋友来喝茶做客，并带来了她女儿，都是老朋友了。她落座时我问候道："你们都好吗？"她在炎热的下午从山下爬上来，满脸通红，还有点恼火，正用一块小手帕擦着脸上的汗。"挺好！"她几乎是恶狠狠地看着窗外那静止的山坡和对面的山巅。她还说："我不知道你对这山有什么感受？！哼，我一到这儿就失去了宇宙意识，也失落了对人类的爱心。"

她是那种老派的新英格兰人，这类超验主义者（transcendentalist）[1]往往是很平静的人。正因为如此，此时她那恼怒的样子（她真的恼怒了），加上她那略带口音的新英格兰腔，使她看上去实在有点滑稽。我当着这位可怜的宝贝儿的脸笑道："别在意！忘了你的宇宙意识和人类之爱，歇歇儿也好嘛！"

但我却常想起这档子事来——她说那话到底是什么意思？我一想起那次对她有点不恭，心里就隐隐作痛。我知道，她那种对宇宙和人类全副身心的爱是新英格兰超验主义者的习惯，但着实

---

[1] 超验主义是19世纪发源于新英格兰，在作家和哲学家中流行的一种思潮，相信世间万物有基本的共性，人天性善良，强调人的洞察高于逻辑和经验。惠特曼的思想与之有关。

让我心里不舒服。可她就是在那种习惯中成长的。对宇宙的爱并不影响她爱自己的园子，尽管有一点影响；她对全人类的爱也没影响她对朋友怀有真切的感情。只不过，她感到她应该无私慷慨地爱他们，这就招人嫌了。无论如何，在我看来，什么宇宙意识和人类之爱的疯话表明这话并非全然是理智的产物。我后来意识到，它说明了她内心里是与宇宙和人宁静相处的。这是她不能没有的。一个人尽可以与社会对抗，可他仍然可以与人类在内心深处宁静相处。与社会为敌并非是件愉快的事，可有时要保持心灵的宁静就只有这一条路可走，这意味着与活生生的、斗争中的真正的人类宁静相处。尤其后者，是不可失去的。所以，我没有权力对我的朋友说让她忘了对人类的爱，自顾歇息片刻。她不能，我们谁也不能那样——如果我们把爱人类解释为自己与我们的同胞之斗争的灵魂或精神是一体的话。

现在叫我吃惊的是，年轻人确实用不着有什么"宇宙意识"或"人类之爱"而照样活着。他们总的来说是把"宇宙"和"人类"这种理性概念之壳从情感上甩了出来。可在我看来，他们也把这壳中的鲜花一并抛弃了。当然了，你可以听到某个女子在高呼："真的，矿工们很可爱，可他们的待遇却是那么坏。"她甚至会跑出去投矿工一票。可她并非真的在乎，这一点很让人难过。这种对看不见的人的屈辱表示出的关怀做得有点过分了。尽管这些矿工或棉农之类的人离我们有十万八千里远而我们又不能为他们尽点心，我们内心深处仍觉得与他们遥遥地生生相连。我们隐隐觉得人类是一体，几乎是血肉一体。这是个抽象说法，但这也是实际存在。无论如何，卡罗莱纳的棉农或中国的稻农都以某种方式与我相连着，至少是与我部分相连。他们释放出的生命振幅在不知不觉中波及我，触到了我并影响了我。我们多多少少是相连的，整个人类都如此，这是毫无疑问的，除非我们扼杀了我们敏感的反应神经——这种事如今发生得过于频繁了。

这大概就是那位超验主义者所谓的"人类之爱"，尽管她那仁慈、居高临下的表达几乎扼杀了其真正含义。她隐隐约约表达了她对整个人类生命的参与感，这种感觉，当我们内心平静的时候都有细腻而深刻的感知。可是一旦失去内在的平静，我们就会用别的东西来代替这种内在微妙的对整个人类生命的参与感，这就是那种讨厌的仁慈——对人类做善事，这不过是一种自我表白，是一种骄横而已。请仁慈的主把我们从这种人类之爱中解脱出来吧，也把可怜的人类从中解脱出来吧！我的朋友确实有点染上了这种自大的毛病，所有的超验主义者全是这样。所以，如果说这大山野蛮地夺走了那受过污染的爱，大山算做了件好事。可我亲爱的露丝——我喜欢称她为露丝，她可不止如此，别看她都五十了，可她却像小姑娘那样幼稚地与她的同胞宁静相处。她不得不这样。只是她犯了点抽象的毛病，还有点任性，即便在瑞士山上的那半小时中她也是这样。她所谓的"宇宙"和"人类"是要符合她的意志和感情的，可那大山却让她明白"宇宙"并不听她的。一旦你同宇宙作对，你的意识就会大受一番震撼。人类也一样，当你下凡其中时，它会给你的"爱"狠狠一击让你恶心。你没别的办法。

而年轻的一代让我们感觉到，什么"宇宙意识"，什么"人类之爱"，早从他们身上飞逝得无影无踪。他们就像一堆彩色碎玻璃，摇晃一下，他们感到的只是他们能触到的东西。他们与别人结成偶然的关系，至于别的则全然无知，也全然不顾。

所以说，那个宇宙意识和人类之爱（姑且用这种荒诞的新英格兰词儿吧）是真的死去了。它们遭到了玷污。在新英格兰，"宇宙"和"人类"让人生产得太多了，没有真的了。这些不过是用高雅的词来掩饰自我表白、妄自尊大和恶意霸道，不过是丑恶的自我意志勾当，自行裁定新英格兰可以让人类和宇宙生亦可教其死。这些字词被霸道的自我主义给玷污了，而年轻人灵敏的嗅觉闻出了这股子味儿，干脆弃之而去。

　　要想扼杀一种情感，最好的办法就是对之锲而不舍，反复唠叨并夸大之。坚持要爱人类，可你肯定会仇恨每一个人。因为，如果你坚持爱人类，那你就会坚持要人类可爱，可它远非如此可爱。同样，若坚持爱你的丈夫，就难免会偷偷地恨他。因为没有哪个人是永远可爱的。如果你强求他们这样，就等于对他们行霸道，于是他们就不那么可爱了。如果你在他们并不可爱的时候强使自己去爱他们（或装爱），这等于是你把一切变成假的，等于自投仇恨之网。强装任何感情的结果是令那感情死亡，代之而起的是某种与之对立的东西。惠特曼坚持要同情一切事和一切人，如此坚持的结果是最终他只相信死亡，不只是他个人的死，而是所有人的死。那"笑下去！"的口号会最终激起笑者的狂怒，而著名的"欢乐晨礼"也令所有的快乐者心中积怨。

　　没好处，每当你强迫自己的感情，你就会毁了自己并适得其反。强使自己去爱某个人，你注定会最终恨起他来。你要做的就是有真情实感，而不要做作。这才是唯一让别人自由的办法。如果你想杀了你丈夫，那就别说"可是我太爱他了，我情有独钟"之类的话。那不仅是害你自己，也是害他。他并不想被强迫，即便是爱也不行。你只需说："我可以杀了他，这是事实。可我想还是别杀他。"这样你的感情就平衡了。

对于人类之爱来说亦如此。上辈人和上上辈人都坚持要爱人类。他们极其关注受苦受难的爱尔兰人、亚美尼亚人和刚果的割胶黑人。可那大抵是装出来的，是一种自傲和妄自尊大的表现。其潜台词是："我极善，我极优越，极仁慈，我强烈地关注受苦的爱尔兰人[1]、死难的亚美尼亚人[2]和受压迫的黑人[3]，我要去拯救他们，即使是惹恼了英国人、土耳其人和比利时人也在所不惜。"这种对人类的爱一半出于妄自尊大，一半出于干涉别人的欲望，是要给别人的车轮安一个刹车。而年轻的一代人则看出了基督教慈善这羊皮下面藏匿着的问题，于是他们对自己说：别跟我说爱什么人类！

说实话吧，他们暗中很讨厌那些需要"拯救"的受苦受压迫的人民。他们其实十分仇视"穷矿工""穷棉农"和"挨饿的可怜的俄国人"之类。若再来场战争，他们一定十分厌恶"罹难的比利时人"！事情就是如此：老子作孽，儿子倒霉。[4]

同情过了分，特别是爱人类爱过分了，现在我们开始躲避同情。年轻一代没了同情心，他们根本不想有。他们是利己主义者，

---

[1] 劳伦斯尽管同情爱尔兰人民，但他还是认为1916年复活节起义反抗英国统治的领袖们"多数是空谈家，乏善可陈，碰巧死了才显得悲壮"。

[2] 1894—1896年间，奥托曼帝国大批基督教亚美尼亚人被穆斯林土耳其人屠杀，在第一次世界大战期间更多的人遭到更为野蛮的屠杀。

[3] 刚果在1908—1960年间被比利时统治，大片的橡胶园、咖啡种植园和棉田在严厉的统治下得到开发，1919—1923年间劳动者的反政府起义遭到镇压。

[4] 原文是the father eats the pear, and the son's teeth are set on edge，典出《圣经·耶利米书》第31章，第29节：The fathers have eaten a sour grape, and the children's teeth are set on edge。

而且坦白承认这一点。他们十分诚实地说："就是到了地狱里，我也不理会受苦受难的张三李四。"谁又能责备他们这样呢？是他们那一片爱心的先辈发起了这场大战（指一次大战）。如果说大战是"人类之爱"引起的，那就让我们拭目以待，看看这坦率诚实和利己主义会干出什么来。我们可以保证，不会比这个更可怕的了。

那坦诚的利己主义自然会给利己主义者自己带来坏处。诚实固然好，抛弃战前那种假惺惺的同情心和虚伪的情感固然不错，可这并不应导致一切同情和深情的死亡，现在的年轻人似乎就是这样。这些年轻人在故意耍弄同情心和感情。"亲爱的孩子，今天晚上你看上去真叫可爱！我就爱看你！"可一转脸说话者就会放出一支恶箭来。年轻的妻子会这样对丈夫说："我英俊的爱人，你那样拥抱我真叫我觉得自己是个宝贝儿，我最亲爱的哟！给我来杯鸡尾酒吧，天使，好吗？我需要点刺激，你这光明的天使！"

时下的年轻人很会在感情和同情的键盘上弹奏小曲子，叮叮作响地演奏那些夸大了的激情、温柔、爱慕和欢乐的词儿。干这个的时候他们干得毫不动情，只觉得这类儿戏似的东西好玩，拿爱情和亲昵的珍贵用语开玩笑，只是玩笑而已，就像玩八音盒一样。

可一旦听人们说他们对人类无半点爱，他们又会十分气恼。比如英国人吧，他们就很会表演对英国的爱，那演技很可笑。"我只有一件心事，除了可爱的菲利浦，那就是记挂着英国，我们珍贵的英国。菲利浦和我都随时准备为英国而死。"可说这话时，英国并未陷入什么险境需要他们去舍命，应该说他们挺安全。若是你彬彬

239

有礼地问："可是，在你想象中英国意味着什么？"他们会激情荡漾地回答："意味着英国的伟大传统，意味着英国的伟大观念。"这话说得轻巧，毫无使命感。

他们还会大叫："我愿为自由奉献出一切。一想到英国的自由被践踏，我就以泪洗面，以至于给我们珍贵的婚床带来不快的气氛。不过，现在我们冷静了，决心冷静地竭尽全力去战。"这种冷静之战意味着再来一杯鸡尾酒，再给什么丝毫不用负责的人发一封感情狂放的信。随之一切全过去了，自由什么的全然抛在脑后。或许此时该轮到宗教了，为葬礼上的某些用语疯狂一番。[1]这就是今日先进的年轻人。我承认，他们大放厥词如鞭炮时，这很有趣。可难办的是，当鞭炮放尽后（就着鸡尾酒它们也长不了），黑暗时刻就来临了。对先进的年轻人来说，没有温暖的白天和沉寂的夜晚之分，只有鞭炮的激动和黑暗的空虚，然后是更多的鞭炮声。还是承认这可怕的事实吧，十分无聊。

现在，在现代青年人黯淡无聊的生活中，有一种事实对他们自己和旁观者都显得很清楚，这就是：他们很空虚，他们对别的事别的人都不关心，甚至不关心他们孜孜以求的享乐。这丑他们是不愿让人揭的。"亲爱的天使，别让我讨厌。玩这游戏吧，天使，玩吧，别说不中听的话，别在那儿啃死人骨头！说点好事儿，逗乐儿的事。要不就真正严肃起来，说说布尔什维主义（Bolshevism）或金融行情。做个光明天使吧，振作起来，你这最好的宝贝儿！"

---

[1] 1927—1928年间英国国内曾有过修改英国国教祈祷书的动议，但遭到下院的拒绝。

事实上，这些年轻人开始害怕他们自己的空虚了。往窗外抛东西自然是件乐事，可一旦你把什么都抛了出去，在空荡荡的地板上坐上几天，你的骨头就会痛，于是你会怀念一些旧家具，即便是顶丑的那种维多利亚式填了马鬃的玩意儿也行。

　　在我看来，至少年轻的女子们开始有这样的感觉了。现在，她们抛弃了一切后，开始惧怕空落落的房间了。她们的小菲利浦们或小彼得什么的似乎一点新家具也不往新一代人的屋里搬。他们介绍进来的唯一一件东西是鸡尾酒混合器，或许还有一台无线电。至于别的，完全可以不要。

　　年轻的女人们开始感到不安了。女人不愿意感到空落。一个女人顶不爱感到自己什么都不相信，不愿感到自己无足轻重。教她成为世上最愚蠢的女人，她会把自己的容貌、衣着和房子之类的东西看得极重。若不太蠢的话，她要的比这更多。她本能地想感觉有分量，她的生活有意义。有些女人常生男人的气，那是因为，男人不能仅仅是"活着"，还必须追求生活中的某种意义。这样的女人本身或许就是促使男人追求生活意义的根源。我似乎觉得，女人比男人更需要感到其生活有意义、有价值、有分量。这种女人自己可能竭力否定这一点，因为，为她的生活提供目标是男人的天职。不过，一个男人，他可以流浪，毫无目的，但仍是幸福的，可女人就做不到这一点。很难找到这样的女人：感到自己被排除在生命之伟大目标之外了还觉得幸福。而另一方面，我十二分深信，不少男人却乐意当浪子去漂泊，只要有地方可去漂泊。

　　女人可忍受不住空虚与失落感，而男人却可以为有这感觉开心。男人可以在纯粹的否定中寻到真正的自豪与满足："我的感觉空空荡荡，除了我自个儿，对世上别的人别的事我半点儿也不关心。我确实关心自己，不管别人如何，反正我要生存下去。我要有所作为，至于怎么成功，我毫不在意。这是因为，即使我虚弱，我也比别人聪明，比别人狡诈。我必须设法保护自己并扎下根来，那样我才安全。我可以坐在我的玻璃塔中，对什么都无动于衷，也不受什么影响，但可以透过自我的玻璃墙释放我的力量和意志。"

这大概就是一个男人接受真正利己主义和空虚处境的条件。在这种处境中他仍感到些自豪，因为在真正感情的纯粹空虚之中他仍能成功地实现他的抱负和利己意愿。

我怀疑女人会有这样的感觉。最利己主义的女人总是被仇恨所缠绕，如果不是被爱所缠绕的话。但真正的利己主义男人则既不恨也不爱。他内心深处十分空荡。他只是在表面上有感知，他总在试图逃避它，在内心里，他毫无感知。他毫无感知地沉溺于自我之中，自以为很安全。在他的城堡中、他的玻璃塔中，他很安全。

我甚至怀疑女人能懂得这种男人的内心境况。她们把这种空落错当成了深沉。她们认为，感知空荡的利己主义男人那种平淡的表象是一种力度。她们想象道：若利己主义男人抛弃防御手段，那无法穿透的玻璃塔里面就是一个真正的男人。于是她们疯狂地扑向这些防御屏障，要把它们撞碎，从而可以触到真正的男人。可她们压根儿不知道，根本就没有真正的男人，那些防御手段保护着的不过是一个空荡荡的利己主义，根本不是一个人。

不过，现在的年轻人开始怀疑了。年轻的女人们开始尊敬那些防御屏障，因为她们害怕最终触到利己主义者的空虚。她们宁可让其保持不被昭示的原状。空洞、虚无，它们令女人感到恐惧。她们无法成为真正的虚无主义者，可男人却可以。男人可以满足于全部感觉和关系的虚无，可以满足于否定的空虚，当没什么东西可以从窗口抛出时，就关上窗户。

女人需要自由，其结果却是空洞和虚无，这令最勇敢的心灵惧怕。于是女人去向女人寻找爱。可这爱长不了，无法保持，而空虚却坚定不移。

人类之爱已经消逝，留下一个巨大的鸿沟。宇宙意识在一个巨大的真空上崩溃。利已主义者坐在他空虚的胜利之上窃笑着。那女人怎么办呢？生命之屋已经空荡无物，她已经把感情的家具全部抛出窗外，她那永恒的生命之屋就像坟墓一样空荡了，那可爱悲凄的女人可怎么办呢？

实　质

　　绝大多数革命都是爆炸，而绝大多数爆炸所炸毁的东西都超过了原计划的规模。晚近的历史证明，十八世纪九十年代，法国人并不真想把君主政体和贵族体制彻底炸毁。可他们却这样做了，再怎么努力也不能将其真正重新拼接起来。俄国人也是如此：他们只想在墙上炸出一条通道来，可他们却把整座房屋都炸毁了。

　　所有为自由而进行的斗争，一旦成功，就会走得太远，继而成为一种暴政。比如拿破仑和某个苏维埃。比如妇女自由运动。或许现代最了不起的革命就数妇女解放了；或许二千多年来最了不起的斗争就是妇女独立或自由的斗争。这斗争很艰苦，但我觉得它胜利了。它甚至过头了，变成了女人的暴政——家庭里的女人和世界上的女性思想和理想的暴政。不管你怎么说，这世界为今日女性的情绪所动摇着。今日男人在生产上和家务事上取得了胜利，而不是像以前那样打仗、冒险、炫耀。现在这种胜利其实是女人的胜利。男人遵从女人的需要，表面上屈从于女人。

　　可他们内心又如何呢？毫无疑问，他们心里有斗争。女人不斗争就得不到自由，她仍然在斗争，斗得很苦，有时即便在没必要斗时她们也要斗。男人算完了，在女性精神动摇着当代人类时，很难指出哪个男人是不屈从女性精神的。当然，一切并不平和，总有斗争和冲突。

女人作为一个群体是在争自己的政治权力。可具体到个人，个别的女人是在与个别的男人做斗争——与父亲、兄弟，特别是与丈夫斗。在过去的年代里，除了某些阶段的反抗外，女人总是在扮演服从男人的角色。或许，男性和女性天生就需要这种服从关系。不过，这种服从一定得是出自无意识的信念，是发自本能的、无意识的服从。在某些时候，女人对男人所抱的这种盲目信心似乎削弱了，随后就崩溃了。这种情形总出现在一个伟大阶段的末尾和另一个伟大阶段伊始之时。似乎它总是以男人对女人的无限崇拜和对女王的美誉为开端。它似乎总是先带来短暂的荣耀，继之而来的是长久的痛苦。男人以崇尚女人的方式屈膝，崇拜一过去，斗争重又开始。

这并不见得是一种两性斗争。两性并不是天生敌对的。敌对状况只出现在某些时候：当男性失去了无意识中对自身的信任而女性则先是无意识地而后又有意识地失去对他的信任。这不是生理意义上两性的斗争，绝不是。本来性是最能使两性融合的。只是当男人天性的生命自信心崩溃时，性才会成为一大攻击武器和分裂工具。

男人一旦失去了对自己的信心，女人就会开始与他斗争。克莉奥帕特拉与安东尼之间真的斗起来了——安东尼其实是为这才自杀的。当然，他是先对自己失去了信心，继而用爱来支撑自己，这本身就是虚弱与失败的征兆。一旦女人与自己的男人斗来斗去，表面上她是在为自由而斗，其实连自由她都不想要。自由是男人的座右铭，它对女人来说无甚大意义。她与男人斗，要摆脱他，是因为这男人并不真正自信了。她斗争来斗争去，无法从斗争中摆脱出来。今天的女人确实比历史上的女人少太多的自由——我指的是女性意义上的自由。这就是说她拥有太少的安宁——太少那种涓涓细流般的女性之可爱的娴静，太少那种幸福女子花一样可爱的泰然自若，太少那种难以言表的纯属无意识的生命欢乐——自打男女相悦以来，女人越来越缺少这些女性生命的气息。今日的女性，精神总是那么紧张，时刻警觉着，赤膊以待，不是为了爱，而是为了斗争。她衣服穿得少，帽子像头盔，头发剪得短，举止僵硬，一眼看上去就会发觉她像个斗士，而绝不会像别的。这不是她的错，这是她的厄运。只有当男人失去了自信，连自己的生命都不敢相信时，女人才变成这副样子。

几个世纪以来，男人和女人之间结成了千丝万缕的联系。在怀疑的时代，这些联系让人觉得成了束缚，必须予以松懈才行。这是在撕碎同情心，割裂无意识中的同情关系。这是男人和女人之间无意识的柔情和力量的交流中发生的一种巨大摩擦。男人和女人并不是两个互不相干、各自完整的实体。尽管人们反对这种说法，可我们非这样说不可。男人和女人甚至不是两个分离的人或两种分离的意识和思想。尽管人们对此种说法表示激烈反对，可事实确实如此。男人永远与女人相连，他们之间的联系或明或暗，是一种复杂的生命流，这生命流是永远也分析不清的东西。不仅仅在夫妻之间如此，在其他男女之间亦如此，如：在火车上与我面对面而坐的女人或卖给我香烟的女子，她们都向我淌出一条女性的生命之流，喷发出女性生命的浪花与气息，它们都浸入我的血与灵之中，这才造就了我。随后我也把男性生命的溪流送还给女人，安抚她们，满足她们，把她们造就成女人。这种交流最常存在于公共接触中。男女间这种普遍的生命交流并没有中止过。倒是在私生活中难得交流了。所以我们都倾向于公共生活，在公共生活中，男女仍旧颇为相敬如宾。

可在私生活中，斗争仍在继续进行着。这斗争在我们的曾祖母那里就开始了；到了祖母那一辈斗争变激烈了；而到了我们母亲那一辈，这斗争成了生活中的主要因素。女人们认为这是为正义而进行的斗争。她们认为她们与男人斗是为了让男人变好，也是为了孩子们生活得更好。我们现在知道这种伦理的借口不过仅仅是借口而已。我们现在明白了，我们的父辈被我们的母亲们斗败了，这并不是因为我们的母亲真知道什么是"好"，而是因为我们的父亲们失去了对生命之流和生命真实的本能掌控。所以，女人们才不惜任何代价与他们盲目地斗，直到失败。

我们从小就目睹了这样的斗争。我们相信这种道德上的借口，可我们长大成人了，成了男人，就轮到我们挨斗了。现在我们才知道压根儿就没有什么借口，无论是道德的还是不道德的，没有，只是感觉想斗。而我们的母亲们，尽管她们坚称信"善"，可她们却对那种千篇一律的善厌恶透了，至死都不信。

不，这斗争仅仅是为了斗争而已。这斗争是无情的。女人与男人斗并不是要得到他的爱，尽管她会千遍万遍地说是为了爱。她与男人斗，因为她本能地知道，男人是爱不起来的，他已经不再自信，不再相信自己的生命之流，因此他不会爱了，不会。他愈是反抗，愈是坚持，愈是向女人下跪崇拜女人，他就爱得愈少。被崇拜的甚至被捧上天的女人，她内心深处本能地懂得，她并未被人爱着，她其实是在受骗。可她却鼓励这种骗局，因为这极能满足她的虚荣心。可最终复仇女神来报复这不幸的一对儿。男女

247

间的爱既不是崇拜也不是敬佩，而是某种更深刻的东西，不是炫耀，也不是张扬。我们甚至说它就像呼吸一样普普通通而又必不可少。说真的，男女间的爱就是一种呼吸。

没有哪个女人是靠奋斗获得爱情的，至少不是靠与男人斗争来得到爱。如果一个女人不放弃她与男人的斗争，就没有哪个男人会爱她。可是女人什么时候才会放弃这种斗争呢？而男人又何曾明明白白地屈服于她了呢（即便是屈服，也是半真半假）？没有，绝没有。一旦男人屈服于女人了，她会跟他斗得更起劲，更无情起来。她为什么不放过他？即使放过一个，她又会再抓住另一个男人，就是为了再斗。她就需要这样不挠不挠地跟男人斗。她为什么不能孤独地过日子？她不能。有时她会与别的女人合起来，几个人合伙进行斗争。有时她也不得不孤独地过上一阵子，因为不会有哪个男人找上门来跟她斗。可她早晚会需要与男人接触，这是不以她的意志为转移的。如果她是个阔妇人，她会雇个舞男，让他受尽屈辱。可斗争并没完。了不起的大英雄赫克托耳[1]死了，可死了不能算完，还要把他的脚拴在战车上，把他的裸尸拖来拖去，拖得肮脏不堪。

这斗争何时会了？何时？现代生活似乎给不出答案来。或许要等到男人再次发现自己的力量和自信心的时候。或许要等到男人先死一次，然后在痛苦中再生，生出别样的精神、别样的勇气和别样的爱心或不爱之心。可是大多数男人是不会也不敢让那旧的、恐惧的自我死去的。他们只会绝望地依傍女人，像遭虐待的

---

[1]　荷马史诗《伊利亚特》中特洛伊的首领，被阿喀琉斯所杀，尸体被马车拖行绕特洛伊城三圈。

孩子一样冷酷无情地仇视女人。一旦这恨也死了，男人就到了自我主义的最后一步，再也没什么真正的感情，让他痛苦都痛苦不起来了。

如今的年轻人正是这样。斗争已经多多少少偃旗息鼓了，因为男女双方都耗尽了力气，个个儿变得玩世不恭。年轻男子们知道他们可敬的母亲给予的"仁慈"和"母爱"其实又是一种利己主义，是她们自我的伸延，这爱其实是凌驾于另一动物之上的绝对权威。天啊，这些个女人啊，她们竟暗自渴求凌驾于自己子女之上的绝对权力——为了她们自己！她们难道不知道孩子们是被欺骗了吗？从来没有这么想过！这一点你尽可以从现代小孩子的眼中看出来："我妈妈的每一口气都是为欺压我呼出来的。别看我才六岁，我真敢反抗她。"这就是斗争，斗争。这斗争已堕落为仅仅是把一个意志强加给另一个动物的斗争——现在更多地表现为母亲强加给儿女。她失败了，败得很惨，可她还不肯罢休。

这种与男人的斗争几乎结束了。为什么？是因为男人获得了新的力量，旧的肉体死了并再生出新的力量和信心？不，绝不是的。男人躲到一边去了。他受尽了折磨，玩世不恭，什么都不相信，让自己的感情流出自身，只剩下一个男人的躯壳，变得可爱可人，成了最好的现代男人。这是因为，只要不伤害他的安全，就不会有什么能真的打动他。他只是感到不安全时才害怕。所以他要有个女人，让女人挡在他与危险的感觉与要求之间。

可他什么也感觉不到。这是一种巨大的虚幻解放，这种虚幻的理想境界和平静让人无法理解。它的确是一种理想境界与平静，可它虚无空洞。起初女人无法意识到这一点。她发疯、发狂了。你可以看到一个又一个女人，她们拼命地冲撞着那些达到了虚伪的平静、力量与权力的利己主义男人，撞得粉身碎骨。这号利己主义者身上全无自然冲动，不会像人一样去受苦了。他的全部生命都成了残品，只剩下了自我意志和一种暗藏的统治野心，要么统治世界，要么统治别人。看看那些想凌驾于别人之上的男男女女们，你就知道利己主义者是如何作为的了。不过那些现代利己主义者摆出的架势是十足的媚相、慈爱相和谦卑相，哼，谦卑得过头了！当一个男人变成了这样一个成功的利己主义者——今日世界上已经有不少男人"成功"了，这是些个无比可爱并"有艺术气质"的人。与他们有关的女人可真要发疯了。可她无法从他那儿得到回应。斗争不得不戛然中断。她撞向一个男人，可那个男人并不存在，那儿只有他呆滞的图像，感觉全无。她真要气得发疯了。不少三十来岁的女人之所以行为乖谬，这就是解释吧——在斗争中她们突然失去了对方的反响，于是她们像濒临深渊一样疯了。她们非疯不可。

随后，她们要么粉身碎骨，要么以典型的女人方式醒悟，几乎是一夜之间她们整个的表现就变了，一夜之间。一切都结束了，斗争完结了。男人从此靠边站了，变得无足轻重了。当然，仇恨也减少了，变得更微妙了。于是，我们的女性在二十几岁就变聪明了。她不再跟男人斗了，她让他我行我素去，自己则有自己的主意。她可以生个孩子以统治之，但结果往往是她把孩子越推越远。她可孤独了。如果说男人没什么真的感觉了，她也是感觉全无。不管她怎样感知自己的丈夫，除非她发神经，她才会称他是光明的天使，长翅膀的信使，最可爱的人儿或最漂亮的宝贝儿。她像洒科隆香水一样把这些个美称一股脑儿赠给他。而他则视其为理所当然，还会提议再开下一个玩笑。他们的生活就是这样

"一场欢乐"，直到他们的神经全崩溃为止。一切都是假的：假的肤色、假的珠宝、假的高贵气、假的魅力、假的亲昵、假的激情、假的文化，连对布莱克、《圣路易斯雷大桥》[1]、毕加索或最新的电影明星的爱也是假的。还有假的悲伤和欢乐、假的痛苦呻吟、假的狂喜，在这背后是残酷的现实：我们靠金钱活着，只靠金钱，这让我们的精神彻底崩溃，崩溃。

当然现代年轻人中还有极端的例子。他们已经超越了悲剧或严肃这些过时的东西。他们不知道自己的位置，对此他们也不在乎。但是，他们在男女斗争的路上走到了尽头。

这种斗争看来没什么价值，可我们仍旧把他们看成是斗士。或许这斗争有其好的一面。

这些年轻人什么都经历过了，变得比五世纪拉韦纳的罗马人还空虚、幻灭。现在，他们满怀恐惧和哀伤，开始寻求另一种信任感了。他们开始意识到，如果他们不小心，他们就会失去生活。误了这趟车！这样精明的年轻人，他们是那样会赶时机，竟会失去生活！用伦敦土话说，就是"误了这趟车"！他们正在无所事事时，大好的时光流逝了！这些年轻人才刚刚不安地意识到这一点，即：他们忙来忙去、精明算计的那种"生活"或许压根儿不是生活，他们失去了真东西。

那么什么才是真东西？这才是关键。世上有千万种活法，怎么活都是生活。可是，生活中的真谛是何物？什么东西能让你觉得生活没毛病，觉得生活真正美好？

这是个大问题。答案则古已有之。但是，每一代人都应该以

---

[1] 美国著名作家桑顿·怀尔德（1897—1975）的成名小说。

自己的方式选择答案。对我来说，能让我感觉生活美好的东西是这样一种感觉，那就是，即使我身患病症，我还是活生生的，我的灵魂活着，仍然同宇宙间生动的生命息息相关。我的生命是从宇宙深处获得力量的，从群星之间，从巨大的"世界"中。我的力量就是从这巨大的世界中来，我的信心亦然。你尽可以称之为"上帝"，不过这样说是对"上帝"这个词的不恭。可以这样说，的确有一种永恒的生命之火永久地环绕着宇宙，只要我们能触到它，我们即可更新自己的生命。

只是当男人失去与这永恒的生命之火的联系，变成纯粹的个人，他们不再燃烧了，男人和女人之间的斗争才开始。这是无法避免的，它就像夜幕要降临，天要下雨一样。一个女人，她愈是因循守旧，中规中矩，她就愈是有害。一旦她感到失去了控制和支柱，她的感情就变得有害，这是不以她的意志为转移的。

看来，男人要做的唯一一件事就是转过头来，回归生命，回归那在宇宙间隐秘流动着的生命，它会永远流淌，支撑所有的生命，更新所有的生命。这绝不是犯罪与道德、善与恶的问题。这是一个更新、被更新、变得生机勃勃的问题。今日的男人被耗尽了生命，生命变得陈腐。怎样才能更新、再生、焕发新的生命？这是每一个男人和女人都必须自审的问题。

回答这个问题将很不容易。什么这腺那腺，什么分泌，什么生食，什么药品都不解决问题。什么启示录或布道也不解决问题。这不是个认识的问题，而是个行动的问题；这是个怎样再次触到宇宙之生命中心的问题。那，我们该怎样做呢？

自序\跋

书之孽

坐在落基山脚下的一棵小雪松下，望着苍白的沙漠渐渐没入西边的地平线，那里沙丘在寂静的初秋天儿里影影绰绰。这个早上，附近的松树都纹丝不动，葵花和紫菀花开始在游丝般的晨风中摇曳。这个时候给一份书志撰写导语似乎是自然而然的事。[1]

书对我来说意味着很多。是空中的声音，但并不扰乱秋日的雾霭；是景象，但又不湮灭眼前的葵花。我为什么要在意书是首版还是终版呢？[2]我从来都没有重读我出版后的任何一本书。[3]在我眼里，没有哪本书有出版日期，没有哪本书有装订。

如果字母e在某个地方排颠倒了或者字母g的字号错了，我干吗要在意呢，我真的不在意。

一旦我强迫自己去回忆，那又有多少快乐呢？第一本《白孔雀》的样书是给我母亲的，她弥留之际我把那书放在了她手中。

---

[1]　1924年5月起，劳伦斯夫妇搬到大灰狼山下的乔瓦农场居住。不久一位美国学者向劳伦斯表示要编辑一册劳伦斯作品的书志并请劳伦斯为此撰写导语。此书志于1925年出版。

[2]　书志就是要详尽地列举一个作家所有作品的出版历程，包括初版、再版、修订等版本的各种记录。但劳伦斯似乎不太在意这样的记录。

[3]　劳伦斯的话不完全正确。他曾经重读过自己的长篇处女作《白孔雀》并对别人说他觉得这部小说陌生、遥远，似乎是另一个人写的。

她看了看书的外观，又看了看扉页，再看看我，那目光是黯淡的。尽管她很爱我，但我觉得她怀疑那东西算不上是一本书，因为它是我这个无足轻重的人写出来的。在她内心深处某个地方，她情不自禁对我小有尊重。但对于大千世界里的我，她并不那么看得起。她可能觉得我这个也叫大卫的人永远也不会像传说中的大卫那样用石头击中歌利亚[1]。既然如此，何必还枉费心机？别惦记着歌利亚了！总之，她读不了我的第一部不朽之作了。这书就束之高阁，我再也不想看到它。她也再没看到它。

安葬了母亲，我父亲费力地读了半页，估计跟读外国语差不多。

"他们给了你多少钱呢，儿子？"

"五十镑[2]，爸爸。"

"五十镑！"他颇为惊讶，然后用精明的目光审视我，似乎我是个骗子，"五十镑！你这辈子就没干过一天苦活儿，怎么就能挣这么多呢？"

我现在觉得，他是把我当成了一个长袖善舞的骗子，空手套白狼，是个恩斯特·胡里[3]似的人物。而我姐姐的话则让我惊得哑口无言，她说："你运气总是这么好！"

不管怎么说，是这些实实在在的货色——这些真实的纸张印成的寒酸的一本本拙作唤起了我这些个人情感和回忆。是这些痛

---

[1] 见《旧约·撒姆尔记》第17章，第4—58节，以色列人大卫用石头击杀歌利亚。

[2] 五十镑是出版商许诺的预支版税，全部收入要高于这个数目（这部小说的版税率是15%）。五十镑当时是劳伦斯做小学教师年薪的一半。

[3] 此人是诺丁汉的股票经纪人和理财家，因诈骗罪被判刑。

苦的腔调让我受到了这个世界的庸俗怜悯。书里的声音永远都是我留下的。可是一本进入市场的可恨的出版物却会引得任何人来同我争论不休。

威廉·海纳曼出版了我的《白孔雀》。我去见了他，然后我意识到他认为他帮我做了一件天大的事。其实他待我很好。

我记得，在这书都印好了准备装订的最后一刻（有些都装订好了），他们十万火急地给我送来其中的一页，上面有一段做了标记，要我删除这一段并另写一段替换之，因为这一段或许会令人"掩耳拥鼻"，用来替换的那一段要与这一段字数完全一样，而且是要明显无害的文字。于是我匆匆这么做了。后来我注意到，那两页纸，其中一页是改过的，装订得很松，没有完全嵌进书里去。只有我给我母亲的那一本里这一段是没有改过的。

我常猜测，海纳曼是不是只改了第一小批样书中让人"掩耳拥鼻"的那一小段，其余的都原封不动。或者他们把所有的书都改了，只有提前给我的那本没改。[1]

那是我第一次懂得什么叫令人掩耳拥鼻。后来威廉·海纳曼说他认为《儿子与情人》是他读过的最肮脏的书之一。他拒绝出版这本书。现在斯人已去，我不该认为这位绅士的审读过于谨慎和狭隘了。[2]

我不记得《逾矩》和《儿子与情人》出版的情形了。[3]我总是

---

[1] 事实是出版社没有对已经装订的书进行改动，所以有一批书得以幸存，并非只是给劳伦斯母亲的那一本。

[2] 海纳曼于1920年逝世。他1912年拒绝出版《儿子与情人》，认为它"缺乏含蓄"，但也认为过于拘谨的书应该受到批评。该书于1913年转到达克华斯出版。

[3] 该两书出版时劳伦斯都在国外。

尽可能地让自己不理会出版。只要我写，即便是现在，都是对着空中某个神秘的幽灵在写。如果没有那个幽灵，而你想到的竟然是某个孤独的真实读者，你面前的白纸就会永远是一张白纸而已。

不过，我总是记得在意大利海边的村舍里，我几乎是在校样上完全把话剧剧本《霍家新寡》重写了一遍。那校样是米凯尔·康纳利寄给我的，他容忍了我的大修大改，真是仁义。[1]

但随后他给了我一记可恶的耳光。他出了《儿子与情人》的美国版，而且有一天发来一张令人欣喜的二十镑的支票。在那个年代，二十镑可算是一笔财富了，简直是一笔横财。这张支票交到女主人手上，这是我给她的第一笔私房钱。可不幸的是，支票上的日期有个改动痕迹，银行因此拒绝兑付。我把支票退还给米凯尔·康纳利，但再无下文。他一直没有重开一张有效支票，直到今天，他一直没有再为《儿子与情人》支付过版税。现在都公元一九二四年了，美国拥有了我最流行的小说，但分文未付[2]，即使付了，也没给我。

然后是《虹》的首版[3]。估计我是过早地让彩虹出现在天空了，是在大洪水[4]之前，而非之后。麦修恩出版了那本书，但他被

---

[1] 劳伦斯记忆有误。事实是劳伦斯把修改本发给了美国出版人康纳利，但康纳利早就根据初稿排好了版寄到了意大利。劳伦斯于是又在校样上重新做了大的修改并要求康纳利将这些改动插入排好版的剧本中。康纳利照此办理了，劳伦斯为此表示感谢。

[2] 劳伦斯记忆可能有误。没有兑现的是一张十镑的支票。这之前他曾收到过康纳利给他的支票，应该是为《霍家新寡》和《儿子与情人》两笔一起支付的。在支付版税问题上康纳利肯定是有过错的，劳伦斯为此指责他是骗子。

[3] 《虹》在1915年秋一出版即遭禁。

[4] 见《创世记》里关于大洪水与彩虹的叙述，彩虹出现在大洪水之后，是上帝保佑人类的约定记号。

法官传唤去质询何以出了一本猥亵的文学书时却几乎落泪。他说他不知道他做的书里有那些肮脏的东西，他没有通读这本书，他的审读人误导了他，随之这位后来被晋爵[1]的绅士就哭着用拉丁文说："我有罪！我有罪！"那之后，围绕着我就起了各种闲言碎语，当一个真正丑闻似的丑闻被口口相传时，人们就会有这种雅兴。而我的作家同类们竟能对此不置一词，生怕因此受牵连。后来阿诺德·贝内特和梅·辛克莱[2]态度温和地抗议了一下。但约翰·高尔斯华绥却十分平静并以颇具权威的口吻对我说，他认为这书从艺术的角度说是个败笔[3]。随他们怎么说吧，但为什么不是等我问他们他们再说，而是不等我问他们就对我发表一通见解呢？特别是年长的作家那种信口见解，不仅会伤害听者，也伤害言者自己。

所谓《虹》里的猥亵和不雅根本是子虚乌有，就像这秋日的清晨里没什么猥亵和不雅一样，我这么说是因为我最明白，这无可争议。

《虹》的首版就是如此遭遇。我唯一保存的拙作是麦修恩版的《虹》，因为美国版的《虹》被删节得支离破碎了[4]。而这本书几乎是我的最爱，还有《恋爱中的女人》也是。我真希望这书永不再版，只让那些蓝皮的禁书留存就够了。

---

[1] 麦修恩在1916年被封为爵士。晋爵的英文是be-knighted，发音与benighted（愚昧无知）相同，劳伦斯在此是用双关音暗讽麦修恩。

[2] 小说家梅·辛克莱在一封信中说查禁《虹》是犯罪行为，是在扼杀美。

[3] 劳伦斯在1917年拜见过当时的文坛巨擘高尔斯华绥，估计后者对他做了这样的评论。但高尔斯华绥在1915年就公开表态说《虹》在美学上令人反感。

[4] 1916年美国版的《虹》做了很多删改，令劳伦斯感到沮丧和愤怒。

《虹》之后，我得遵从出版之道了，就如同屈从于一个必然的恶魔。常言说得好，灵魂要屈从于其生于斯的肉体中的必然生命恶魔。风随自己的意吹动[1]，人必须认命。平心而论，我并不相信大众。我相信少数脱俗[2]的人，只有他们才会关爱什么。而出版商们则像蓟草一样，非得向风中抖落无数的种子不可，因为他们懂得绝大多数种子都会放空。

对芸芸众生来说，秋日的早晨不过是某种舞台背景，在这背景下他们尽显其机械呆板的本领。但有些人看到的是，树木挺立起来，环视周围的日光，在两场黑夜之间彰显自己的生命和现实。很快它们又会任黑夜降临，自己也消失其中。一朵花儿曾经笑过，笑过了就窃笑着结籽，然后就消失了。什么时候？去了哪里？谁知道呢，谁在乎呢？那获得过生命后发出的笑声就是一切。

书亦如此。对每个与自身灵魂痛苦搏斗的人来说，书就是书，它开过花，结了籽，随后就没了。第一版还是第四十一版只是它的籽壳。

可是，如果一个人乐意保存第一次开花后的籽壳，也可以理解。那就像人们年轻时穿过的衣服，很多年前的衣服，现在掉了色，挂在博物馆里了。我们仿佛觉得它们代表着过去年月里人们的日常实际生活，也就再次看到了人与惰性进行永恒斗争而获得的奖杯。

---

[1]　见《约翰福音》第3章，第8节。

[2]　在这里"脱俗"来自winnowed（脱去糠皮）这个词。与后面的种子有呼应。

《三色紫罗兰》自序

这一小束花朵就是一串思绪（pensées），英国式的三色紫罗兰（pansies），一串思想。如果你从panser——思想这个词中衍生出别的意思去抚平一道伤口，这束三色紫罗兰就是用来治疗我们精神和情感的伤口的。如果你愿意，你也可以拥有"内心平静"这种三色紫罗兰（heartsease），反正现代人的心是可以承受它的[1]。

每一首诗都是一个思想，而不仅仅是一个想法或一种见地或一种说教。它是一种真实的思想，它不仅来自头脑，还来自心灵，来自生殖器。大胆地说吧，一种思想，它身上流淌着自己的感情之血和本能之血，它就如同火蛋白石中的火一样。或许，如果你举起我这束三色紫罗兰，把它正对着光线看，你能看到花瓣上火样的血脉。至少，它们没有冒充美国式半生不熟的田园诗或小曲儿。这是流动在现代人头脑和肉体中的思想，各自有着自己的存在，但每一种思想又结合了所有别的思想，从而形成一种完整的思想状态。

现代人的脾性是让自己的心态由指向不同方向的显然无关的

---

[1] 此段中有几处谐音或同音歧义的字，故标出英文，供读者明察。

思想组成，可它们又属于同一个归宿。每一种思想都像一个独立的动物在纸上跳跃，它有自己的小脑袋和小尾巴，按自己的方式跳跃着，然后蜷起身子入睡。我们喜欢这样，至少年轻人喜欢这样胜过沉重的大书中的那些枯燥文章，其粗硬的大段落像麻袋一样挤在书页上。我们甚至喜欢这个胜过那些轻微的说教和小小的机智，后者可以在帕斯卡[1]的《思想录》或拉布吕耶尔[2]的《品格论》中找到，排得一行一行的，间距细得像苍蝇爪或芹菜筋。让每一种思想都在自己的爪上跳跃吧，而不是切成薄片，再用苍蝇爪梳理开。

自己活也让别人活，每一种思想都会分别冲你眨眼睛。世上最美的东西是鲜花，它的根也是扎在粪土中；花香中仍萦绕着淡淡的土香，土之下是潮湿与黑暗。同样，三色紫罗兰的味道亦如此，清晨的蓝色伴随着的是黑色的腐殖泥土，否则那花香就甜得有问题了。

就是这样，我们的根都在泥土中扎着。正是这根现在需要点照顾，需要松动松动坚硬的土质，透透新鲜空气，这样它们才能呼吸。因为我们装作无根的样子，从而把脚下的土地踩得太实，以至于这土地受着饥饿，几近窒息。我们有根，它就根植于我们肉感的、本能的和直觉的肉体中，正是我们的肉体需要一点开放意识的新鲜空气。

我因为使用了所谓的"淫秽"词语而大受诅咒。谁也不知道"淫秽"这个词意味着什么，或者它本来意味什么。但是渐渐

---

[1]　布莱士·帕斯卡（Blaise Pascal, 1623—1662），法国哲学家、数学家、物理学家。

[2]　拉布吕耶尔（La Bruyère, 1645—1696），法国作家。

地，所有那些描述肚脐眼以下部分的古老词汇全变成淫词了。今天，淫秽就意味着警察认为他有权力抓你，没别的意思了。

至于我自己，我对这种仅仅为一个字引起的恐惧感到困惑，那不过是代表普普通通一件事的普普通通的一个字。"太初有道，道即上帝，道与上帝同在。"[1]如果这话是真的，那么我们离那"太初"可过远了。字词是从什么时候开始"堕落"的？从何时起"肚脐眼以下"的字词变脏了？在今天，如果你试图暗示说屁股（arse）这个词是太初的上帝并且与上帝同在，你马上会锒铛入狱。而医生则可以用坐骨结节这样的词表达同样的意思，老女人们则虔诚地默默自语"很对"。这种事好不愚昧，好不叫人耻辱。无论那创造了我们的上帝是谁，他是把我们创造成了一个完整的人。他绝不是只把我们做到肚脐眼而住了手，把肚脐眼以下的部分留给魔鬼。这样想太天真了。对于字词这个上帝来说也一样。如果说字词是上帝，你绝不能说关于肚脐眼以下部位的字词都是淫秽之词。屁股（arse）这个词与脸（face）一样是神性的。必须是这样，否则你干脆在肚脐线上将你的上帝一刀两断。

很明显，这些词是被人的头脑给弄脏的，被人的头脑肮脏的联想弄脏了。这些词本身是干净的，它们的所指也是干净的。可头脑却将它与肮脏的东西做了联想，唤起某些厌恶感来。那么，就该清洗一下头脑了。头脑才是奥基斯王的牛厩[2]，而非语言。屁

[1] 见《约翰福音》第1章，第1节。基督教中的"道"在希腊文里是 Logos，这个字被译成了英文中首字母大写的Word，而在英文里the Word of God又专指圣经。劳伦斯是在把玩这个多义词。望读者明察。

[2] 奥基斯王的牛厩（Augean stable），希腊神话，该牛厩中养了三千头牛，三十年未打扫，成为极脏的代喻。

股 (arse) 这个词是很干净的，甚至它所指的那一部分肉体也像我的手和我的大脑一样是我。如果我是什么，那么我就是它的一切。我不能与我的自然构造发生争吵。可是那无耻肮脏的头脑却不肯承认它。它仇视肉体的某一部分，从而叫表示这些部位的字词当了替罪羊。它把它们猛烈轰出意识之外，把它们弄脏，随后它们盘旋在上，永远不死，再滑入意识中，再次被弄脏并被轰将出去，它们便像豺或鬣狗一样盘踞于意识的边缘了。可它们所指的是我们活生生的肉体，是我们最基本的行为。就这样，人把自己贬为某种耻辱与恐惧之物了，而他的思想又不禁为自己对自己做下的恐惧之事打一个寒战。

那种事该有个完了。我们的思想不能继续让那些可鄙的幽灵缠绕着了，这些幽灵不过是些个表示人体部位的字词，可怜巴巴的替罪羊罢了。这些字词被懦弱而不洁的头脑逐入潜意识的黑狱，并由此夸张地返回到我们意识中，显得无比庞大，把我们吓得灵魂出窍。我们必须让这种状况结束。自我分裂、相互对立是顶危险的事。那简单而自然的"淫秽"字词，必须要洗去其堕落的恐惧联想，必须要叫它重新进入意识中并占有其自然的位置。现在它们被无限夸大了，它们所代表的精神恐惧也同样被夸大了。我们必须要像接受脸面 (face) 这个词那样接受屁股 (arse) 这个词。我们都有屁股，永远会有。我们可不能像伏尔泰故事中的淑女那样因了精神上对屁股这个词的厌恶就削掉不幸的人类的屁股。

替罪羊的勾当对头脑留下了巨大的祸害。不妨停下来读读斯威夫特的一首诗，是写给他的赛利娅的，每一段的结尾都是这样发疯的副歌："可是，赛利娅，赛利娅，赛利娅会大便！"这种赤裸裸的表述太可笑了，几乎是滑稽。可是一想到连斯威夫特这样的大伟人都被诸如此类的想法弄到咬牙切齿发疯犯狂的地步，这事儿就一点也不好笑了。是这种想法毒害了他，就像可怕的大便干燥一样。这想法荼毒了他的头脑。天知道这是为什么呀？拉屎这事实本身是不会令他苦恼的，因为他本人也要这么做，我们都要这样。赛利娅大便并不会令他发狂，令他发狂的是这种想法，他的头脑无法容忍这想法。尽管他算个大智者了，他并不明白他对这事的反感有多么荒唐。他那傲慢的头脑令他负担过重。他并不懂如果赛利娅不大便该有多么惨。他对肉体的同情过于漠然，他的心肠太冷，无法同情可怜的赛利娅顺其自然的动作。他那无礼、病态且神经质挑剔的头脑把她变成了一件恐怖之物，仅仅因为她顺其自然地去上厕所。这太可怕了！你会想要倒退绵绵岁月对可怜的赛利娅说：这没问题，别理那个疯子。

时至今日，斯威夫特式的疯病仍很流行呢。有着冷酷心肠和过于挑剔头脑的人总想那些事，为此辗转不安。可怜的人是他自己那小小的厌恶之心的牺牲品，是他自己把这种厌恶夸大成巨大的恐惧，弄成吓人的禁忌的。我们全是野蛮人，都有禁忌。澳大利亚的黑人可能会把袋鼠当成禁忌。于是，如果一只袋鼠触摸他一下他就会吓死。我称之为全然无谓的牺牲。但现代人有更危险的禁忌。对我们来说，某些特定的字词，某些特定的想法是禁忌，如果我们让它们缠绕住无法自拔，无法驱赶它们，我们要么死去，要么因了某种堕落的恐惧而发疯。这正是斯威夫特的症状，他还是个大才子呢，而现代人的头脑也全然坠入这种堕落的禁忌疯狂中了。我称之为人类理性意识的浪费。这对个人来说颇危险，对社会整体则全然危险。群体文明中再也没有什么比我们

264

这种群体疯癫更可怕的了。

对这两种病症，药方只有一个：解除禁忌。袋鼠是一种无害的动物，大便也是个无害的词，把哪一个变成禁忌，它就成了一个危险的东西。禁忌的结果就是发疯。疯狂，特别是群体的疯狂更是可怕的危险，它危及的是我们的文明。有那么一些人带有狂犬症，他们活着就是为了传染大众。如果年轻人不警惕，他们不出几年就会发现自己也卷入了群体疯癫的狂呼乱叫之中。一想这境况就叫人打心眼里害怕，宁死也不愿看到这一幕。理智和完整，这才是一切。可是在虔诚和纯洁的名义下，又有多少恶心的疯癫话出了口，成了文字？我们必须与乌合之众斗才能保住理智，才能使社会保持理智。

《儿子与情人》自序[1]

宠徒约翰说："道成肉身[2]。"他为什么颠倒是非呢？女人干脆孕育出喋喋不休的儿子们来，以此反驳他："是肉身成道。"

那耶稣基督是什么呢？他是道（字词），或者说他是变成道的。那他遗留下了什么呢？尘世间没有留下基督的血肉。或许他亲手制作的一些木器上留下了他的血肉印记；而他说过的话就是他留下的一切了，他说过的话也和他做的木器一样是他血肉的产物。他是道（字词），而圣父是肉身。即使他的精神是圣灵所孕育，肉身也只能生自肉身。所以说，圣灵一定要么是圣父、要么是生自圣父，至少也是一丝血肉。圣父是肉身，而他体内的圣子[3]是有限、有形的，变成了道。这是因为，有形者是所道之道，圣子以肉身道出字词，而不可道的肉身才是圣父。

道非由肉身圣父所道出，圣父永远不可置疑、不可回应，其

---

[1] 这是劳伦斯写给他的文学代理人卡奈特的信，权作《儿子与情人》的序言。但劳伦斯又坚持这个序言不随书出版。

[2] 见《约翰福音》第1章，第1节。"太初有道，道与上帝同在，道即上帝。"基督教中的"道"在希腊文里是Logos，这个字被译成了英文中首字母大写的Word，也指"字词"。而在英文里the Word of God又专指圣经。劳伦斯是在把玩这个多义词。望读者明察。

[3] 见《约翰福音》第1章，第1—14节所记载，上帝内里的生命是人的光，道成肉身，是父的独生子。

道出者是圣子。亚当是第一个耶稣基督：并非道成肉身，而是肉身成道。道来自肉身，道有限，如同一件木器，因此有穷尽。而肉身无限，无穷尽。出自肉身的道如花绽放一时，随之不再。每个字词都来自肉身，每个字词都根植于肉身，它定要被道出。圣父是肉身，永恒、无可置疑，是法的颁布者，但不是法本身。而圣子则是颁布法的喉舌。而每道法都是一片布，非碎不可，而道都是刻下的字词，早晚要磨灭，遭弃，如同沙漠中的斯芬克斯雕像。

我们是字词，而非肉身。肉身非我们所及。当我们"爱邻如爱己"时，我们爱的是芳邻那个词儿，并非是那个肉身。那个肉身并非芳邻，而是圣父，他在天堂，我们永远感知不到他。我们是字词，我们懂这个字词之道，我们也只拥有字词而已。当我们说"我"时，我们指的是"我"这个词。而我这个肉身则是我遥不可及的。

所以，如果我们爱芳邻，我们爱的是"芳邻"那个词。因此我们恨那个芳邻，因为那是个变形的谎言。作为"道者"，我们与芳邻那个肉身毫无瓜葛，因为圣子远逊于圣父。如果我们爱并且帮助芳邻那个肉身，那就是爱和帮助圣父，那就只能否定和亵渎我们内里的圣父才行。圣父威力无比，肉身绝不会感受到其身上所没有的疼痛，因此不会感受到任何伤害，除却自身的毁灭。但没有人能毁灭全能的上帝，但可以否定他，而痛苦就是对圣父的否定。如果我们能感受到芳邻肉体上的疼痛和苦难，我们就是在毁灭自己的肉体，这就意味着否定和激怒圣父。我们这样做了，通过如同爱自己一样爱我们的肉身芳邻，我等于在说："没有圣父，只有字词。"是字词富于慈悲，而非肉身。是字词回应字词的呼唤。如果字词听到呼唤后说:"我的肉体毁灭了,骨头都融化了。"那等于在亵渎圣父,因为字词不过是肉身做成的布,这布破灭了,肉身才能开始享乐。

可我们却说:"肉身寓于字词中。"于是圣子僭越圣父,从此肉身圣父离开我们,字词开始置身于废墟之上。肉身离去,便有了尼尼微[1]和埃及这等原野上的死字眼。渺小者无法包含伟大者,圣子不能包含圣父,圣子只是来自圣父。

那否定肉身的族群遭报复了。肉身决意要离开那个集体的字词族群,而那个庞大的族群将留在废墟上,成为自己的纪念碑。

谁能说"字词的我说过,没有儿女会生自我和我妻"?谁能说"字词的我说了:我的肉体真诚地与之合为一体的女人不会与我的肉体合一,而是我的道与之合一"?那将是对芳邻肉体的僭越并用字词统领之。而谁又能说"字词的我说了,女人是我的血肉之血肉"[2]?女人是与不是我的血肉之血肉,字词无法改变这一切,只能听之任之或否定之。

当我们在火刑柱上烧死异教徒时,我们可曾爱过芳邻这个词并恨过异教徒这个谎言?但我们也否定了圣父,我们说:"只有字词。"当我们的肉体感受到了那些饥寒者的痛苦时,我们否定肉身,说这不是真的。因为肉身并不能感受邻里的饥寒之苦,它只能感受自身的饥寒之苦。可字词喜欢芳邻,会回应字词的呼唤,说"那正是你所呼唤的"。字词既没有激情也没有痛楚,只是

---

[1] 古代亚述国的都城,其废墟在今伊拉克境内。

[2] 见《创世记》第2章,第23—24节:"这是我骨中骨,肉中肉,可以称她为女人,因为她是从男人身上取出来的。因此人要离开父母与妻子连合,二人成为一体。当时夫妻二人赤身露体并不羞耻。"

公道而已。它的慈悲我们称之为爱。可爱是只有肉身才有的，肉身就是圣父，他因为爱给了我们大家生命，我们是因为爱才被孕育。可说出来的话却是"他们将成为一体"。于是字词僭越了圣父，称"我们把你们连成一体"。字词只能顺从。这一对本是一体，不管字词怎么说。如果他们不是一对，字词也无法让他们成为一对，因为肉身并不包含在字词中，而是字词包含在肉身里。如果一个男人敢说"这个女人是我的血肉之血肉"，那就由他来承担亵渎圣父的责任吧。因为女人并非听了字词的话就成了他的血肉之血肉，她是圣父的血肉。如果他占有了一个女人，以字词的傲慢说"那女人的肉体颇美妙"，他等于是在说"那女人的肉体美妙，是字词即我的奴仆"，于是他亵渎了圣父，因为他生自圣父，女人也生自圣父。于是肉身就要抛弃这两者，他们从此成为字词的织物，因此他们的种族必亡。

可是如果我在冲动之下杀了芳邻，那不是我的罪过，而是他的罪过，因为他不该允许我杀他。可如果是我的字词决定我的邻居必死，那就成了罪过，因为字词毁灭了肉身，圣子亵渎了圣父。可是，如果一个人否定自己的肉身，说"字词的我能统治我邻居的肉身"，那样的话，他的肉身邻居就可以因为自卫而杀他。这是因为，一个人可以雇佣我的字词，那是我的肉身所道之道，是我的作为。但我的肉身是圣父，他先于圣子而存在。

所以才有这样的记载："道成肉身"。由此推断，应该说："自肉身而成血肉之血肉，女人。"这话又颠倒了，因为，圣子努力道出字词，就把自己完成的作品即道出的字词当成了自己的神。字词本该出自他的肉体，可肉体艰难而又莫测，所以被称为奴仆。奴仆的奴仆则是女人。圣子就是如此这般进行排列的，因为他自己的作品一旦完成，他就将它当成自己的神，似乎一个木匠可以将自己努力打制但尚未完成的椅子称为神。可那椅子并非神，不过是个生硬的物象罢了。所以说字词是个生硬的物象，和椅子相映成趣。就这样，结局被当成了起始，整个历程颠倒成这样：道（字词）创造了男人，男人倒地，给了女人生命。可事实是，女人倒下分娩，给了男人生命，男人才能道出他的字词来。

似乎可以用苹果树开花来形容上帝的鬼斧神工：苹果是圣子，尽管粗粝但仍然很神奇，而苹果里掉下来的籽（像是亚当的肋骨）只是次要的产物，它被吐出来，如果恰巧掉在地上，就凑巧开始了苹果树的再次生长过程。可就是这个被吐出的籽，它里面包含了全部的花和果，包含了树和叶子，包含了香味、树脂，还有天知道我们从来看不到的东西，神奇地包含在那一点白色的果仁里了。而苹果树、树叶和花朵，还有苹果，只是这小种子放大的结果，它自身并没有放大多少，可就是变成了别的什么，不只是一些五瓣的花朵和小小的红苹果，我们明白这一点就好。

所以我们把种子看作是这一个循环的起点。女人是肉身。她生出了所有其他的肉身，包括作为中介的那些肉身，他们被称之为男人。这些叫男人的奇怪东西就像雄蕊，可以变成色彩奇妙的花瓣。这就是说，他们可以打造他们的生命，打造得愈来愈薄，直到变成一片粉红色或紫色的花瓣，或一种思想，或一个字词。当它被如此打造一番后，它就停止孕育圣父的东西，只是扩展了自己，变得十分舒展，炫耀着自己，到那时我们就说："此乃极致！"——每个人都会同意说一朵玫瑰之所以是玫瑰是因为其花瓣的缘故，玫瑰是那个生命全部流动的极致，它被称之为"玫瑰"。可真正叫玫瑰的只是那颤动闪烁的血肉之血肉，永远也不会改变，它是一股恒流，永恒、无可置疑，是玫瑰的无限品质，是肉身，是圣父——更为确切地说是圣母。

于是，先有圣父——应该称之为圣母，然后是道出道者圣子，然后才是道（字词）。而字词属于圣父，通过圣子字词被抛弃了。圣子身上肉身的那一部分可以扩展得稀薄而细微，失去了其中心与完整，不再是孕育者，只变成了一个幻象，是花瓣的抖动，是上帝通过圣子在抖动，直到圣子在笑声中破碎，这被称之为开花，闪烁过后就消失了。这幻象，这种花瓣的抖动，这玫瑰，圣父通过圣子在意识的瞬间消耗自己，因为他知道自己是无穷的，是荣耀的。一朵玫瑰、一声鼓掌，在黑暗中红艳艳地死去，那是火焰中掉下的快活火星，一星火焰、圣灵、启示录。从而有了永恒的三位一体。

圣父上帝，不可知、不可测的圣父上帝，我们通过肉体懂他，这肉体是女人。女人是我们进出的门户。是在她里面我们回归圣父，但是像目睹基督在山上改变容颜一样，我们盲目而没有意识。

是的，就像一只蜜蜂在蜂箱中进出一样，我们在我们的女人那里往复。尘世的花朵是字词，是发出的声音，如惠特曼所说"道出快乐的树叶"。我们是蜜蜂，做传递的工作，从花之家到蜂箱再到蜂王那里，她身处蜂箱的正中，代表着蜜蜂的圣父上帝，全能的上帝、不可知的上帝、造物主。从她那里生出了一切，既有道（字词）也有蜜蜂。她是所有变化、劳作和生产的关键。

而圣子蜜蜂回到家中，回到蜂王身边，如同回到圣父身边，殷勤而谦卑，要得到她的旨意、补给和认同，这是他至高无上的荣耀，因繁衍而荣耀。然后，蜜蜂会再次出去照看花朵，那是他的道，这时他因为获得了新的力量和智慧而显出自豪和霸气来。

不只是他要来回往复，而是他受命这样做。是心的收缩让他这样做的。蜜蜂回到蜂箱家中来，蜂箱又驱使他去侍奉花朵。蜂箱吸引蜜蜂回来，蜜蜂重获力量后跳出蜂箱走了。带回家的是他从花那里获得的本质，是他在他所道出的道（字词）中获得的快乐，然后他又从蜂箱中飞走，给花朵带去他那挣扎着的躯体里的力量和活力，那是他内里的上帝。他就是这样获取又运送，运送又获取。

男人回家是回到女人、回到上帝身边，圣父上帝因此接待他的圣子，不死的肉体的男人；男人又从他的女人的家里出去，这是上帝将他驱逐出去，让他在表达中、在劳作中消耗自己，其实那只是圣父上帝在一阵忘却中发觉了自己罢了。于是有了永恒的劳作。观察这个现象是愉快有加的，不用问为什么。似乎圣父是在快乐地看着自己休息一阵子，消耗自己一阵子从而借此了解自己。每一朵花都是独特的，是生产能量的产物。在那一瞬间，可以说："我是自有永有者。"[1]人做的每张桌子或每把椅子，都是自己生命的消耗，是把他自己的一段时间僵化和僵死化，就是为了兴奋地大喊一声："这是我，我是自有永有者。"我们懂，这兴奋的叫喊，就是圣灵。

所以，永恒的上帝圣父继续做着我们不懂是什么和为什么的

---

[1] I am I，这是上帝对自己的称谓。见《出埃及记》第3章，第13—14节。

事情，我们只知道他存在。一遍又一遍，欢声四起，还有痛苦的叫声，其实还是欢叫，如伽利略、莎士比亚和达尔文的叫声，他们宣布："我是自有永有者。"

而女人则是永恒的继续载体。人类中的男人发现新的启示后会发出惊喜的叫喊，这启示对男人来说其实是女人。

每个女人都要求男人完成一天的劳作后快乐而疲惫地回到她身边，于是跟她在一起时，男人会在她那里获得新生，翌日清晨，他会带着新的力量走出去。

可是，如果男人不回到家里女人的身边，便得不到她的关心，只是个陌生人；如果他进了她的屋，但并非完全成为她的血肉男人，并非把她的屋当作一个更大的她的身体，从中获得温暖、休整和营养，她就要把他像雄蜂那样轰出门去。这就像蜜蜂的劳作那样不可避免。

这是因为，上帝需要自己寓于女人的肉体中。他通过女人的肉体要求说："让我的这个发出声音来。"如果男人不从，或者他过于软弱，那女人就要找到另一个更为强大的男人。如果因为道即法的原因她不找另一个男人或者他不找另一个女人，他们则双双要遭毁灭。他要得到他应该从她这里得到的安歇、温暖和养分，就一定要因此消耗自己的血肉从而毁灭自己，或者用酒，或者以其他的方式点燃自己。而她呢，要么她的剩余能量消耗了她的血肉因而坐病，或者燃烧并照亮陈旧的、死了的字词，或她以此与他的男人斗争让他接受她，或者转而求助自己的儿子说："你当我的中间人吧。"

可那个中间人是那女人的情人。如果那个女人是他的母亲，那他就部分地是她的情人。他为她承担，但从来不被她接进去让

273

他得到肯定和补给，所以他的血肉就消耗了。旧的儿子–情人是俄狄浦斯。而新的儿子与情人却成千上万。如果一个儿子–情人有了妻子，她就不是他的妻子，她只是他的床笫。他的生命也会碎成两半，他的妻子因为失望而渴望生儿子，从而她也就有了自己的情人。

《恋爱中的女人》自序[1]

这部小说一九一三年草拟于梯罗尔。一九一七年在康沃尔重写后杀青[2]。因此可以说，这是一部在第一次世界大战期间成形但与大战本身无甚关系的小说。不过，我希望不要把小说置于一个特定的时间段中。这样一来就可以把小说人物的痛苦看作是战争所致。

这本书曾投给一些伦敦的出版社[3]，他们最终的回答几乎都是："我们对出版这本书甚有诚意。但若因此被起诉，则不敢冒此风险。"《虹》的厄运仍教他们记忆犹新[4]，不得不慎之又慎。而这本书潜意上又是《虹》的续篇。

---

[1] 本前言是应美国出版商Thomas Seltzer 1919年11月7日来信的建议所写。曾于1920年印在本书的广告上，后曾三次收入小说中。不知出于何故，以后未再收入。

[2] 1913年3月，劳伦斯夫妇住在意大利北部加尔达湖畔的威拉村，草就了《姐妹》一书。其上半部于1915年以《虹》的书名出版。1916年劳氏夫妇移居康沃尔，后住在赞诺附近的特拉加森村，在《姐妹》的基础上写作《恋爱中的女人》并于1917年杀青。1919年对原稿再次进行了改动。

[3] 这部书稿曾被几家英国出版社退稿，包括麦修恩与达克华斯等著名出版社。

[4] 1915年11月13日，伦敦警察法院以"淫秽"罪名命令麦修恩销毁未售出的和可以收回的《虹》。

在英国，我从不企图在任何指控面前替自己辩解。但对美国人，我似乎可以自辩一二。在美国，我被指控为"不洁"和色情（pornography）。我不认错，也不理会它。对我最主要的指责是"情欲狂"（Eroticism）。这就奇了，实在教我困惑。它指的是哪种情欲？是那种逍遥自得的情欲还是圣洁的情爱女神爱洛斯（Eros）[1]？如果是后者，为什么要责难？为什么不敬重？甚至崇拜之？

让我们毫不犹豫地宣称：肉欲的激情与神秘同神的神秘与激情同样神圣。谁还会对此加以否定？唯一不可容忍的是糟践我们身上活生生的神秘之物，这纯属堕落。

让男人深怀敬意地认识自己吧，对我们体内那富有创造性的灵魂所张扬的一切甚至要报以敬意，因为它是上帝的神话。这样一来我们才能身心健康，自由自在。淫猥是可恨之物，它戕害了我们的正直与高尚。

富有创造性的自然冲动之魂激荡起我们体内的欲望与渴求，这是我们真正的命运，有待于我们去满足并实现之。而来自外界的指令如来自理念和环境，是虚幻的命运。

这部小说自诩为作者自身欲望之渴求与抗争的纪录。一言以蔽之，是自我至深经验的纪录。举凡来自灵魂深处的东西均无不良可言。所以，本作者毫无歉意可表，除非这小说背叛了自家灵魂。

男人为其即将生出的欲求而挣扎并寻求满足。如同蓓蕾在树木中挣扎而出，新的欲求之花在磨难中生自人的体内。任何一个真正有个性的男人都会试图认识并了解他身心中正在发生什么，

---

[1] Eros与Eroticism词根相同。

他要挣扎，以得出语言上的表达。这种挣扎绝不应该在艺术中被忽略，因为它是生命之重大部分；这绝非理念强加于人，而是为获得意识生命而进行的激情抗争。

我们正处在一个危机时期。任何一个敏感的活生生的男人都在激烈地与自己的灵魂抗争。能够生出新的激情和新的理念，这样的人才能坚忍下去。而那些禁锢在旧理念中的人，会因着新生命扼死在体内不能出生而灭亡。男人们必须相互吐露心声。

论及文体，书中常有稍作变动的重复之处，往往被视作败笔。唯一的解释是：对本作者来说这纯属自然。因为，情绪、激情或领悟上的每一个危机都来自这种搏动着摩擦中的往复，只有这样才能导致其高潮。

D.H.劳伦斯

1919年9月12日于Hermitage[1]

---

[1] Hermitage位于英国伯克郡。劳氏夫妇于1918—1919年断断续续在此地村舍居住。

《美国经典文学研究》自序

听啊，美国声称："时机已到！美国的人要成为美国人。美国如今在艺术上长大成人了。我们不再依附在欧洲的裙裾上，行为举止像欧洲学校里失去管制的孩子——"

好吧，美国人，让我们看看你们怎么开始吧。让那珍贵的猫从袋子里钻出来吧[1]，只要你确信它就在里面。

> 大家都打听：
> 乌龟在哪里？
> 人人告诉你：
> 就是找不着！[2]

找得到还是找不到呢？

如果找得到，它一定在你的方寸之间，哦，美国人。寻遍所有旧大陆毫无益处。但是仅仅声称它存在也同样无用。那只叫"真正的美国人"的新鸟儿在哪儿呢？给我们展示一下新时代的雏形

---

[1] Let the cat out of the bag，这个成语的意思是泄露秘密。
[2] 这可能是19世纪末劳伦斯中学时代的一首顺口溜。

吧。让我们看看它。欧洲人的裸眼看到的美国人只是欧洲人的变种而已。我们想看到变种之前的过渡人种是什么样。

可是，我们仍然没有看到。所以唯一要做的就是在美国的灌木丛下寻找他。就从旧美国文学开始吧。

"旧美国文学！富兰克林、库柏、霍桑及同时代作家吗？那些胡言乱语！太不真实了！"现代的美国人叫喊着。

天知道我们说的真实是什么。电话、罐头肉、查理·卓别林、自来水龙头，或许还有那个救世组织[1]。一些人坚持铺管道，一些则执着于救世：这些是美国的两大特色。为什么不呢？问题是，新时代的雏形何在？在你还没有出生前，你是无法拯救自己的。

那就看看我怎么充当这个胎儿的接生婆吧！

在我看来，有两国的现代文学走到了真正的边界上，一个是俄国文学，一个是美国文学。让我们暂且不谈更为脆弱的法国文学、马里内蒂或爱尔兰文学[2]吧，它们或许已经越界了。只说俄国和美国。而美国文学我指的不是舍伍德·安德森[3]，他实则是俄国派。我指的是那些老人，指的是霍桑、坡、达纳、麦尔维尔和惠特曼的那些薄薄的小书。这些在我看来是达到了一个边界上，他们和著作等身的托尔斯泰、陀思妥耶夫斯基、契诃夫和阿祖巴谢夫[4]们一样达到了某个界限。极端疯狂的法国现代主义或

---

[1]　可能指的是1920年成立的国际联盟。

[2]　马里内蒂于1909年发起了未来派运动，劳伦斯1914年读到了其纲领。这里的爱尔兰文学特指詹姆斯·乔伊斯作品，劳伦斯于1922年修改本书时读到了其小说《尤利西斯》。

[3]　舍伍德·安德森（1876—1941），美国作家，劳伦斯于1919年读了其小说《俄亥俄，温斯堡》，认为其如同噩梦，不堪回首。

[4]　米哈伊尔·彼德罗维奇·阿祖巴谢夫（1878—1927），俄国小说家。

未来派并没有达到坡、麦尔维尔、霍桑和惠特曼所达到的极端意识的顶峰。欧洲的现代作家们都还在走向极端的努力中。而我提到的那些伟大的美国人则做到了极端。所以世界一直怕他们，今天仍然怕他们。

极端的俄国人与极端的美国人之不同在于，俄国人明晰，仇视雄辩和象征，认为这些不过是伪装，而美国人拒绝任何明晰，总在制造某种双重意义，他们陶醉于伪装，喜欢把他们的真相安全地包裹在草团里，藏之于芦苇丛，直到某个善良的埃及公主来拯救这襁褓里的婴儿。

好了，现在是时候了，该有人把这襁褓中的真婴儿放出来了，那是以前美国孕育的孩子。这孩子肯定因为多年的冷落变得十分瘦弱了呢。

为《查泰莱夫人的情人》一辩

　　市上出现了各式各样《查泰莱夫人的情人》的海盗版，害得我不得不于一九二九年推出一种廉价的大众版本在法国出版，只卖六十法郎一册。这样一来肯定能满足欧洲的需求了。偷印者们——当然是指美国——可真是手脚麻利又忙碌。第一版真本刚从佛罗伦萨运到纽约不到一个月，就有人依此偷印并上市销售。这种偷印本酷似原版，用的是影印术，又是通过一些可靠的书商出售，给心地纯真的读者造成首版真本的印象。这个摹真本一般卖十五美元一册，而真本只卖十美元。买书人真是大上其当。

　　随后又有不少人竞相模仿这一壮举。据我所知，纽约或费城还印了一个摹真本，我得到了一册。这个本子看上去模样肮脏：暗淡的橘黄色布包皮，上面印着绿色的书名，是用影印术照下来的，但字迹很模糊，我的签名一准是偷印者家的小孩子临摹上去的。一九二八年年底这个版本从纽约运到伦敦，只卖三十先令一册，挤掉了我那一个金币一册的二百册重版本的销路。我本想把这二百本保存一年多的，可又不得不拿出去卖，以此与那种脏乎乎的橘黄色海盗版争市场。可惜我的书太少了，橘黄色海盗版本依然卖得动。

　　后来我又得到一种细长的黑皮版本，看上去像是《圣经》或唱诗集，阴沉沉的，很丧气。这回，偷印者倒是既严肃又认真，这个版本有两个封面，每个封面上都绘着一只美国之鹰，鹰头四周环绕着六颗星星，鹰爪上放射出闪电的光芒，在这外层环绕着一个月桂花环，以此来纪念其最近一次文学上的抢劫。总而言之，这个本子着实可怕——就像苏格兰大海盗基德船长[1]蒙着黑面纱对那些即将被处死的俘虏诵读的经文。我不知道偷印者们为何要把版本设计成狭长形的并附加上一个伪造封面，其结果极令人扫兴，貌似高雅反倒显得庸俗不堪。当然这个版本也是影印的，可我的签名却抹掉了。我听说这个令人扫兴的本子竟卖到十元、二十元、三十元至五十美元不等——全看书商的精明程度及买者的愚笨程度如何。

这样看来，在美国出现了三个海盗版是无疑的了。我还听说又出了第四个本子，也是摹真本。不过我还没看到，宁可不相信。

对了，欧洲也有人偷印了一千五百册，是巴黎的书商行会干的，书上赫然标着：德国印刷。不管是否在德国印刷的，反正这次是铅印，不是影印的，因为看得出真本中的一些拼写错误都改了过来。这可算得上令人起敬的本子，与真本几乎别无二致，只是缺了作者签名，书脊是黄绿双色绸子做的，因此难以乱真。这本书的批发价是每册一百法郎，零售价是每册三百到五百法郎不等。据说那些心黑无耻的书商们伪造我的签名并把此书冒充签名真本出售。但愿这不是真的。这听起来着实有损"商业贸易"的名誉。不过也有令人安慰之处：有些书商根本就不经手海盗版，

---

[1] 威廉·基德（William Kidd，1645—1701），因海盗和谋杀罪被处死刑。

这既有情操上的原因也有经营上的原因。还有一些人出售海盗版，但不那么十分热心，很明显，这些人更乐意经营正版书。在此，情操的确很起作用，尽管不能强大到促使他们洗手不干，但还是有作用的。

这些海盗版没有一本得到我的许可，我也没有从中获得过一分钱。倒是纽约有一个还算良心未泯的书商给我寄来一笔钱，说这是我的书在他店里售出的总码洋百分之十的版税。"我知道，"他信中说，"这不过是沧海一粟罢了。"其实他是想说这是大钱海中漏出的一点小钱。仅这一笔小钱已经够可观的了，由此可见那些偷印者们赚钱算是赚海了！

后来欧洲的偷印者们发现书商们欺人太甚，就提议让我抽取已卖或将来预备卖的书的版税，条件是我得承认他们的版本是合法的。好吧，我想，在一个你不占他便宜他就占你便宜的世界里，我何乐而不为呢？可一旦我真要这样做时，自尊心又阻拦起我来。人所共知，犹大要出卖耶稣，随时都准备吻他一下[1]。现在我也得以吻相回报！

于是有了这个廉价的影印本在法国出版，只卖六十法郎一册。英国的出版商撺掇我出一个洁本，许诺给我一大笔报酬，没准是一桶金币吧（小孩子在海边做游戏用的小桶！）。他们一定要我向公众挑明，这是一部优秀的作品，全无一点污言秽语。我开始受他们诱惑并动手删改。可我终于是办不到的！我觉得改我的书就如同用剪刀修整我的鼻子，我的书流血了！

---

[1]　犹大吻耶稣为暗号，向来逮捕耶稣的人指明耶稣其人。现通常以此比喻出卖的暗号。

尽管人们敌视这本书，可我却要说这是一部今天人们必需的真诚而健康的小说。有些用词猛不丁看上去让人受不了，可稍许片刻就会好的。是不是人心受了习惯的影响变坏了？绝不是，一点没变坏。那些词只刺激人的眼睛但绝不刺激人心。全无心肝的人才会没完没了地感到震惊，他们算什么？心肝俱全的人绝不受惊，从未受惊，相反他们会感到读此书是一种慰藉。

这才是我要说的。我们今天的人类是大大地进化了、文明了，进化文明到不再受我们文化中继承下来的任何禁忌的影响。意识到这一点是很重要的。对十字军时代的人来说，几句话就可以引起我们今日无法想象的刺激。对于中世纪人的不开化、浑沌、强暴的天性来说，所谓淫秽的语言是太有挑逗性和危险性了，或许对于今日头脑不太发达的低级人种来说其挑逗性和危险性还依旧是很强的。但真正的文化却使得我们对一个字词只产生理智的和想象的反应，理智可以阻止我们产生猛烈、鲁莽以致会有伤社会风化的肉体反应。先前的人理性太弱、心太野，无法控制肉体和肉体的官能，一想起肉体就会胡乱激动，人反倒为肉体冲动所控制，可如今却不再这样了。文化与文明教我们把说与做、思与行分开来。我们都知道，行为并非要追随思想。事实上，思与行、说与做是两回事，我们过的是一种分裂的生活。我们的确渴望把两者合而为一，可我们却思而不行、行而不思。我们最最需要的是思与行、行与思互为依存。但是我们依旧是思想时就不能真正地行动，行动时却不能真正地思想，思与行相互排斥，它们本应该是和谐相处才是。

这才是我这本书真正要说的。我要让男人和女人们全面、诚实、纯洁地想性的事。

即便我们不能尽情地享受性，但我们至少要有完整而洁净的性观念。所谓纯洁无瑕的少女如同没写上文字的白纸之说纯粹是一派胡言。一个年轻女子和一个年轻男子到了一起就成为被性的感情和观念所折磨的一团剪不断理不清的乱麻，只有岁月的流逝才能理得清。长年诚实地思考着性，长年的性行为的搏斗将会使我们最终到达我们意欲到达的目的地，即真正的、完美的贞洁和我们的完整——我们的性行为和性思想和谐如一，两者不再对立相扰。

我绝不是在此撺掇所有的女人都去追求猎场看守做情人，我毫无建议她们追求任何人的意图。今日的不少男女在没有性生活的纯洁状态下更能彻底地理解和认识性，为此他们感到极其幸福。我们这时代是一个认识重于行动的时代。过去我们行动得太多了，尤其是性行动太多了些，变着花样重复同一样东西却没有相应的思想和认识。我们如今的任务就是认识性是怎么一回事：更为有意识的认识要比行动重要得多。我们糊涂了多少辈子了，现在我们的头脑该认识，该彻底地认识性这东西了。人的肉体的确是被大大地忽视了。当代的人们做爱时，大半是为做爱而做爱，他们这样做是因为他们认为这是一件该做的事。其实这是人的理智对此感兴趣，而肉体是靠理智挑逗起来的，其原因不外乎是这个：我们的祖先频繁做爱而对性却毫无认识，到了现在性行为已变得机械、无聊、令人兴味索然，只有靠新鲜的理性认识来使性经验变得新鲜点儿才行。

在性行动中，人的理智是落后于肉体的，事实上，在所有的肉体动作中均是如此。我们的性思想是落后的，它还处在冥冥中，在恐惧中偷偷摸摸爬行，这状况是我们那粗野如兽的祖先们

285

的心态。在性和肉欲方面，我们的头脑是毫无进化的。现在我们要迎头赶上去，使对肉体的感觉和经验的理性意识与这感觉和经验本体相和谐，即让我们对行为的意识与行为本身相互和谐统一。这就意味着，对性树立起应有的尊重，对肉体的奇特体验产生应有的敬畏。这就意味着，人应该有使用所谓淫秽词语的能力。因为这些词语是人的头脑对于肉体产生的自然反应。所谓淫秽是只有当人的头脑蔑视、恐惧、仇恨肉体和肉体仇视、抵抗头脑时的产物。

当我们知道巴克上校的案子后就明白了[1]。巴克上校原来是个女扮男装者。这位"上校"娶了一个老婆，如此这般地共同生活了五年光景，小两口过得"极和美"。那可怜的老婆一直以为自己嫁了一位真正的大丈夫呢，很为自己这桩正常婚姻感到乐不可支。后来一旦事发，这可怜的女人该有多惨是无法想象的，太可怕了。但是今天确有成千上万的女人可能同样上了当并且会继续上当下去。为什么？因为她们不谙事理，压根儿就没有性的想法，在这方面是呆子。这样看来，所有的及笄少女最好都来看看我这本书。

还有一位年高德劭的校长兼牧师，一辈子"圣洁"，却在花甲古稀之年猥亵少女被送上法庭受审。出这种丑闻时正值那位步入晚年的内政大臣[2]大声疾呼要求人们对性的问题守口如瓶。难道那位年高德劭、纯净无瑕的老人的经历不使大臣深思片刻吗？

---

[1] 1929年，丽莉阿丝·史密斯被揭发以女儿身冒充男人"巴克上校"，以伪证罪被判入狱九个月。此人于1923年"娶"一女人为妻。

[2] 1924—1929年的英国内政大臣是William Joynson-Hicks（1865—1932），绰号Jix。

人的头脑中一直潜伏着亘古以来就有的对肉体和肉体能量的恐惧，为此，我们应该使头脑解放，使之文明起来才是。头脑对肉体的恐惧可能使无数人变疯。那位名叫斯威夫特[1]的伟大才子变疯了，部分原因可以追溯到此。在他写给他的情妇赛利娅的诗中就有如此疯疯癫癫的副歌："可是，赛利娅，赛利娅，赛利娅会大便。"由此可见，一位大才子神经错乱时会是个什么样子。像斯威夫特这样的大才子竟出了洋相还不自知，赛利娅当然会大便。哪个人不呢？如果她不大便的话那就太可怕了。真是让人没办法的事。想想可怜的赛利娅吧，她的"情人"会因为她的自然官能而把她羞辱一顿。太可怕了。究其原因，就是因为人间有了禁忌的言辞，就是因为人的理智与肉体感知和性感知不够同步。

清教主义者不停地"嘘——嘘"！从而造就了性痴呆儿；而另一方面又有任谁都奈何不了的摩登放纵青年和趣味高雅之徒，"嘘——嘘"之声对他们毫无作用，只顾我行我素。这些先进青年不再惧怕肉体和否定肉体的存在。相反，他们走向了另一极端，把肉体当玩物耍弄。这玩物虽有点讨厌，但只要你还不觉得腻烦，还是可以借此取乐。这些年轻人压根儿不拿性当一回事，只把它当鸡尾酒品尝，还要借此话题嘲弄老一辈人。他们可谓先进而优越，才看不上《查泰莱夫人的情人》之类的书呢。对他们来说这样的书是太简单、太一般化了。对那书中的不正经词句他们不屑一顾，书中的爱情态度在他们看来也太陈旧。有什么大惊小怪的，把爱当一杯鸡尾酒喝了算了！他们说这本书表现的是一个幼稚男孩的心态。不过，或许一个对性仍旧有一点自然敬

---

[1] 英国18世纪大作家，著有《格利佛游记》等。

畏的幼稚男孩儿的心态比那些把爱当酒喝的青年的心要干净得多。那些青年对什么都不在乎，一心只把生活当玩物戏弄，性更是一件最好的玩具。可他们却在游戏人生中失去了自己的心灵。真是一帮希利伽巴拉[1]!

所以，对那些可能在摩登时代变得淫荡的老清教徒们，对那些言称"我可以为所欲为"的聪明放纵青年，还有对那些心地肮脏、寻缝即下蛆的缺调少教的下等人来说，这本书不是为他们写的。但对这些人我还是要说：你们要变态就变态吧——你们尽可以清教下去，尽可以放浪形骸下去，尽可以心地肮脏下去。可我依旧坚持我书中的观点：若想要生活变得可以令人忍受，就得让灵与肉和谐，就得让灵与肉自然平衡，相互自然地尊重才行。

如今很明显，没有平衡也没有和谐。往好里说，肉体顶多是头脑的工具；往坏里说，是玩具罢了。商人要保持身体"健康"，其实是为他的生意而让自己的身体处在良好状态；而普通的小青年们花大量时间来健身，不过是出于常规的自我意识和自我沉醉，水仙之恋[2]而已。头脑储存了一整套的想法和"感受"，肉体只用来照其动作，正如一条训练有素的狗，让它要糖它就要，无论它想不想；让它握谁的手它就亲亲热热地摸那手一下。如今男女们的肉体正是训练有素的狗，在这方面，那些个自由解放的年轻人首当其冲！他们的肉体就是驯服的狗。因为这批狗在受训所干的事是老式狗们从未做过的，因此他们自称是自由的，充满了真的生命，是真货。

---

[1] 希利伽巴拉（203—222），罗马皇帝，以淫荡与残酷著名。
[2] 希腊神话中一少年因自恋自己在水中的影子憔悴而死，死后化为水仙花，因此称自恋为水仙之恋。

可他们深知这是假的，正如同商人知道他在某些方面全错了。男人和女人并非狗，可他们看上去像狗，行为也像狗，心中很懊恼，极为痛苦不满的狗。那自然冲动的肉体要么死了要么瘫了，它像只耍杂耍儿的狗一样过着低人一等的生活，表演完了就瘫倒。

　　可肉体自己的生命是怎样的呢？肉体的生命是感觉与情绪的生命。肉体感到的是真正的饥，真正的渴，在雪中和阳光中真正的欢乐，闻到玫瑰香或看到丁香时它会感到真正的快乐。它的怒，它的悲，它的爱，它的温柔，它的温情、激情、仇恨和哀伤都是真的。所有的感觉是属于肉体的，头脑只能认知这些感觉。我们听到一条令人悲伤的消息时，首先是精神上激动一阵子。但只是在几小时后，或许在睡眠中，这种悲伤的意识才传达到肉体的中心，产生真正的忧伤，感到心如刀绞。

　　这两种感觉真叫不同——精神上的感觉和真正的感觉。如今的人们，不少是生生死死一辈子却从未有过真的感觉，尽管他们有过"丰富的情感生活"，但很明显，他们表现出的是强烈的精神上的感觉，冒牌货罢了。有一种魔术叫"隐术"图像，它表现的是一个人站在一个平面镜子面前，镜子反射出他从腰到头的图像，从而你看到的是从头到腰的形象，而向下看则是从腰到头的形象。不管它在魔术中意味着什么，它象征着我们的今天——我们是这样的动物，没有活生生的情绪，如果有也只是从头脑中反射出来的。我们的教育从一开始就教我们学会情绪的范围，感觉什么，不感觉什么，如何感觉我们允许自己去感觉的感觉，其余的一概不存在。对一本新书庸俗的批评就是：没人有那种感受。这就是说明人们是只允许自己去感受某些已经完结的感觉，上个世纪就是这样的。这种做法最终扼杀了任何感受的能力，在情感的高层次上，你感受全无。这种情况终于在本世纪发生了。高层次的情感全死了，我们不得不赝造一些。

所谓高层次的情感指的是爱的各种表现，从纯欲望到温柔的爱，爱伙伴，爱上帝，我们指的是爱、欢乐、欣喜、希望、真正的气愤，激情的正义感与非正义感，真理与谎言，荣誉与耻辱及对事物的真正信仰——信仰是一种受精神默许的深厚的情感。在今日，这些东西多多少少地死了，我们用喧嚣、矫情的赝品来代替所有这些情感。

从来没有哪个时代比我们这个时代更矫情，更缺乏真情实感，更夸大虚伪的感情。矫情与虚情变成了一种游戏，每个人都试图在这方面超过邻人。无线电和电影里总在一派虚情假意，时下的新闻出版和文学亦是一样。人们全都沉迷于虚情假意之中。他们怀揣着它，沉溺其中，依赖它过活，浑身洋溢着这种虚情。

有时人们似乎很习惯与虚情共处，可久而久之他们就会崩溃、破碎。你可以自己欺骗自己的感情很久，但绝非永远，最终肉体会反击，无情地反击。

至于别人，你可以用假情永远欺骗大多数人，可以欺骗所有的人很长时间，但绝不能永远欺骗所有的人。[1]一对年轻人陷进假的情网中，完完全全相互欺骗一通儿。哈，假的爱是美味的蛋糕却是烤坏的面包，它产生的是可怕的情感消化不良，于是有了现代婚姻和更现代的离婚。

假情感造成的问题是，没有哪个人真切感到幸福、满足、宁

---

[1]　这个句式参见林肯总统1858年9月8日的著名演说。

静。人人在不断地逃避越变越糟的情感赝品，他们从彼德处逃到阿德林处，从玛格丽特处到弗吉尼亚处，从电影到无线电，从伊斯特本到布莱顿，不论怎么变，万变不离其宗，逃不出虚假的感情。

今日首要的问题是，爱是一种感情赝品，年轻人会告诉你，这是现今最大的欺骗。没错，只要你认真对待这问题，是这么回事儿。如果你不把爱当成一回事，只当成一场游戏，也就罢了。可是，你若严肃对待它，结果只能是失望和崩溃。

年轻的妇人们说了，世上没有真正的男人可以爱一爱。而小伙子们又说，找不到真正的女孩去恋一下。于是他们就只有同不真实的人相爱了。这就是说，如果你没有真实的感情，你就得用假的感情来填补空白，因为人总要有点感情，比如恋爱之类。仍然有些年轻人愿意有真的感情，可他们不能，为此他们惊恐万分。在爱情上更是如此。

可今天，在爱情上只存在虚假情感。从父母到父母的上下辈，我们都被教会了在感情上不信任别人。对任何人也别动真情，这是今天的口号。你甚至在金钱方面可以信任别人，但绝不要动感情，他们注定是要践踏感情的。

我相信没有哪个时代像我们的时代这样人与人之间如此不信任，尽管社会表面上有着真切的信任。我的朋友中绝少有人会偷我的钱或让我坐会让我受伤的椅子。可事实上，我所有的朋友都会拿我的感情当笑料儿——他们无法不这样做，这是今日的精神。遭到同样下场的是爱和友情，因为这两者都意味着感情与同情。于是有了爱之赝品，让你无法摆脱。

情感既是如此虚假，性怎么会有真的？性这东西，归根结底是骗不得的。感情上的行骗是顶恶劣的事了，一到性的问题上，感情欺骗就会崩溃。可在性问题上，感情欺骗却越来越甚。等你得手了，你也就崩溃了。

性与虚假的感情是水火不相容的，与虚假的爱情势不两立。人们最仇恨的是不爱却装爱甚至自我幻想真爱，这也算得上我们时代的一种现象。这现象当然在任何时代都有，可今天却是普遍的了。有些人自以为很爱，很亲，一直这样多年，很美满，可突然会生出最深的仇恨出来。这仇恨若不出在年轻时，就会拖延起来，直到两口子到了知天命之年，性方面发生巨变时，届时会发生灾难的!

没什么比这更让人惊奇了，在我们这个时代没有比男女相恨更让人痛心的了，可他们曾经"相爱"过。这爱破裂得也奇特。一旦你了解了他们，就会明白这是常理，无论对打杂女工还是其女主人，女公爵还是警察的老婆，这道理全一样。

要记住的是，无论男女，这意味着对虚假之爱的器官性逆反，忘了这一点是可怕的，今日的各种爱都是虚假的。这是一种老套子了，年轻人都知道爱的时候该怎么感受，该怎么做，于是他们便照此办理，其实这是假的。于是他们会遭到十倍的报复。男人和女人的性——性之有机体在多次受骗后会生出绝望的愤怒，尽管它自身献出的不过也是虚假的爱。虚假的成分最终会让性发疯并戕害了它，不过更为保险的说法是，它总会使内在的性发疯并最终扼杀了它。总有一个发疯的时期。奇怪的是，最坏的害人者在耍一通虚伪之爱的游戏后会成为最狂的疯子，那些在爱情上多少真诚点的人总是比较平和，尽管他们让人坑害得最苦。

现在，真正的悲剧在于：我们不都是铁板一块，并非完全虚伪也并非完全爱得真切。在不少婚姻关系中，双方在虚伪时也会闪烁一星儿真的火花。悲剧在于，在一个对虚伪特别敏感，对情感特别是性情感的替身和欺骗特别敏感的时代，对虚伪的愤慨和怀疑就容易压倒甚至扼杀真正爱的交流之火，因为它太弱小。正因此，大多数"先进"作家只喋喋不休地大谈情感的虚伪和欺骗，这种做法是危险的。当然了，他们这样做是为了抵消那些矫情的"甜蜜"作家更大的欺骗性。

或许，我应该谈点我对性的感受，为此我一直在被人无聊地攻击着。那天有个很"认真"的年轻人对我说："我不信，性能让英国复活。"对此我只能说："我相信，你不会信的。"他压根儿没有性，只是个自作聪明、拘束、自恋的和尚，很可怜的一个人儿。他不知道如果有性感受意味着什么。对他来说，人只有精神或没有精神，几乎多数人毫无精神可言，因此他们只能遭嘲笑。这人完全紧固地封闭在自我之中，东游西荡找着供他嘲笑的人或者寻找真理，他的努力纯属枉然。

现在，一有这号儿精明青年对我谈性或嘲弄性，我都一言不发。没什么可说的，我对此深感疲倦了。对他们来说，性不过就是一个女人的内衣和一阵子摸弄。他们读过所有的爱情文学如《安娜·卡列宁娜》等，也看过爱神阿芙洛狄特（Aphrodite）的塑像和绘画。不错，可一到行动，性就变成了无意义的年轻女人和昂贵的内衣什么的。无论是牛津毕业生还是工人，全都这么想。有一则故事是从时髦的消夏胜地传来的，在那儿，城里女人同山里来的年轻"舞伴"共度一个夏天左右。九月底了，避暑的人们几乎全走了，山里来的农夫约翰也同首都来的"他女人"告别了，一个人孤独度日，人们说："约翰，你想你女人了吧！""才不呢！"他说，"倒是她那身里头的衣裳真叫棒哎。"

这对他们来说就是性的全部意义了：仅仅是装饰物。英国就靠这个再生吗？天呀！可怜的英国，她得先让年轻人的性得到再生，然后他们才能做点什么让她得到再生。需要再生的不是英国，倒是她的年轻一代人。

他们说我野蛮，说我想把英国拖回到野蛮时期去，可我却发现，倒是这种对待性的愚昧与僵死的态度是野蛮的。只有把女人的内衣当成最激动之事的男人才是野蛮人。我们从书中看到过女野人的样子，她一层又一层地穿三层大衣，以此来刺激她的男人。这种只把性看作是官能性的动作和抓摸内衣的行为，在我看来实在是低级的野蛮。在性问题上，我们的白人文明是粗野、野蛮的，野得丑陋，特别是英国和美国。

听听萧伯纳是怎么说的吧，他可是我们文明最大的倡导者。他说穿衣服会挑逗起性欲[1]，衣服穿得少则会扼杀性——指的是蒙面的女人或露臂露大腿的女人们，讽刺教皇想把女人全蒙起来。他还说，世上最不懂性的人是欧洲的首席主教；而可以咨询性问题的人则是欧洲的"首席妓女"，如果有的话。

这至少让我们看到了我们这位首席思想家的轻佻和庸俗。半裸的女人当然不会激起今日蒙面男人太多的性欲，这些男人也不会激起女人太多的性欲。可这是为什么？为什么今日裸体女人反倒不如萧先生那个八十年代（指的是十九世纪八十年代）的蒙面女人更能激起男人的性欲？若说这只是个蒙面问题，那就太愚蠢了。

当一个女人的性处在鲜活有力的状态时，这性本身就是一种

---

[1]　1929年9月13日萧伯纳在一次有关性问题的会议上讲话，强调服饰能加强"性吸引力"并建议"首席妓女"就此指导大主教。萧氏一贯幽默反讽，此话或许另有背景。劳伦斯可能对此有误会。

超越理性的力量，它发送着其特有的魔力，唤起男人的欲望。于是女人为了保护自己而尽量遮掩自己。她蒙面，一副怯懦羞涩的样子，那是因为她的性是一种力量，唤起了男人的欲望。如果这样有着鲜活性力的女人再像今天的女人那样暴露自己的肉体，那男人还不都得疯了？大卫当年就为拔示巴疯狂过[1]。

可是，如果一个女人的性力渐衰，甚至在某种意义上已经僵死，她就会想吸引男人，仅仅因为她发现她再也吸引不了男人了。从此，过去那些无意的、愉快的行为都变成有意的、令人生厌的。女人越来越暴露自己的肉体，而男人却因此在性方面越来越厌恶她。不过千万别忘了，当男人们在性方面感到厌恶时，他们作为社会的人却感到激动，这两样是截然相反的。作为社会人，男人喜欢街上那些半裸女人的动作，那样子潇洒，表达一种反叛和独立；它时髦，自由自在，它流行，因为它无性甚至是反性的。现在，无论男人或女人，都不想体验真正的欲望，他们要的是虚伪的赝品，全是精神替代物。

但我们都是有着多样的、时常是截然不同的欲望的人。鼓励女人们变得大胆，无性的男人反倒是最抱怨女人没性感的人，女人也是这样。那些女人十分崇拜在社会上精明但无性的男人，可也正是她们最恨这些男人"不是男人"。社会上，人们都要赝品，可在他们生命的某些时候，人们都十分仇恨赝品，越是那些与之打交道多的人，越仇恨别人的虚伪。

现在的女孩子可以把脸遮得只剩一双眼睛，穿有支架的裙

---

[1] 据《圣经》上说，大卫王（David）看中仆人乌利亚的妻子拔示巴（Bathsheba），便与之同居使其怀孕。后设计使乌利亚在战场上"战死"，从而娶拔为妻并生子所罗门。见《圣经·撒母耳记下》。

子，梳高高的发髻。尽管她们不会像半裸的女人那样叫男人心肠变硬，可她们也不会对男人有什么性吸引力。如果没有性可遮掩，那就没必要遮掩。男人常常乐意上当受骗，有时甚至愿意被蒙面的虚无欺骗。

关键问题是，当女人有着活跃的性力和无法自持的吸引力时，她们总要遮掩，用衣服遮掩自己，打扮得雍容高雅。所谓一千八百八十个褶的裙子之类，不过是在宣告着走向无性。

因为性本身是一种力量，女人们试图用各种迷人的方式掩盖它，而男人则夸耀它。当教皇坚持让女人在教堂里遮住肉体时，他不是在与性作对而是在与女人的种种无性可言的把戏作对。教皇和牧师们认为，在街上和教堂里炫耀女人的肉体会让男人女人产生"不神圣"的邪念。他们说得不错，但并不是因为裸露肉体会唤起性欲，不会，这很鲜见。甚至萧伯纳先生都懂这一点。可是，当女人的肉体唤不起任何性欲时，那说明什么东西出了毛病。这毛病令人悲哀。现在女人裸露的手臂引起的是轻佻，是愤世嫉俗，是庸俗。如果你对教堂还有点尊敬，就不该带着这种感受进教堂去。即便在意大利那样的国家，女人在教堂里裸露手臂也说明是对教堂的不恭。

天主教，特别在南欧，既不像北欧的教会那样反性，也不像萧伯纳先生这样的社会思想家那样无性。天主教承认性并把婚姻看成是性交流基础上的神圣之物，其目的是生殖。但在南欧，生殖绝不意味着纯粹的和科学的事实与行为，北欧的人才这么想。在南欧，生殖行为仍带有自古以来肉欲的神秘和重要色彩。男人是潜在的创造者，他的杰出也正在这方面。可这些都被北方的教会和萧伯纳式的逻辑细则剥得一干二净。

在北方已消逝的这一切，教会都试图在南方保存下来，因为他们知道这是生命中最基本的要素。一个男人，如果要活得完美自足，就得在日常生活中做一个有着潜在创造者和法律制定者之意识的人，作为父亲和丈夫，这种意识是最基本的。对男人和女人来说，婚姻的永恒感对保证内心的宁静似乎都是必要的，即便它带有某种末日色彩，也还是必要的。天主教并不费时费力地提醒人们天堂里没有婚姻或婚姻中没有赐物，它坚持的是：如果你结婚，就要让婚姻永恒！人们因此接受了其教义、其宿命感及其庄严性。对牧师来说，性是婚姻的线索，婚姻是人们日常生活的线索，而教会是更为高尚生活的线索。

所以说，性的魅力对教会来说并不可怕，可怕的是裸臂和轻佻、"自由"、犬儒主义和不恭，这些是所谓反性的挑衅。在教堂里性可能是淫秽的或渎神的，但绝不应成为愤世嫉俗和不信其神圣的表达方式。今日妇女裸露臂膀，从根本上说是愤世嫉俗和无神论的表现，危险又庸俗。教会自然是反对这样做的。欧洲首席牧师比萧伯纳先生更懂得性，因为他更懂人的本性。牧师的经验是千百年来传统的经验，而萧伯纳先生却用一天的工夫做了一大跳跃。作为戏剧家，他跳出来玩起现代人虚伪的性把戏。不错，他胜任干这个。同样，那些廉价电影也可以这样做。但同样明显的是，他无法触到真正人之性的深层，他难以猜到其存在。

萧伯纳先生建议说欧洲的首席妓女可以与他比肩做性咨询，而不是首席牧师。他是把首席妓女看成与自己一样是可以做性咨询的人，这种类比是公正的。欧洲首席妓女与萧伯纳先生一样懂得性。其实他们懂得都不够多。像萧伯纳先生一样，欧洲首席妓女十分懂得男人的性赝品和刻意求成的次品；也正与他一样，她丝毫不懂男人之真正的性，这性震荡着季节和岁月的节奏，如冬至的关键时刻和复活节的激情。首席妓女对此一窍不通，因为做妓女，她就得丧失这个才行。尽管如此，她还是比萧伯纳先生懂得要多。她明白，男人内在生命之深广而富有节奏的性是存在着的。她懂这一点，这是因为她总在反对它。世界的全部文学都表明了妓女之性无能，她无法守住一个男人，她仇视男人的忠诚本能——世界历史表明这种本能比他毫无信任感的性乱交本能要强大一点。全部世界文学表明，男人和女人的这种忠诚本能是强大的。人们不懈地追求着这种本能的满足，同时为自己找不到真正的忠诚模式而苦恼。忠诚本能或许是我们称之为性的那种巨大情结中顶顶深刻的本能，哪里有真正的性，哪里就有追求忠诚的激情。妓女们懂这一点，是因为她们反对它。她只能留住没有真正的性的男人，即赝品男人，她其实也瞧不起这种男人。真有性的男人在妓女那里无法满足自己真正的欲望，最终会离她而去的。

　　首席妓女很是懂这些。教皇也很懂，只要他肯思考一下，因为这些都存在于传统的教会意识中。可那位首席戏剧家却对此一无所知。他的人格中有一个奇怪的空白。在他看来，任何性都是不忠且唯有性是不忠的。婚姻是无性的，无用的。性只表现为不忠，性之女王就是首席妓女。如果婚姻中出现了性，那是因为婚姻中的某一方另有别恋因此想变得不忠。不忠才是性，妓女们全懂这个。在这方面，妻子们全然无知也全然无用。

　　这就是吾辈首席戏剧家和思想家的教导，而庸俗的公众又全然同意它——性这东西只有拿它当游戏你才能得到，不这样，不背叛，不通奸，性就不存在。一直到轻佻而自大的萧先生为止的大思想家们一直在传授这种谰言，最终这几乎成真。除却卖肉式的赝品和浅薄的通奸，性几乎不存在，而婚姻则空洞无物。

如今，性和婚姻问题是最重要的问题了。我们的社会生活是建立在婚姻之上，而婚姻呢，据社会学家说是建立在财产之上。人们发现婚姻是保留财产和刺激生产的最佳手段，这就成了婚姻的全部意义。

可事实是这样吗？我们正在极其痛苦地反抗着婚姻，激情地反抗婚姻的束缚和清规戒律。事实上，现代生活中十有八九的不幸是婚姻的不幸。无论已婚者还是未婚者，没有几个不强烈地仇视婚姻本身的，因为婚姻成了强加在人类生活之上的一种制度。正因此，反婚姻比反政府统治还要厉害。

几乎人人这样想当然地认为：一旦找到了可能的出路，就要废除婚姻。苏联正在或已经废除了婚姻。如果再有新的"现代"国家兴起，它们肯定会追随苏联的。它们会找到某种社会替代物来取代婚姻，废除这种可恶的配对儿枷锁。这意味着由国家奉养母亲和儿童，女性从此得到自立。任何一种改革的宏大蓝图中都包含了这个，它当然意味着废除婚姻。

我们唯一要反躬自问的是：我们真需要这个吗？我们真想要女性绝对自由，要国家来奉养母亲和儿童并从此废除婚姻？我们真想要这个吗？那就意味着男人和女人可以真的为所欲为了。但我们要牢记的是，男人有着双重欲望即浅显的和深远的，表面的、个人的、暂时的欲望和内在的、非个人的及久远的巨大欲望。一时的欲望很容易辨别，但别的，那些深层次的，则难以辨别。倒是要由我们的首席思想家们来告诉我们什么是我们深层的欲望，而不是用那些微小的欲望来刺激我们的耳朵。

教会至少是建立在某些伟大的和深层的欲望之上的，要实现它们，需要多年、一生，甚至几个世纪。教会，正像教士是单身一样，是建立在彼德[1]或保罗[2]那样孤独的基石上的，它的确是依赖于婚姻稳定的。如果严重损害了婚姻的稳定性和永恒，教会也就垮了。英国国教就是这样发生了巨大的衰败。

教会是建立在人的联合因素之上的。基督教世界的第一个联合因素就是婚姻的纽带。婚姻纽带，无论你如何看待它，是基督教社会的根本联系之关键，切断它，你就会倒退到基督教时代以前的国家统治。罗马国家曾十分强大，罗马的元老院议员代表着国家，罗马的家庭是元老院议员的庄园，庄园是国家的。在希腊时代情况也一样，人们对财产的永久性没什么感觉，反倒对一时的财富感兴趣，那情景令人吃惊。希腊时期的家庭较之罗马时期更不稳固。

但在这两种情况下家庭都是代表国家的男人。在有的国家，女人就是家庭或一直是家庭。还有的国家中，家庭难以存在，如牧师国家，牧师的控制就是一切，甚至起着家庭控制的作用。还有就是苏维埃国家，在那里家庭是不存在的，国家控制了每个个体，是直接、机械地控制着。这情形就如同那些宗教大国，如早期的埃及就是通过牧师的监督和宗教仪式直接控制每个人的。

现在的问题是，我们想要倒退或前进到这些形式的国家统治中去吗？我们想成为罗马帝国的国民吗？甚至成为"理想国"的国民？就家庭和自由而言，我们想成为希腊时期城邦国家的公民吗？我们想把自己想象成早期埃及人吗？像他们那样受着牧师的

---

[1] 彼德（Peter），耶稣十二门徒之一。
[2] 保罗（Paul），《圣经》中初期教会主要领袖之一。

控制，身陷宗教仪式之中？我们想受一个苏维埃的欺压吗？

要让我说，我会说不！说完不字，我们就得回过头来思考一句名言——或许基督教对人类生活做出的最大贡献就是婚姻了，是基督教给世界带来了婚姻，即我们所了解的婚姻。基督教在国家的大统治范围内建立起了家庭这个小小的自治区域。基督教在某些方面使得婚姻不可损害——不可被国家损害。或许是婚姻赋予了男人最大的自由，赐予了他一个小小的王国（在国家这个大王国之中），给予了他独立的立足点去承受和反抗不公平的国家。丈夫和妻子，一个国王，一个王后，和几个国民，再有几亩自己的国土：这，真的就是婚姻了。它意味着真正的自由，因为，对一个男人、一个女人和孩子来说，它意味着真正的满足。

那我们还要拆散婚姻吗？如果要拆散它，就说明我们都成了国家统治的直接对象。我们愿意受任何国家的统治吗？反正我不愿意。

而教会创造了婚姻并使之成为一种神圣物，男人和女人在性交流中连为一体的神圣物，只有死，没什么能把他们分开。即便被死亡分开了，他们仍然不能摆脱这桩婚姻。对个人来说，婚姻是永恒的。婚姻使两个不完整的肉体合二为一，促使男人的灵魂与女人的灵魂在终生结合中获得全面的发展。婚姻，神圣不可侵犯，在教会的精神统治下，成为男人和女人通向世俗满足的一条伟大道路。

这就是基督教对人类生活的巨大贡献，可它极易被人忽视。难道它不是男女达到生命完美的一个巨大步骤吗？是还是不是？婚姻对男女的完美是有益还是挫折呢？这是一个极重要的问题，任何一个男人或女人都要回答。

如果我们用非国教即新教的观点看自己，我们都是孤独的个人，我们最高的目标就是拯救自己，那，婚姻就成了一种障碍。如果我只是要拯救自己的灵魂，我最好放弃婚姻，去当和尚或隐士。还有，如果我只是要拯救别人的灵魂，我也最好放弃婚姻去当传道者和布道的圣士。

可如果我既不要拯救自己也不要拯救别人的灵魂呢？假设我对灵魂拯救是一窍不通呢？"被拯救"在我听来纯属呓语，是自傲的呓语。假如我根本不明白什么救世主和灵魂拯救，假设我认为灵魂必须终其一生才能发展至完美，要不断地保养并得到滋养，不断发展不断完善直至终极呢？那又会怎么样？

于是我意识到婚姻或类似的什么是根本。旧的教会最知道人的需要，这绝非今天或明天的事。教会要让人们为生而结婚，为灵魂活生生的生命完善结婚，而不是要拖到死后再结婚。

旧的教会懂得，生命就在眼前，是我们的，要过这日子，要活得完美。圣本尼迪克特[1]僧侣的严厉统治，阿西西的圣方济[2]的大溃退，这些都是教会天堂中的光彩。教会保存下了生命的节奏，一时又一时，一天又一天，一季又一季，一年又一年，一个时代又一个时代，在人们中间传递，教会的异彩是与这永恒的节奏同辉的。我们在南方的乡间能感受到它——当我们听到那教堂钟声，在黎明，在正午，在黄昏，这钟声与芸芸众生的声音和祈祷声一起宣告着时光，它是每天每日太阳的节奏。我们在节日的进程里

---

[1]　圣本尼迪克特（Saint Benedict，约480—543），僧侣，创立同名教会制度。

[2]　阿西西的圣方济（Saint Francis of Assisi，1182—1226），教士，创立方济会。

感受到它——圣诞节、三王节、复活节、圣灵降临节、圣·约翰节、万圣节和万灵节。这是年月的轮回，是太阳的律动——冬、夏至和春、秋分，迎来一个个季节又送走一个个季节。它亦是男人和女人内在的季节：大斋期的忧伤，复活节时的欢乐，圣灵降临时的神奇，圣·约翰节的烟火，万灵节时坟茔上的烛光，还有圣诞节时分灯光闪烁的圣诞树，这些都表达着男人和女人灵魂中被激起的感情节奏，男人以男人的方式体验着感情的伟大节奏，女人则以女人的方式，但只有在男女的结合中这节奏才获得完整。

奥古斯丁说，上帝每天都创造一个全新的世界。对活生生的情感之灵来说，这真对。每个清晨都带来一个全新的宇宙，每个复活节都燃亮一个崭新的世界，它如同一朵初放的鲜花。同样，男人和女人的灵魂亦是日新月异，充满着生命的无限欢乐和永远的新鲜。所以，一个男人和一个女人一生都感到对方新鲜，因为他们婚姻的节奏与岁月的节奏是相伴相随的。

性是宇宙中阴阳两性间的平衡物——吸引，排斥，中和，新的吸引，新的排斥，永不相同，总有新意。在大斋期，人的血液流动渐缓，人处于平和状态；复活节的亲吻带来欢乐；春天，性欲勃发，仲夏生出激情，随后是秋之渐衰，逆反和悲凉，黯淡之后又是漫漫冬夜的强烈刺激。性随着一年的节奏在男人和女人体内不断变幻其节奏，它是太阳与大地之间关系变幻的节奏。哦，如果一个男人斩断了自己与岁月节奏的联系，斩断了与太阳和大地的和谐，那是怎样的灾难呀。哦，如果爱仅仅变成一种个人的感情而不与日出日落和冬、夏至和春、秋分有任何神秘关系，这是怎样一种灾难和残缺啊！我们的问题就出在这上头。我们的根在流血，因为我们斩断了与大地、太阳和星星的联系；爱变成了一种嘲讽，

303

因为这可怜的花儿让我们从生命之树上摘了下来，插进了桌上文明的花瓶中，我们还盼望它继续盛开呢。

婚姻是人生的线索。但是，离开了太阳的轮回，地球的震动，星球的陨落和恒星的光彩，婚姻就没有意义了。难道一个男人在下午不是与上午的他不同，甚至完全不同吗？女人不也如此？难道他们之间和谐或不和谐的变奏不是汇成了一曲生命的神秘之歌吗？

难道人的一生不都是如此？一个男人在三十岁、四十岁、五十岁、六十岁和七十岁时都与以往的自己大不相同，他身边的女人亦然。不过，在这些不同之间是否有某种奇特的连接点？人的整个青年时代的阶段中难道就没有某种特别的和谐？——出生期、成长期与青春期；女人生命的变化阶段痛苦也是一种更新，逝去了激情但获得了感情的成熟；死期的临近是黯淡的，也是不平等的，男女双方深怀恐惧面面相觑，害怕分离，其实那未必真的是分离。在这一切过程中，是不是有某种看不见的、不可知的东西在起着平衡、和谐和完整的相互作用？就如同一首无声的交响乐那样，从一个乐章到另一个完全不同的乐章起着过渡作用，使迥然不同的乐章浑然一体。这种东西使男女两个全然陌生不同的生命在无声的歌唱中浑然一体。

这就是婚姻，是婚姻的神秘，它自会在这种现世生命中完善自身。我们完全可以相信：天堂里没有娶也没有嫁，这些都必须在现世完成，否则就永远完成不了。那些大圣人，甚至基督，他们活一遍，仅仅是为婚姻之永恒的神圣增添一种新的满足与新的美丽。

但是——这个"但是"像子弹一样击痛我们的心——如果婚

姻从根本上和永恒意义上说不是阳物的[1]婚姻，且与阳光、大地、月亮、恒星、星球无关联，与日、月、季、年、十年和世纪的节奏无关联，它就不叫婚姻。如果婚姻不与血性相呼应它就不是什么婚姻了。因为血液是灵魂的物质，是深层意识的物质。我们是靠血液存在的，是靠心肝生存、运动并获得自己的存在。在血液之中，知识、存在和感觉是一体，密不可分的——什么蛇或智慧果都不能让它们分裂[2]。只有当它们靠血性联系在一起，婚姻才真正成其为婚姻。男人的血与女人的血是两股永不相同的流水，它们永远也不会交融，甚至从科学上讲这一点也对。但也正因此，这两条河流才环绕起整个的生命。是在婚姻中，这两条河水使生命变得圆满；在性中，这两条河水相触并更新自己，虽然永不相混相融。我们是知道这一点的。阳物是一根血液的支柱，它充满了女人的血液之峡谷，男性的血液长河触到了女性血液长河的最深处，但双方都不会破界。这是所有交流中最深的交流，任何宗教都懂这一点。事实上，它是最伟大的神话，几乎每个最初始的故事都在表现神秘婚姻的巨大成就。

这就是性行为的意义：交流，两条河水的相触，就像幼发拉底河和底格里斯河环绕起美索不达米亚平原，那里是天堂或者说伊甸园的所在，人在此获得了自己的起始。这就是婚姻，两条河流，两股血溪的交流，不是别的。所有的宗教都懂得这一点。

---

[1] 阳物的（phallic），劳伦斯经常使用并推崇这个形容词，他甚至成了阐释劳伦斯思想的一个重大线索，它的原意指的是男性生殖器。在西方文化中男性生殖器是生殖力的象征，内涵颇丰富，但劳伦斯使用这个词时，有时也用来表示女性的性觉悟。无法意译，只有直译加注，由读者根据上下文判断其特定的含义

[2] 这里指《圣经》里知识与存在的分裂。

丈夫和妻子，两条血河，永不相同的溪流，他们相触，交流，从而更新自己，但绝不冲破最细微的界限，不相混相融。而阳物是这两条河相汇的交点，它使两股流水成为一体，使这条河的双重性同一，这种一生中渐渐形成的一体之双重性是时光与永恒的最高境界。从这一体中产生了所有的属人的东西——儿童，美和精致，产生了全部人类的创造物。我们知道上帝的意志就是希望这种一体持续终生——这种人类双股血流中的一体。

男人要死，女人也要死，两个人的灵魂是否分别回归造物主？天知道。但我们知道，婚姻中男女血流的一体性使宇宙完整了，完成了太阳和星星的流溢。

当然了，与之对应的东西是有的，那就是赝品。世上有虚假的婚姻，就像今日大多数婚姻一样。现代人只是个性而已，现代婚姻的发生是由于男女双方被相互的个性所"惊颤"——当他们对家具、图书、体育运动或文艺娱乐活动有着共同的兴趣时，当他们感到与对方说得来时，当他们相互钦佩对方聪明的头脑时。于是，这种智慧和个性的共鸣成为两性间友谊的良好基础，可这种基础对婚姻来说是灾难性的。因为，婚姻不可避免地导致性活动的开始，而性活动现在是，一直是，将来也还会是男女间精神关系的某种敌人。两个个性促成的婚姻会以肉体的仇恨而告结束，这句话都快成警句了。以个性相吸开始，会以仇恨告终，他们甚至无法解释这种仇恨。他们还要掩饰这种仇恨，因为这让他们感到羞愧。那些个性强的人，若因婚姻而生怒，往往会接近发疯，而且说不清为什么。

真正的原因是，两性间一味的精神交感和兴趣的共鸣终归是与血性的交感相敌视的。现代人注重性格对两性间的友谊有好处，但对婚姻来说却是灾难性的。总之，现代人还是不结婚的好，不结婚反倒可以使他们更忠实于自己的个性。

无论结婚与否，不幸总会发生。如果你只懂得个性的交感与个性的爱，这迟早要引起愤怒与仇恨，因为血性的交感和血性的接触受了挫，受到了否定。若是独身，这种否定会使人变得枯萎讨厌，可在婚姻中，只能产生愤怒。现在，我们无法躲避它正如同我们无法躲避雷电。它是心理现象的一部分。重要的一点是，性本身没有性满足和完美照样对性格和性格之"爱"言听计从。事实上，在"性格"促成的婚姻中可能有着比血性婚姻更多的性活动，女人总为永恒的情人叹息，而往往她是在性格婚姻中才能得到这样的情人。可这样的情人有着没完没了的欲望，永远也没个结果，也无法满足什么，于是她会十分仇恨他！

我谈论性时犯了一个错误：我总在说性意味着血性的交感和血性的接触，从技术上说是这样的。可事实上，几乎全部现代的性都是纯精神的，冷漠的，无血性的。这就是性格之性。这苍白、冷漠、"诗意"的性格之性（现代人都懂）产生了肉体的和心理上的效果。在这种情况下，男人和女人的两条血河交汇了，与血性激情和血性欲望驱使下的交汇一样。但是，血性欲望下的交汇是积极的，会使血液更新。而在这种精神欲望下，血与血的交汇就会产生摩擦，变得有害，会使血液变得苍白枯竭。性格、神经或精神的性活动对血液有害，是一种分解代谢活动；而火热的血性欲望之下的性交则属于一种新陈代谢活动。神经性的性活动可能一时间会产生狂喜，使精神兴奋，可这如同酒精或毒品产生的效果，会分解血球，是血液枯竭的过程。这就是现代人精力不好的原因之一——本来应该使人焕然一新的性活动却把人搞得疲惫衰竭。正因此，当那个小伙子不相信性能使英格兰复活时，我毫无办法。现代的性活动其实全是精神活动，造成了疲惫与衰竭，其后果是无法否认的。其后果只比手淫好一丁点儿，后者与死似无二致。

于是，我终于开始明白批评我的人为什么批评我抬高性的作用。他们只知道一种性的形式，事实上对他们来说只有一种性，那就是神经的，性格的，分裂的，即苍白的性。这东西可以说得天花乱坠，可以不当回事，但绝无半点指望。我很同意，同意这样说：别指望这样的性来使英格兰复活。

我还看不到任何使一个无性的英格兰复活的希望。一个失去性的英格兰似乎教我感觉不到任何希望。没有几个人对它寄予希望。我坚持说性可以使之复活，这样似乎有点愚不可及。眼下的这种性既不是我意中的也不是我想要的。因此我无法寄希望于它，无法相信纯粹的无性可以使英格兰复活。一个无性的英格兰！对我来说它没什么希望可言。

而另一方面，我们如何重新得到那种在男女之间建立起活生生联系的火热的血性之性呢？我不知道。可我们必须重新得到它，要么由下一代来做，否则我们就全然失落。因为通向未来的桥就是阳物，仅此而已，绝不是现代"精神"爱中那可怜、神经兮兮的赝品阳物，绝不是。

新的生命冲动绝不可能不伴随着血性的接触而到来，我指的是积极的真正的血性接触，绝非那种神经质的消极接触。最根本的血性接触是在男人和女人之间进行的，过去是这样，将来也还是这样，这是积极的性接触，同性恋次之，但它不仅仅是对男女间因精神之性造成不满的替代物。

如果英格兰要复活——这是那位认为有复活必要的年轻人的话——它靠的是一种新的血性接触，一种新的婚姻，它是阳物的复活而非仅仅是性的复活。因为阳物是男人唯一神性活力的古老而伟大的象征，意味着直接的接触。

　　这也意味着婚姻的更新——真正阳物的婚姻。更进一步说，这将是把婚姻重新纳入宇宙节奏中去，我们绝不可以没有宇宙节奏，否则我们的生命将变得枯竭痛苦。早期的基督徒们试图扼杀异教徒们宇宙仪典的节奏，他们在某种程度上成功了。他们扼杀了行星和黄道带，可能是因为占星早已堕落成为算命把戏了。他们想要扼杀每年的节日，但是教会懂得：人并非只与人生活在一起，还与进化中的太阳、月亮和地球在一起，于是又恢复了那神圣的节日，几乎和异教徒没什么两样，从此信基督教的农民也和异教农民一样生息：日出时做祷告，然后是正午和日落，再就是古已有之的七日一循环，复活节，上帝的死与生，圣灵降临节，施洗约翰节的烟火，十一月万灵节时坟茔上死人的灵魂，圣诞节和三王节。几个世纪以来，人们在教会统治下就是循着这个节奏生息的。宗教的根就这样永恒地扎在了人们中间。一旦某一群人失落了这个节奏，这群人就等于死了，没希望了。但是新教的到来给人类生活中每年的宗教和仪典之节奏以重大打击。新教教徒几乎完成了这一使命。现在的人们不再随进化中的宇宙而调节自己，不再有仪典，不再服从其永恒的规律，没有这种永恒的需求了。相反，他们只与政治和公假日息息相关。婚姻，作为一种伟大的必然，也因为失落了那伟大的规律之摆动节奏而深受其苦，那宇宙之节奏本应永远支配生命的。人类真应该转身寻回宇宙节奏，走向婚姻的永恒。

这些都是《查泰莱夫人的情人》的注释，或者说是开场白也行。人有渺小的需要和深层的需要，我们疯狂地陷入渺小的需要中生活而几乎失去了深层的需要。有一种渺小的道德影响着人们，还有那渺小的需要，天啊，这就是我们赖以生存的道德。但还有一种影响男人女人、民族、种族和阶级的深层道德。这种更高的道德在很长时间里影响着人类的命运，因为它迎合了人的深层需要，它与渺小需要之渺小道德时常发生冲突。悲剧思想甚至告诉我们，人之深层需要是死的知识和死的体验，每个人都需要知道他肉体的死亡。但前悲剧和后悲剧时代的伟大思想（尽管我们并未达到后悲剧时代）告诉我们，人最大的需求是永远更新生与死的整个节奏——太阳年的节奏，那是肉体一生的年月，还有星星的生命年月，那是灵魂的不朽年月，这是我们的需要，迫切的需要。这是头脑、灵魂、肉体、精神和性的需要。求助于语言来满足这种需要是没用的。字词（Word）和道（Logos）[1]是无法做到这一点的。该说的几乎全说过了，我们只需凝神谛听，可谁能让我们注意行动呢？四季的行动，年月的行动，灵魂周期的行动，一个女人和一个男人的生命在一起的行动，月亮流浪的小行动，太阳的大行动，还有更大星球的行动？谁让我们去注意这些行动？我们现在要学习的是生命的行动。我们似乎学会了语言，可看看我们自己吧，可能我们说起来什么都行，可行动起来却是疯狂。让我们准备好，让我们渺小的生命死去，在一种宏大的生命中再现，去触动那运动着的宇宙。

---

[1] 这里首字母大写的Word和Logos有时都表示"道"。见《新约·约翰福音》第1章，第1—12节。

其实，这是一个"关系"的问题。我们必须回到与整个宇宙和世界活生生的、有益的关系中，其途径是每日的仪式和再醒。我们必须再次开始日出、正午和日落的仪式，点火和泼水的仪式，醒来和睡去的仪式。这是每个人和一家人的事，是每日的仪式。月亮和晨星及晚星下的仪式，男女应分开来做。季节的仪式是集体的事，男女一起列队而舞，表现灵魂的激情。男女一起做，整个集体一起做。而星年中大事件的仪式则是国家和国民的事。我们必须回到这些仪式上来，或者说我们必须让它们符合我们的需要。真实原因是，我们因为难以满足我们深层的需要而一天天烂下去。我们断绝了内在的养分和更新自己的巨大源泉之间的联系，要知道这源泉就在这宇宙中永恒地流淌着。人类的生命力正走向死亡，就像一棵连根拔起的大树，它的根飘在空中。我们必须重新把自己根植于宇宙之中。

　　这意味着重返古老的形态。重返，意味着我们重新创造它，这比宣传福音书还难。福音书告诉我们说，我们都获救了。可看看今天的世界，我们会意识到，人类非但没有从罪恶之类的东西中被拯救出来，它几乎全然失落了，失落了生命，几近虚无和灭亡。我们得向回转，走过一段久远的路，回到理想诞生之前——柏拉图之前，回到生命的悲剧意识产生之前，再次自己站立起来，因为，福音书讲的通过理想获救及逃离肉体正好与人生的悲剧观巧合了。拯救和悲剧是同一事物，现在看来，它们都离题了。

　　回去，回到理想主义的宗教和哲学诞生并把人推入悲剧之轨之前的时代，人类最近这三千年来是向着理想、非肉体和悲剧的进程，现在它结束了。这就如同剧院里一出悲剧的结束，舞台上陈尸一片，更坏的是，这些尸首毫无意义，幕布就降下来。

但在生活中，幕布从未降下过。视野中依旧尸横遍野，总要有人去清除，总还有人要继续前行。这是明天的事。今天已经是悲剧与理想时代的明天，剩下的主角们全然呆滞了，可我们还要继续前行。

现在我们必须重建起被那些大理想主义者毁灭了的伟大的关系。那些大理想主义者根本上是悲观的，他们相信生命不过是无谓的冲突，要避免，甚至可以至死都避免。佛陀、柏拉图和基督，在对待生命的态度上可说是三位极端悲观主义者。他们教导我们说，唯一的幸福就是脱离生活，即每日、每年、每季的有生有死有收获的生活，要的是生活在"不可改变的"或者说是永恒的精神中。可近乎三千年后的今日，我们几乎与季节的生活节奏全然脱离了，与生死收获没了关系，我们意识到这种脱离既不是什么幸福，也不是解放，而是虚无。它带来的是虚无的惰性。而那些大救星大导师们只会把我们与生活割断，这就是悲剧的附注。

对我们来说宇宙已经死了，怎么让它再生呢？"知识"扼杀了太阳，让它变成一只充满大气的球，上面有黑点；"知识"扼杀了月亮，把它说成是被死火山侵蚀的一片死亡土地，像患了天花一般；机器扼杀了地球，使它的表面变得崎岖不平。我们怎么能从这里夺回那个曾令我们无限欢愉的灵之天堂？如何重新找回阿波罗[1]、阿提斯[2]、德墨忒尔[3]、珀耳塞福涅[4]和冥府？我们怎么能

---

[1] 阿波罗（Apollo），希腊神话中的太阳神。

[2] 阿提斯（Attis），罗马帝国时期人们崇拜的大神。

[3] 德墨忒尔（Demeter），希腊神话中司农业的女神。

[4] 珀耳塞福涅（Persephone），希腊神话中德墨忒尔与宙斯之女，被冥王哈迪斯劫持娶作冥后，只能春天返回地面一次。

看到金星或猎户座α星[1]?

我们应让它们回来，因为我们的灵魂，我们深层的意识居于那个世界上。在理性和科学的世界中，月亮是一堆死亡之土，太阳是有黑点的气团。这是抽象的头脑聚集其中的世界。我们是在分离的状态下了解我们微小的意识世界的，我们就是这样在与世界分离的状态下了解世界的。可当我们与世界成为一体时，我们才知道地球是风信子花样的紫蓝色或是火成岩样的红色；我们知道月亮给我们的肉体带来欢乐或从中偷走欢乐；我们知道太阳这头金狮的低语，它舔着我们就像一头母狮舔着幼崽，令我们勇敢起来，或者像一头恼怒的红狮张牙舞爪冲向我们。有各种各样认识的途径，有各种各样的知识。对人来说有两种认识的途径：一种是在分离状态下的认识，这就是头脑的、理性的和科学的；另一种是融合状态下的认识，这就是宗教的和诗意的。从基督教始，到新教终，终于失去了与宇宙的一体，失去了肉体、性、情绪、激情与大地、太阳和星星的一体。

但是，关系有三重：与活生生宇宙的关系，男女间的关系，男人与男人之间的关系。每一对关系都是血的关系，不仅仅是精神的关系。我们把宇宙抽象为物质与力量，把男人和女人抽象为分离的性格——分离的，不能融会的，于是这三种关系都失去了形体，死了。

没有什么比男人与男人的关系更死气沉沉了。我想，如果我们彻底分析一下男人对别的男人的感觉，我们会发现每个男人都把别的男人看成是威胁。这很奇怪。但是男人越是精神化，他们

---

[1]　猎户座α星（Betelgeuse），猎户星座中一颗颜色发红的巨星。

越把别的男人的肉体存在看成是一种威胁，对自己存在的威胁。每个走近我的男人都威胁着我的存在，甚至我的生命。

这丑恶的事实正是我们文明的基础。正如一本战时小说的广告说的那样，它是一本"友谊与希望，泥浆与鲜血"的史诗。这当然意味着友谊和希望必须在泥浆和鲜血中完结。

当讨伐性与肉体的十字军与柏拉图一起迈开大步的时候，它要的是"理念"，要的是分离状态下的"精神"知识。而性是巨大的黏合剂，伴随着它巨大而缓慢的震颤，心的热能使融合在一起的人们感到幸福。理念哲学和理念宗教执意要扼杀它，他们这样做过，现在又这样做了。最后的友谊与希望的火花就被扼杀于泥浆与鲜血之中。男人都变成了分离的个体。"善良"成了今日的一道油滑的命令——每个人非得"善良"不可。而在这"善良"之下，我们发现的是冷漠的心，是漠然的心，真令人心寒。每个男人都是别个男人的威胁。

男人只在威胁中相互了解。个人主义胜利了。若我是个彻底的个人主义者，那么，任何别人，特别是男人，就成了我的威胁。这就是我们今日社会之特色。我们彬彬有礼相待，是因为我们骨子里相互惧怕。

先是隔绝感，随后是威胁感和恐惧，它们注定会产生，因为与同胞间的一体感和集体感在消失，而增长的是个人主义和个性即孤独的生存感。所谓"文化"阶层率先要兴起"个性"和个人主义，率先陷入这种无意识的威胁与恐惧状态中，劳动阶级则会多保持几十年那种古朴的血性热情的"一体"，但随后也会失去它。随后阶级意识开始萌发，由此带来阶级仇恨。阶级仇恨和阶级意识的兴起，只能说明古朴的一体和古朴的血性热情丧失了，每个人真正在分离状态中意识到了自己。然后我们就有了一伙人仇视一伙人的对立斗争，内乱就成了坚持自我的必然结果。

这是今日社会生活的悲剧。在古老的英格兰，那奇特的血性把各阶级团结在了一起。地主乡绅尽管傲慢，粗暴，欺压百姓，可他们与人民总算是一体，也是一条血流的一部分。我们读笛福或菲尔丁的作品对此有所感觉。可在下作的简·奥斯丁的作品中，这感觉就消逝了。这老姑娘强调"个性"而非性格，分离中的认识而非融会中的认识，她令我感到十分反感，可以说是一个不良、下作、势利的英国人，正如同菲尔丁是个善良而慷慨大方的英国人一样。

所以，在《查泰莱夫人的情人》中我们看到一个克里福德男爵，他是个纯粹的个性之人，与他的同胞男女全然断了联系，只同有用的人还有联系。他身上热情全无，壁炉全凉了，心已非人心[1]。他纯粹是我们文明的产物，但也是人类死亡的象征。他善良的时候也不失刻板，他根本不知热情与同情为何物。他就是他，最终失去了他的好女人。

另一个男人仍然有着人的热情，可他被捕杀、毁灭了。那个爱上他的女人是否会真的与他同舟共济，是否真的捍卫他的生命意义，这甚至成问题。

我多次被人问起，我是否有意让克里福德瘫了，这写法是不是象征。文学朋友们说在他完完好好并有性力的情况下让他的女人离他而去，这样设计才好。

---

[1] 壁炉英文是hearth，也比喻家，而心的英文是heart，与壁炉是谐音，两词连用，体现了劳伦斯的遣词艺术。

至于那"象征"是否有意为之，我说不上。至少在最初设计克里福德时没这意思。我开始设计克里福德和康妮时，我根本说不清他们是怎么回事或为什么。他们就是那样产生的。不过，这小说从头到尾整整写了三遍。我读第一稿时，发现克里福德的瘫痪是一种象征，象征着今日大多数他那种人和他那个阶级的人在情感和激情深处的瘫痪。我还意识到，如此这般地弄瘫了他，可能对康妮是不公正的，等于是把康妮弃他而去给大大地庸俗化了。但故事是自己跑来的，我只能任其如此这般保留它。不管这叫不叫象征，就其故事的发生来说，这是不可避免的。

小说写完近两年后的今天写下这些，并非是要解释或阐明什么，只是表达一些感情的信念，或许可作为这本书的必要背景。很明显，写书是在向传统挑战，因此要为这挑战态度说明点理由：让普通人震惊是一种愚蠢的欲望，绝不可取。如果说我用了禁词，也是有道理的——不使用淫词，不使用阳物本身的阳物语言（phallic language），我们永远也别想把阳物的真实从"高雅的"玷污中解救出来，对阳物真实最大的亵渎就是"将其高雅化之"。同样，如果这位贵妇人嫁给了这猎场看守（她尚未嫁呢），这不是阶级中伤，而是冲破阶级的界限。

最后说一下，有人来信抱怨我对海盗版有微词而对首版却不说什么。首版在佛罗伦萨出版的，是精装本，颜色单调，是桑红色的，用黑色印着我的凤凰（不朽之象征，那鸟儿正从火中腾起获得新生），封底还有一道白。纸是好纸，用的是意大利手工压纸，奶白色。印刷虽不错，却流于普通，装订嘛，就是佛罗伦萨小铺子的订法儿。这书做得绝无特别的匠心，但让人愉快，总比不少"高档货"好。

若说有不少拼写错误，那是因为它是在一家意大利小厂排的版，是个家庭小厂，厂里无一人懂英文，既然无人认一个英文字，也就无可指责了。校样可怕极了，印刷者本可以出几页漂亮活的，可他那天醉了或出了别的毛病，于是那文字全飞舞起来，舞得让人毛骨悚然，根本不是英文了。若仍有大量错误，那也是一种福分，因为没有再多的错误了。

有篇文章同情那可怜的印刷者，说他是上了当被骗去印这本书的。绝不是骗。那长一唇白胡子的小矮子刚娶了第二个老婆，告诉他说这书里有这样那样的英文字眼，而且是写某类事的，要是你因为印这书惹麻烦你还干不干？"写什么了？"他问。告诉他后，他以佛罗伦萨人满不在乎的口气说："嗨，我的妈哎，我们天天干这种事儿！"这就算没问题了。既然这书没政治问题，也非有毛病，就不用考虑了。司空见惯的平常事而已。

不过，那是场战斗哩。奇迹是，这书就那么印出来了。当时的铅字只够排一半的，就先排了一半，印了一千份。为谨慎起见，二百份是用的普通纸，第二版也一样，然后拆了版，再排另一半。

随后是运输的斗争，书一到美国就让海关给扣了。幸好英国拖延了些日子才扣，所以，几乎整整这一版——至少八百册全进了英国。

随之而来的是庸俗的谩骂浪潮。这也难免。"我们天天干这种事儿。"那矮个儿意大利印刷者说过。"恶魔般可怕！"英国新闻出版界有人尖叫。"谢谢你终于写了一本真正关于性的书。我对那些无性之书厌倦了。"一位佛罗伦萨最有声望的市民对我说。"我不知道，说不清，这书是否太过火了？"一位谨小慎微的佛罗伦萨批评家说，他也是个意大利人。"听着，劳伦斯先生，你真觉得非这么说不可吗？"我说是的，非这么写不可。于是他沉思起来。"哼，一个滑头滑脑，勾引人，另一个是个性痴子。"一个美国女人这样评论书中的两个男人。"所以，我怕康妮的选择好不了，这种事儿，常这样儿！"